보현댁의 오감식탁
세계 요리를 만나다

글 · 사진 **강영미**

두 번째 책을 내면서

　나는 음식 만드는 것 이상으로 여행을 좋아한다. 많은 나라들을 여행하면서 만난 음식들은 한국과 비슷한 것이 많았다. 머나먼 남미나 북유럽에서 만난, 한국을 떠올리게 만들던 그 요리들을 보며 나는 의문이 들었다. 다들 예전부터 먹어왔던 그들의 전통 요리라는 것이 한국에 있는 요리와 비슷한 것은 교류에 의한 전래나 모방이 아니다. 그렇다면 그들의 환경과 생활문화가 만들어낸 결과물이라는 뜻인데, 환경도 생활문화도 전혀 다른 나라들의 비슷한 음식은 어떻게 설명할 수 있을까? 단지 비슷한 식재료로 비슷한 맛을 내는 인간의 근본적인 생존방식이 같았던 것일까?

　문화도 음식도 글로벌한 시대에 살아가게 된 우리는, 굳이 음식을 우리 것과 남의 것으로 선을 그을 필요도 없다. 신선한 식재료로 건강한 맛을 내는 음식이라면, 나라와 전통을 넘어서서 함께 만들어 나누어 먹고 싶은 마음을 이 책에 담았다.

　두 번째 책의 화두는, 음식으로 이어지는 친화력과 인간적 유대감에 대한 성찰이다. 음식을 나누면서 얻은 따스함이 가슴에 오래도록 남는다는 것을, 음식으로 이어진 기억들이 가장 향기로운 추억의 통로가 된다는 것을 이야기하고 싶다. 오래전에 돌아가셔 얼굴도 희미한 외할머니가 의식 속에 또렷이 남아 있는 것은, 온갖 정갈한 음식을 만들어 까탈스러운 나를 먹여 키운 기억 때문이다. 허약했던 내가, 세상에 발을 딛고 여태까지 살아올 수 있게 만들어준 것도 친정엄마의 보약 같은 음식 덕분이다. 나는 이들의 음식을 그리워하면서, 오늘도 추억 속의 음식에 시대의 옷을 입혀 다시 만들어본다.

　음식을 만들어 맨 마지막에 통깨 솔솔 뿌려주는 의미를 아는가?
　'이 음식은 당신을 위해 방금 만든 것입니다'라는 뜻을 담고 있다.
　통깨 뿌려 음식을 상에 내어놓는 문화는, 다른 나라에선 찾아보기 어려운 한국의 음식문화이고, 한국의 엄마들이 가족과 친지, 친구들에게 내어놓는 사랑의 표현이다. 나는 이 책에 통깨를 솔솔 뿌려 세상에 내어놓는다.
　'이 책은 당신을 위해 막 만들어진 음식들이 들어 있습니다'

차례

Ⅴ 별미밥

Ⅶ 전채요리, 후식

Ⅵ 별미 면요리

I

기본 재료

음식을 만들 때 가장 기본이 되는 재료는 장이다. 된장, 간장, 고추장, 보리쌈장, 청국장, 맛간장만 잘 갖추고 있어도, 이미 그 맛이 보장되는 셈이다. 그런데 필자가 앞서 출판한 책에서 이미 약선으로 만드는 기본 재료에 대해서는 만드는 과정을 모두 밝혔기 때문에, 다시 중복해 쓰는 것은 피하고, 그 외 주방에 갖춰두면 요긴한 기본 재료 몇 가지를 추가한다.

약선된장, 간장, 고추장, 보리쌈장, 표고맛간장, 초피맛간장, 그리고 천연발효식초와 자연이 내어주는 온갖 산야초로 만든 발효액들과 조청에 관한 내용은 앞의 책을 참고하거나, 네이버 블로거, 다음 블로거 '보현골 약초문화원'으로 들어오면 상세하게 나와 있으니 참고하면 좋겠다.

수제 굴소스

　가끔 요리사들의 실수로 만들어지는 명품 음식들이 있다. 두부나 브라우니가 그렇게 만들어졌다. 세계적으로 유명한 '이금기'의 굴소스 또한 실수로 인해 만들어졌다. 마트에 가면 굴소스 매대의 많은 부분을 차지하는 것이 이금기 굴소스다.

　굴소스가 만들어지게 된 유래는 이렇다. 19세기 말, 중국 광둥성 해안의 작은 마을에서 굴 요리를 주로 만들어 판매하는 작은 식당이 있었다. 이 식당의 주인 이금상이 어느 날, 굴 요리를 불 위에 올려두고 불 끄는 것을 깜빡해, 졸아든 굴 요리가 걸쭉한 갈색의 소스가 되어 있었다. 맛을 보니 묘한 풍미가 있었고, 그 맛과 향에 매료되어 상품화하기 시작했다. 자신의 이름에 가게를 뜻하는 '기記'를 붙여 '이금기'라는 굴소스가 세상에 나오게 되었다.

　아시아 요리에서 굴소스는 빼놓을 수 없는 아주 중요한 소스임을 누구나 인정한다. 볶음밥이나 모든 볶은 요리에 마법의 맛을 내는, 그야말로 마법의 소스다.

문어채소볶음

굴에 무즙 갈아넣기

1차 숙성 들어가는 모습

일주일 숙성된 굴

모든 재료 넣고 육수 끓이기 전

2시간 끓인 모습

마트에서 굴소스 사려고 구성 성분을 자세히 보면 사 먹을 것이 못 된다는 것을 느낀다. 화학첨가물이 너무 많이 들어가고 굴 추출물이 90%라고 되어 있지만, 추출물로 사용되는 굴이 좋은 굴이라는 생각이 들지 않는다. 거기에 판매 가격의 절반이 원가라고 보면, 굴소스의 본질을 추측할 수 있다.

나는 손이 많이 가고, 힘이 들지만, 수제 굴소스를 직접 만들어 요리에 사용한다. 굴이 제철인 시기에 만들어두면, 요긴하게 모든 볶음요리와 볶음밥에 사용할 수 있고, 요리 과정도 수월해지니, 마음먹고 다들 한번 만들어보길 권장한다.

굴소스는 두 가지 방법으로 만들 수 있다.

첫째는 생굴을 그대로 끓여 만드는 방법이 있고,

둘째는 생굴을 양념에 재어, 일차 숙성 후 끓이는 방법이 있다.

몇 해를 반복해서 만들어보니, 일차 숙성을 거쳐 만든 굴소스가 훨씬 맛과 향이 깊어 개인적으로 선호한다. 두 가지 방법을 다 올려두니, 선택은 독자들이 알아서 하길 바란다. 두 번째는 내가 만든 굴소스를 보고 만들어달라고 부탁하는 친구들이 생겨, 가마솥에 굴 10kg 분량으로 만든 것이다. 일반 가정에서는 굴 1kg만 만들어도 연간 사용하기에 적당하니 참고하길 바라고, 부차적인 재료는 알아서 가감해도 좋다. 레시피는 굴 2kg 기준으로 작성했으며 사진은 굴 10kg으로 가마솥에 끓이는 과정이니 참고하길 바란다.

#수제 굴소스 만들기

A) 생굴로 만드는 방법

준비 재료 : 굴 2kg, 사과 2개, 배 1개, 양파 2개, 대파 2대, 무 700g, 건표고 20g, 건새우 20g, 깐마늘 100g, 다시마 40g, 청양고추 10개

1. 사과랑 배는 씨를 빼고 4등분하고, 나머지는 적당한 크기로 잘라 생수 3ℓ 붓고 큰 냄비에 낮은 불로 끓인다.

2. 별도의 무 300g 정도를 강판에 갈아 굴과 섞어 20분 정도 둔다. 무즙이 굴의 불순물에 붙어 떨어져 나가기에, 불순물도 쉽게 제거하고, 굴 자체의 맛을 살려준다.

3. 20분 뒤에 2번 헹궈 굴을 건져둔다.

4. 1번의 맛국물이 끓기 시작하면 10분 뒤, 다시마는 건져내고, 씻어 둔 굴을 넣고 센불로 끓이기 시작한다.

5. 1시간 센불로 끓인 다음, 2컵을 따로 덜어내고 (전분물 만드는 용도), 약선간장 1ℓ, 양조간장 1ℓ, 조청 3컵, 청주 1컵을 넣고, 센불로 계속 1시간 30분을 더 끓이면서, 중간중간 거품을 걷어준다.

6. 내용물이 거의 절반으로 줄어들면 1차 완성이다.

7. 건지를 모두 깨끗하게 건져내고, 청주 1/2컵 더 붓고 다시 끓인다.

8. 4번에서 떠 놓은 국물 2컵에 감자전분 1컵을 넣어 잘 녹여, 굴소스에 부어주면서 거품기로 섞어주고, 다시 끓어오르면 완성이다.

9. 완전히 식혀, 유리병에 소분, 김치냉장고 보관하며 한 병씩 꺼내 쓰면, 다음 해 굴소스 만들 때까지 쓸 수 있다. (500㎖ 유리병 4~5개 정도 나온다.)

B) 굴을 숙성시켜 만드는 방법

● 굴을 씻어 준비하는 과정은 A)와 같다.

1. 굴 2kg, 양조간장 3컵, 액젓 1.5컵, 편마늘 100g, 편생강 10g, 청주 1/2컵, 유자청 3큰술을 모두 함께 적당한 통에 넣어 섞어, 일주일간 김냉에 숙성한다.

2. 일주일 후, 가마솥에 함께 끓일 재료를 준비한다.
   (사과 2개, 양파 2개, 대파 3대, 배춧잎 5개, 무 1개, 대추 200g, 백태 200g, 건표고 20g, 건새우 20g, 다시마 20g에 물 3ℓ 정도 붓고 끓인다.)

3. 중불로 끓이다가 끓기 시작하고 10분 뒤, 다시마는 건져내고, 은근한 불로 2시간 정도 푹 끓이면서 육수를 우린다.

4. 2시간 뒤, 육수 2컵을 덜어내고, 1번을 함께 넣고, 약선간장 3컵, 조청 1컵과 함께 센불로 뚜껑 열어둔 채로 30분 끓인다.

숙성된 굴 합방하기

절반으로 줄어든 모습

재료들 건져내기

완성된 모습

병입한 굴소스

5. 30분 뒤에, 건지를 모두 건져내고, 청주 1/2컵과 덜어놓은 육수에 감자 전분 1컵을 풀어 거품기로 저어가며 골고루 섞어서 한소끔 끓이면 완성이다.

● A 방법은 청양고추가 들어가고, 백태가 빠졌으며, B 방법은 청양고추 빠지고 백태가 들어갔다. 청양고추는 개인적 취향에 따라 가감하면 되지만, 백태는 꼭 넣어야 하는 재료다. 장의 기본 재료가 콩이라 확실히 맛을 구수하고 깊게 만들어주기 때문이다.

굴소스

볶음밥

채소 볶음

토마토 퓨레

해마다 봄에 토마토를 심을 때, 방울토마토와 함께 일반 토마토도 심는다. 방울토마토는 주로 생과로 먹거나 요리에 쓰고, 토마토는 조금씩 모아서 퓨레를 만들어두고 요긴하게 사용한다. 그런데 지난해는 심어두고 바로 냉해를 입어 방울토마토는 거의 열리지 않았고, 토마토는 조금 늦게 달려 익어갔다. 내가 키우는 토마토는 화학비료를 주지 않고, 살충제도 치지 않아, 늘 모양이 이쁘지도 않고, 표면에 줄이 생기거나 울퉁불퉁하게 달렸다. 그래도 맛은 좋으니 만족하고, 열매 맺어줘 고맙다고 칭찬하면서 딴다. 만든 것을 다 먹기 전에 토마토가 또 열려주니 늦가을까지는 계속 퓨레를 만들어 여러 가지 요리와 샐러드 소스로 두루 잘 쓴다. 무엇보다 오래도록 보관해 두고 먹을 수 있어, 토마토를 구하기 어려운 시기에도 요긴하게 쓸 수 있는 점이 매력적이다.

토마토가 한창 열리는 시기에, 가지가 많이 달린다. 이때 가지와 토마토 퓨레를 잘 활용하면, 맛있고 건강한 샐러드와 가지 탕수, 가지 피자 등을 쉽게 만들어 먹을 수 있다. 그리고 통밀빵이

토마토 퓨레로 소스를 만든 가지샐러드

밭에서 따 온 못난이 토마토들

잘라서 준비한 모습

믹서기 갈 때 박하잎 10장 함께

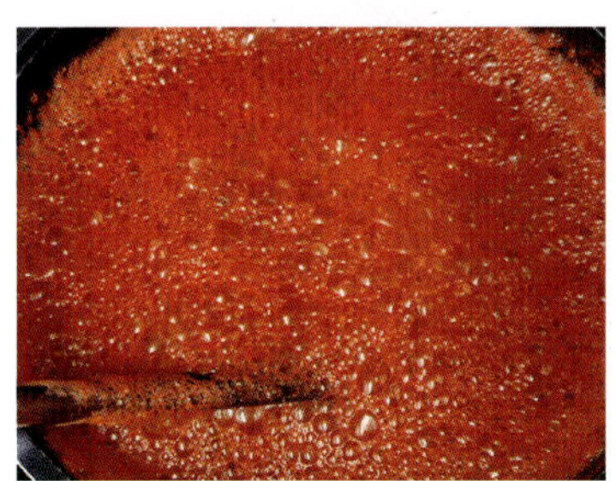
냄비에 끓이는 모습

나 바게트빵은 토마토 퓨레에 그냥 찍어 먹어도 상큼한 맛이 일품이니, 주방의 감초처럼 쓰임이 다양하다.

#토마토 퓨레 만들기

1. 토마토 1.5kg 정도를 준비해, 식초 물에 담갔다가 깨끗이 씻어 건진다.
2. 꼭지 떼고, 흠 있는 부분 잘라내고, 대충 4~6등분 자른다.
3. 믹서기 용량에 맞게 나눠서 갈아주는데, 이때 향을 살짝 첨가하려면 박하잎이나 바질잎, 애플민트 10장씩을 첨가하면 좋다.
4. 냄비에 모두 붓고, 끓이기 시작해서 끓어오르면 중불로 낮추어 20분 정도 끓인다. (거품이 끓어 넘치지 않게 곁에 붙어 서서 가끔 저어야 한다.)
5. 토판염(소금) 1/2큰술 넣고 2~3분 정도 더 끓인다.
6. 올리브오일 3큰술을 섞어 흡수를 돕게 만든다.
7. 서로 어우러져 다시 끓어오르면 불을 끈다.
8. 삶아 소독해둔 병에 뜨거운 토마토 퓨레를 바로 넣는다.
9. 병을 거꾸로 세워 천천히 식힌다. (천천히 식으면서 공기가 빠져나가 진공상태가 되며, 6개월 이상 상온 보관이 가능하다.)

완성된 토마토 퓨레

통밀빵 찍어먹기

토마토 퓨레로 소스를 만든 가지탕수

양파 조림(캐러멜라이징)

늦가을로 접어들어 기온이 뚝 떨어지기 시작하면 양파 저장 시기가 되었다는 말이다. 양파, 마늘 심을 시기가 되면 저절로 싹이 난다. 땅으로 돌아가고 싶다는 표현을 농부에게 보내는 것이다. 그런데 이 시원찮은 농부는 몇 해가 지나도록 양파의 바디랭귀지를 알아듣지 못해, 버리는 양파가 절반이었다. 양파를 수확하는 시기도 처음엔 정확하게 몰라, 줄기가 새파랗게 한창 자라고 있는 것을 수확하고는 싱싱해서 좋다고 웃었다. 이웃 어르신들이 말씀하셨다. 양파는 수확할 때가 되면 줄기가 저절로 땅에 눕는데, 그것도 완전히 줄기가 갈색이 될 때까지 두었다가 수확하면, 양파가 단단하고 야무져서 쉽게 썩지 않는다고 하셨다.

저장고에 넣기 전에 양파를 다시 분류하면서 보면, 아래쪽 몇 개는 이미 물러지기 시작했다. 큰 양파일수록 수분 함량이 많아 빨리 썩는다는 것을 몇 해째 관찰하면서 알게 되었다. 큰 양파가 좋은 것이라 여겨 아껴두고, 자잘한 것부터 먹는 습관도 고쳤다. 아까워하지 말고 큰 것부터 챙겨 먹으면, 버리는 양파가 확실히 줄어들었다. 저장고에는 먹기 좋은 크기부터 넣고, 나머지 자잘한 양파를 넣는다. 남은 큰 양파와 이미 한 쪽이 물러지기 시작한 것들을 모두 가져와, 양파 조림(캐

상한 양파들 손질해 준비

믹서기에 3~4개씩 잘라 갈아주기

대형 밥솥에 붓고 끓이기

완성된 모습

빵에 발라 먹기

러멜라이징)을 만든다. 한 마디로 양파를 갈색이 되도록 푹 조려, 캐러멜처럼 만드는 것을 말한다. 처음에 이걸 만들면서 나는 적잖이 놀랐다. 매운 줄 알았던 양파가 이토록 깊은 단맛을 품고 있다는 것이 경이로웠다. 양파 자체의 단맛으로 많은 음식에 풍미와 감칠맛을 더한다는 것을 알았으니 말이다. 양파 조림을 만드는 날은 반드시, 프랑스 가정식 '양파 스프'를 만들어 빵도 찍어 먹고, 구운 빵을 띄워 한 끼를 즐기는 호사를 누린다.

　용도는 양파가 들어가는 모든 요리에 쓸 수 있어 아주 다양하게 사용할 수 있다. 잼처럼 빵에 발라 먹는 것이 기본이다. 보리쌈장, 짜장요리, 볶음밥, 카레라이스, 모든 덮밥, 모든 볶음밥, 찜요리, 조림요리, 만두 속 만들 때, 기타 양파의 단맛이 필요한 모든 요리에 넣어주면 좋다.

#양파 조림(캐러멜라이징) 만들기

일반 가정집에서는 양파를 10개 정도 만들면 되니, 10인용 전기밥솥이면 충분하지만, 나는 대량으로 만들기에 35인용 업소용 전기밥솥을 사용한다.

1. 양파를 가져와 껍질 벗기고, 먼지는 한번 씻어서 대충 잘라준다.
   (무른 양파는 무른 부분 잘라내고, 준비한 양파가 25개 정도)
2. 대형 믹서기에 몇 번에 나눠 갈아준다.
3. 35인용 밥솥에 모두 붓고, 뚜껑 열어둔 채로 취사 버튼을 누른다.
4. 끓어오르면서 사방으로 튀어 나가기 때문에, 주걱으로 저어준다.
5. 1시간 정도 경과하면 색이 천천히 갈색으로 변하는데, 양파의 양에 따라 시간이 다르니 참고하고, 1시간 30분 정도 지나면, 수분이 졸아들어 걸쭉해지는데 거의 완성된 단계다.
6. 무염버터 100g, 소금 1큰술, 넣고 골고루 잘 저어준다.
7. 서로 잘 어우러지면 완성이나 스위치 끈다.
8. 완전히 식은 후에 적당한 통에 소분해서, 하나만 냉장 보관으로 먹고, 나머지는 냉동 보관하면서 하나씩 꺼내 쓰면 좋다.

대파 기름

직접 심어 먹는 채소 중에서는 아마 대파와 양파를 제일 많이 먹지 싶다. 심어 거둔 것으로 일년 내내 요리에 잘 활용된다. 특히 대파는 필요할 때마다 밭에서 직접 캐니, 늘 싱싱하고 잎이 탄탄한 것을 쓸 수 있어 참 고맙다. 겨울로 들어가는 시기에는 대파를 뿌리째 뽑아 하우스 안으로 옮겨 심어두면 겨우내 얼지 않은 대파를 먹을 수 있다. 그러다가 봄이 와서 대파들이 꽃대를 올리기 시작하면 이때 하우스 안에 남은 대파를 모두 뽑아 대파 기름을 만들면 두루 요긴하게 요리에 사용할 수 있다. 꽃대 올리기 직전의 대파는 맛도 영양도 최고인 시기라 대파 기름을 만들면 최고의 맛을 거둘 수 있다.

대파 기름은 모든 볶음밥과 볶음 요리에 깔끔하고 풍미 있는 맛을 더한다. 볶음 요리를 할 때 따로 기름에 볶아 향을 내는 과정을 생략해도 되니 시간도 절약된다. 대파 기름을 만들고 남는 대파는, 적당한 길이로 잘라 소분해 냉동실에 넣어두고, 육수용으로 쓰면 좋다.

대파 기름으로 만든 지리멸 볶음

꽃대 올리기 시작한 대파

기름이 끓을 때 편생강 넣기

채 썬 양파 넣기

짧게 자른 대파 넣기

밭에 그냥 남겨둔 대파는 겨울엔 얼어서 마른 시래기처럼 서 있다가, 신기하게도 봄이 되면 그 속에서 새로운 연한 줄기의 움파가 올라온다. 겨울의 대파보다 훨씬 연하고 부드러워서 겉절이를 하거나, 대파 김치를 담가 먹어도 좋고, 부드러운 대파가 필요한 요리에 이용해도 좋다. 직접 길러보지 않았을 때는 몰랐던 이런 소소한 현상이 얼마나 신기하고 아름다운지 모른다.

#대파 기름 만들기

1. 대파 8대를 깨끗이 씻어 건져둔다.

2. 현미유 1ℓ, 생강 50g, 양파 2개 준비해서 생강은 편썰기 하고, 양파는 채썰어 둔다. (생강은 향을 더하고, 양파는 맛을 더하기 위해 넣는다.)

3. 현미유를 웍에 모두 붓고, 끓기 시작하면 생강과 양파를 넣고, 대파를 2㎝ 간격으로 짧게 썰어 넣고 20분 정도 끓인다. (기름의 양에 따라 시간이 달라지는 것을 감안해야 한다.)

4. 20분 경과하면 대파가 모두 갈색을 띠기 시작하는데 이때 불을 끄고, 건지를 모두 건져내고 완전히 식힌다.

5. 삶아 소독해둔 병에 붓고, 날짜와 이름표를 붙인다.

완성된
대파 기름

끓기 시작하고 20분 경과한 모습

건지 건져내기

대파 기름으로 만든 머윗대 들깨볶음

생강청

늦가을이 되면 해마다 꼭 하는 작업이 있다. 바로 생강청, 레몬청, 키위청을 만드는 일이다. 김장철이 다가오면 안동이나 서산에서 생산된 생강이 장에 대량으로 나오기 시작한다. 이때 생강청을 만들어두면 다음 해 생강이 나올 때까지 요긴하게 사용할 수 있다.

생강청을 만드는 방법은 대체로 두 가지인데 하나는 갈아서 만드는 방법이고, 하나는 편썰기를 해서 원당에 재는 방법이다. 만드는 과정이 조금 편하기도 하지만, 나중에 남은 생강 건지로 편강을 만들면 버리는 것 없이 다 먹을 수 있어서 나는 이 방법을 선택한다. 생강청을 활용해 필요할 때마다 생강라떼를 만들기도 하고, 생강차로 마셔도 좋고, 여름철 생강 구하기 어려운 시기엔 김치 담글 때, 생강청을 갈아 넣어도 훌륭한 맛을 낸다.

생강은 혈액순환을 돕고, 몸을 따스하게 만들어주고, 염증 완화, 콜레스테롤 조절, 혈당조절에도 좋은 대표적인 약선 식재료라 할 수 있다. 또한 구역, 구토를 완화하고, 멀미나 임신초기의 입덧에도 효과가 있어 항상 집안에 상비로 두고 쓰면 좋다. 그래서 가장 효율적 저장 방법으로 언제라도 꺼내 먹고, 쓸 수 있게 만든 형태가 생강청이다. 감기 예방에도 도움이 되고, 나이 먹어가

생강 편썰기해서 원당이랑 켜켜이 넣기

숙성되어 쓸 수 있는 생강청

젤리 형태로 완성된 편강

편강에 콩고물 묻히기

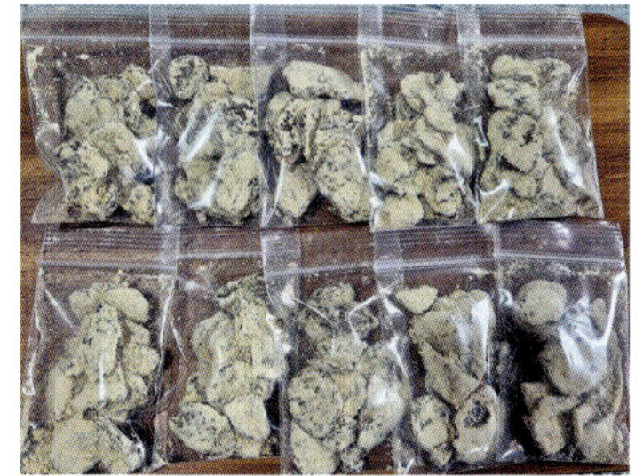

미니 지퍼백에 소분한 모습

니 관절 건강도 챙길 수 있어 더 좋다. 당뇨나 혈액순환에도 개선 효과가 있으니, 사철 손쉽게 먹을 수 있게 김장철에 갈무리해 두기를 권장한다.

#생강청 만들기

보통 일반 가정에서는 생강 3kg 정도 청으로 만들어두면 일 년간 쓸 수 있다.

1. 생강을 깨끗이 씻어 건져, 줄기나 상한 부분을 모두 잘라내고 준비한다.
2. 생강을 2㎜ 정도로 얄팍하게 편썰기 한다.
3. 소독한 병에 편썰기한 생강과 원당 한 켜씩을 다져가며 쌓아준다.
4. 병 입구 3㎝정도는 원당으로 채우고, 뚜껑 덮어 하루를 상온에 둔다.
5. 다음 날, 원당이 녹으면서 쑥 내려간 부분에 다시 생강과 원당을 채운다.
6. 다시 다음 날까지, 세 번을 반복해 채우면 완성인데, 일주일 정도를 상온에 두면서, 날마다 목이 긴 숟가락으로 위아래로 저어 원당이 완전히 녹으면, 보름 정도 상온에 두었다가, 냉장 보관하고 사용하면 된다.

#편강 만들기(생강청 건지 활용)

1. 청의 진액을 거의 다 먹은 건지를 100g 준비한다.
2. 궁중팬에 넣고 물 1/2컵, 원당 2큰술을 넣고 낮은 불로 조린다.
3. 30분쯤 지나면 색이 진한 갈색이 되면서 쫀득해지기 시작한다.
4. 중간 중간 타지 않을 만큼 물을 보충하면 좋다.
5. 40분이 되면 거의 젤리가 되니, 불을 끄고 10분간 식힌다.
6. 콩고물을 접시에 펼치고, 완성된 생강 조림을 하나씩 굴려 묻혀준다.
7. 미니 지퍼백에 10개씩 넣어 냉동실에 두고 하나씩 꺼내 먹는다.
- 편강을 만들어 냉동해두면 활용성이 좋다. 다식으로 올려도 좋고, 등산이나 트레킹에 한 봉지씩 넣어가면 요긴하고, 기침감기로 목이 아플 때도 수시로 꺼내 먹으면 완화된다.

레몬청

레몬의 수확기도 거의 김장철과 일치한다. 11월이 최적기라 대체로 생강이 나오는 시기에 레몬도 함께 쏟아져 나온다. 뭐든 제철에 나오는 것들이 가장 맛도 좋고, 가격도 적당하고, 영양분이 많다. 레몬을 깨끗이 세척하고 껍질째 편 썰기를 해, 원당에 버무려 병에 넣어두면 일 년간 요긴하게 요리에 쓸 수 있다. 식초가 낼 수 없는 산뜻한 신맛을 내어 음식의 품격을 높여주는 것이 레몬청의 놀라운 점이다. 토마토 퓨레로 소스를 만들 때, 식초 대신 레몬청을 넣어보면 그 의미를 알게 된다. 표현하기 어려운 격조 높은 산뜻한 새콤함을 소스에 품게 해준다. 또한 페루의 전통 요리인 세비체를 만들 때도, 페루 사람들은 강한 신맛을 좋아해 레몬을 바로 잘라 넣지만, 한국인들은 진저리 치며 저만큼 도망가는 신맛이다. 그래서 레몬청의 달짝한 신맛이, 우아하고 부드러운 신맛을 만들어 한국식 세비체를 만들기에 알맞다.

깨끗하게 씻어 건진 레몬

#레몬청 만들기

1. 레몬 1㎏을 식초 1큰술 푼 물에 30분 정도 두었다가, 미지근한 물에 베이킹소다 1큰술과 구연산 1큰술을 풀어 껍질을 수세미로 문질러 깨끗이 씻은 다음, 2~3번 헹궈 건져둔다.
2. 레몬을 얄팍하게 가로로 잘라, 소독한 병에 레몬과 원당을 켜켜이 넣는다.
3. 병 입구는 3~4㎝ 정도 원당으로 채우고, 병뚜껑을 닫아 하루 상온에 둔다.
4. 다음 날, 쑥 내려간 부분을 다시 레몬과 원당으로 채우고, 일주일 정도 매일 아래위로 저어주면서 원당이 완전히 녹을 때까지 상온에 둔다.
5. 레몬과 원당이 완전히 서로 어우러지면, 냉장 보관을 하고 한 달 뒤부터 사용한다.

레몬이랑 원당을 한 켜씩

한 달 숙성된 레몬청

키위청

키위도 수확기가 10월 하순에서 11월 중순까지라 김장 시기와 비슷하다. 키위는 후숙 과일이라 수확해 10일 정도가 지나면 당도도 올라가고 맛도 깊어진다. 유기농법을 고집하시는 이웃 농장에서 해마다 못난이 토종 키위를 나눠주셔서 나는 이 시기에 항상 키위청을 담근다. 청을 담글 키위는 크고 좋은 것이 아니라도 좋다. 쥬스용으로 나오는 못난이들로 담그는 것을 추천한다. 왜냐하면 나중에 청이 숙성되면 과육이 녹아 형체가 없어져 버리기 때문이다.

키위청이 숙성되면 모든 샐러드 소스에 기본적으로 들어가는 것은 물론이고, 고기의 연육 작용을 하기에 갈비찜을 하거나 불고기를 재울 때도 요긴하다. 키위에는 '액티니딘'이란 단백질 분해효소가 있어, 고기 단백질의 결합을 끊어 육질을 부드럽게 만들어준다. 그런데 지나치게 많이 사용하면 고기가 녹아버리는 문제가 생기므로 적당량을 넣는 것이 중요하다. 한번은 장애 청년들의 점심 특식으로 소불고기 4kg을 밤새 재어둔 적이 있었는데, 키위를 너무 많이 넣어 불고기가 아니라 죽이 되어버린 일이 있었다. 난감한 경험이었지만 키위의 강한 작용에 새삼 놀라워하면서 적절한 용량에 대한 경각심의 계기가 되기도 했다. 샐러드를 식탁에 일상적으로 올리는 댁이나 육고기를 자주 먹는 집에서는 꼭 만들어두기를 강추한다.

#키위청 만들기

1. 키위 1.5~2kg 정도를 준비한다.

2. 껍질을 깔끔하게 벗기고, 얄팍하게 썰어준다.

3. 소독해둔 병에 자른 키위와 원당을 켜켜이 넣고, 마지막으로 병 입구에 3㎝ 정도 원당으로 채워 공기를 차단한다.

4. 다음 날, 내용물이 쑥 내려가면 다시 채우기를 반복해 상온에 보름 정도를 둔다. (키위는 수분이 많으므로 원당을 거의 1:1로 넣는 것이 안전하다.)

5. 보름 뒤부터 냉장 보관을 하고, 만든 뒤 한 달 뒤부터 사용한다. (사용량은 불고기 600g 재울 때 키위청 3큰술 정도가 적당하다.)

토종키위로 키위청 담는 모습

키위청이 완전히 숙성된 모습

김치 종류

우리나라 김치 종류는 200 가지가 넘는다고 한다. 지방마다 김치 담그는 방법이 다르고, 가문마다 내려오는 비법 김치가 있고, 바닷가 마을과 산골 마을의 김치는 당연히 재료부터가 다르다. 개인적으로 독특한 김치를 담는 분들이 있다. 그러나 나는 김치 명인도 아니고, 김치 전문가도 아니기에 주부들이 가정에서 일상적으로 자주 담가 먹는 김치 10가지를 올린다. 한 국인의 에너지는 김치에서 나온다고 해도 과언이 아닐 정도로, 우리 일상의 식사에서 김치는 빼놓을 수가 없는 필수 반찬이다. 그러니 좋은 재료로 정성 담뿍 넣어 담가야, 건강한 에너지 가 생산된다. 먼저 출판한 책에 약선 동치미와 함께 백김치를 소개했기에 두 가지는 빼고 올 린다. 그리고 내가 담그는 김치는 경상도식이란 것을 참고하면, 만드는 과정에 도움이 될 것 이다.

김장김치(배추와 무 중심으로)

도시에 살 때는 김장으로 배추 10포기 이상을 담가본 적이 없었다. 입맛 까탈스런 옆지기가 생김치를 좋아해 김치가 익기 시작하면 젓가락을 대지 않는 까닭에, 김장도 거의 5포기에서 10포기 사이로 담고는 했다.

10년 전, 보현골에 집을 짓기 시작해, 7월 한여름에 본채가 완공되어 이사를 왔다. 별채를 지어야 하고, 나머지 마무리 공사까지 꼬박 3개월이 더 걸렸다. 이사 온 다음 날부터 나는 일꾼들 점심과 새참을 챙기기 시작했다. 첫 삽 뜨기를 한 뒤로 공사 현장에 매주 한 번씩 부산에서 오르내리며 일꾼들의 먹거리 상황이 어렵다는 것을 알았다. 주변에 집 한 채도 없는 산골 외딴집이기에 새참을 배달시키거나 사 먹을 곳이 없었고, 점심도 한참 떨어진 들밥 지어주는 집에서 가져다 먹는 상황이었다. 나는 일꾼들에게 미안해서 갈 때마다 치킨이며 족발이며 찐빵이나 만두 등, 허기를 면할 만한 간식거리를 잊지 않고 챙겨 갔지만, 가지 않는 날이 더 많았으니, 현장의 상황은

참 힘들기만 했을 것이다. 현장 소장님의 댁은 군위였고, 일꾼들은 모두 대구에서 오는 사람들이라, 소장님이 새벽 출근길에 편의점에서 사 오는 빵과 우유로 매일 새참을 대신했던 4개월 정도의 시간들~! 먹는 것이 만족해야 생활이 즐겁다는 것을 생활신조로 삼고 있던 나는, 이사 후에 일꾼들의 식사부터 먼저 챙기기 시작했다. 그러나 그 과정이 참 예상외로 고달팠다. 우리 부부가 아침 식사를 하고 있으면 일꾼들이 도착했고, 나는 서둘러 식사를 마치고 오전 새참을 준비했다. 오전 새참 끝나면 바로 점심 식사 준비에 들어갔고, 점심이 끝나면, 설거지 마치고 바로 오후 새참을 만들어야 했다. 오후 5시경 일꾼들이 모두 돌아가면 나는 파김치가 되어 쓰러지기를 반복하며 3개월을 버텨 마침내 별채와 나머지 공사가 마무리되었다.

그 와중에 8월 중순을 넘어서니 동네 어르신들이 김장 배추와 무를 심어야 한다고 하셨다. 보현골은 겨울이 춥고 일조량이 적어서 영천의 다른 지역보다 일주일 정도 일찍 심어야 한다는 얘기도 해 주셨다. 밭에 있던 유실수들을 재정비하는 과정에 이미 밭은 트랙터로 갈아 두었고, 멀칭만 해서 심어주면 되는 일이라, 겁도 없이 배추 300포기를 심었다. 무도 한 봉지를 모두 심었다. 농사에 대한 경험이 전혀 없었던 우리 부부는, 심어주고, 퇴비 주고, 물만 주면, 농작물들이 알아서 잘 자랄 것으로 생각한, 대책 없는 낭만 농부였다. 그런데 어쩐 일인지 첫 배추와 무 농사가 참 잘 되었다. 배추가 속이 많이 차지는 않았지만, 절반 이상이 잘 자랐고, 무도 무청이 벌레 먹고 깨끗하진 않았지만 잘 자라주었다. 밭의 전주인이 그동안 관리해 온 뒷심으로 그렇게 자랐던 것을 나중에야 알게 되었다.

너무 많은 배추를 처리하기 어려워, 부산에 있던 친구, 지인들을 불러 김장 체험 행사를 하고 각자 담근 김치를 가져가게 했다. 이 과정 또한 힘이 들어 다음 해부터는 필요한 배추 한 판씩만 심었으나, 세 해를 연이어 배추를 거의 건지지 못했다. 잘하지도 못하는 농사를 화학비료나 농약을 일절 치지 않고 하려니, 결과물이 뻔했고, 건강에 좋다는 항암 배추는 속이 전혀 차지 않은 껍데기 배추가 되었다. 5년이 지나서야 비로소 배추와 무를 심고 가꾸는 요령을 터득했고, 매년 배추 한 판과 무 반 봉지를 심어, 한 해 먹을 정도의 수확을 하기에 이르렀다. 배추는 심어주고 열흘 정도가 지나면, 아침마다 내려가 벌레 잡는 일로 2시간 이상을 보내야 했다. 계피와 소주 발효액을 희석해서 매주 한 번씩 뿌려주고, 은행잎 발효액도 뿌려주면서 조금 수월해졌지만, 벌레 잡는 일은 첫서리가 내리기 전까지 여전히 큰 숙제다.

올해도 배추 한 판을 심어 제법 실한 배추 60포기를 수확했다. 김장하려고 날을 잡아두고 추위가 오기 전, 배추를 모두 뽑아 겉잎 정리하고, 창고에 10포기 저장해두고, 50포기를 절여 김장을 시작했다. 혼자서 하는 일이라 사나흘이 걸려 김장을 끝내고, 보내야 하는 곳에 택배도 끝내고, 우리 몫을 저장했다. 김치가 맛있다는 답신을 받으면 비로소 행복한 겨우살이로 들어간다.

　부산에서 평생을 살았고, 친정엄마의 김치 담는 방법을 물려받은 나는 김장을 비롯한 김치에 대체로 젓갈을 많이 쓰는 편이다. 엄마의 김치맛에 길들어 있는 친정 오빠나 동생도 엄마의 김치맛을 그리워하면서 은근히 내가 보내주는 김장을 기다린다. 대학을 일본학교로 선택한 남동생은 아직 일본에서 살고 있다. 일본 여인과 가정을 꾸리면서 거의 모든 식생활도 일본화되었지만, 김치만은 엄마의 것을 기다렸고, 엄마가 떠나신 뒤로는 누나의 김치를 기다린다. 지난겨울에도 남동생에게 김장김치 보내는 일이 제일 조심스러웠다. 요즘은 해외로 김치를 보내려면 규정이 까다롭다. 규격화된 양철통에 김치를 넣고, 양철통은 다시 종이 상자로 포장하고, 양철통 안의 김치는 반드시 비닐 세 겹으로 싸라고 신신당부한다. 일본으로 떠난 김치가 무사히 잘 도착했다고, 가는 동안에 김치가 잘 익어, 맛있는 김치에 살이 찌겠다는 답신을 받고서야 비로소 보현댁의 김장은 끝이 난다.

　보현댁의 김장에 특별한 비법은 없다. 무인도에서 채취했다는 깨끗한 청각을 불려 갈아 넣는 것, 작년에 담가 잘 숙성된 고추청도 함께 갈아 넣는 것, 그리고 3년 전에 담근 멸치액젓과 풀치 액젓을 걸러 맑은 액젓과 섞고, 직접 심어 거둔 친환경 고추로 갈아온 고춧가루를 쓴다는 것, 정도가 비법이라면 비법이다. 또한 김장용 배추는 절이는 시간을 3단계로 하면, 다음 김장 때까지 맛있는 김치를 먹을 수 있다는 것도 팁이다. 담가서 한 달 내로 먹는 김치는 3~4시간 절여 건져야 하고, 설 지나고 봄까지 먹을 김치는 6~7시간을 절이고, 여름 지나 먹을 김치는 10시간을 절이면 깊은 맛의 묵은지가 된다. 배추에 양념을 바르는 것도 여름 지나고 먹을 김치는 양념이 진하면 맛이 탁하다. 바로 먹을 김치는 양념을 듬뿍 발라야 하고, 봄에 먹을 김치는 조금 덜 발라야 한다.

　무김치는 큼직하게 썰어 4시간 정도 소금에 절였다가 헹궈 건지면 적당하다. 무김치는 김장용 양념과 함께 찹쌀과 우

절여 건진 배추

절여 건진 무

불린 청각

깐마늘과 생강

새우젓(추젓)

고추청

갈아진 재료들

만들어진 김치 양념

여름 지나고 먹을 김치

설탕과 풀물이 들어간 무김치

리 밀가루를 절반씩 넣은 풀물, 그리고 고춧가루를 더 추가해서 뿌려주고, 유기농 설탕을 섞어 버무린 다음, 김장비닐에 넣어 국물에 잠긴 상태로 익혀주면 다 먹도록 맛이 균일해서 좋다. 무김치는 단맛을 조금 추가해야 무김치 특유의 깊은 맛이 생긴다. 예전에는 무를 배추김치 밑에 깔고 익혀 시원한 맛으로 먹었지만, 무김치를 따로 담가 익혀 먹어보면 그 차이점을 알게 된다.

김치 양념은 김장하기 하루 전에 만들어, 고춧가루가 충분히 불어날 시간을 주어야 적당한 묽기의 양념을 만들 수 있다.

#김장김치 양념 만들기 (배추 50포기 기준)

1. 하루 전날, 멸치, 새우, 표고버섯, 다시마, 무, 배추, 대파(뿌리), 양파, 사과 등을 넣고 육수를 진하게 끓여 식혀둔다.
2. 재료 준비 : 고춧가루 10근(6㎏), 진한 액젓 3ℓ, 맑은 액젓 3ℓ, 풀치 액젓 1ℓ, 말린 청각 500g, 깐마늘 2㎏, 생강 200g, 새우젓 2L, 고추청 1ℓ, 사과 5개, 산야초청 500㎖.
3. 메주 가는 기계에 불린 청각부터 갈고, 사과, 마늘, 생강, 새우젓, 고추청을 순서대로 갈아 커다란 스텐 대야에 부어준다.
4. 액젓과 1번의 육수를 1:1 비율로 같이 넣는다.
5. 고춧가루를 풀어가며 주걱으로 저어준다.
6. 적당한 묽기가 되면, 산야초청을 마지막으로 섞어준다.

나박김치

겨우내 아껴 먹었던 약선동치미가 동이 나면 봄날엔 나박김치를 담가야 한다. 열무가 제철인 시기가 오기 전까지는 나박김치가 주로 밥상에 오른다. 지하 저장고에서 겨울을 지낸 무와 시들해진 배추를 꺼내 나박김치를 담그면, 풀이 죽은 시들한 채소들이 새 생명을 얻은 듯 먹음직한 물김치가 된다. 나박김치는 손이 좀 많이 가는 것이 흠이긴 하지만, 그만큼 깊은 맛으로 보답해 주니 기쁜 마음으로 담근다.

나박김치가 맛있는 시기에 항상 석가탄신일이 들어있다. 내가 다니는 산골 작은 절집은, 평소 초하루 기도에는 열 명 남짓한 신도들이 참석하지만, 그래도 초파일이 되면 백 명이 넘는 사람들이 절집 비빔밥을 먹으러 온다. 그때 곁들이면 가장 좋은 궁합이 나박김치다. 초파일 대중공양을 위해 나박김치를 사나흘 전에 담가 알맞게 익혀 가지고 가면, 그야말로 최고의 인기를 누린다.

몇 해 전에는 코카서스 여행을 간다고 미리 잡아둔 여정 사이에 초파일이 끼어 있었다. 미리

절인 배추

절인 무

풀물 쑤어놓기

고춧가루 불리기

갈아 넣을 재료들

스님께 말씀드렸더니, 그러면 나박김치는 누가 담가 오느냐고 걱정 같은 농담을 하셨지만, 사실은 스님의 나박김치 실력이 나보다 월등하다.

나박김치는 어쩌면 계절이 없는 김치일지도 모른다. 국물김치가 필요할 때, 특별한 계절 재료가 없더라도 언제라도 담글 수 있기 때문이다. 그 시기에 나오는 과일을 적절하게 활용하는 것도 영양 성분을 높이고 계절의 맛을 느끼게 하는 좋은 방법이다. 우리 집 나박김치는 봄에는 밭 귀퉁이에 한 무더기 자라는 돌나물을 활용하면 색도 이쁘고 맛도 좋다. 그리고 추석 전후의 가을에는 수확기를 맞은 사과나 배, 석류 같은 과일을 부재료로 더해주면 훨씬 풍성하고 다채로운 맛을 선사한다.

#나박김치 만들기

1. 저장해 두었던 배추속대 1/2포기(600g) 준비해 자잘한 정사각형으로 썰어 뜨거운 물을 부어주고 소금 뿌려 1시간만 절인다.

2. 무 1/2개(900g) 나박썰기해 1시간 소금에 절인다.

3. 물 2ℓ, 찹쌀가루 1컵, 우리 밀가루 1/2컵, 토판염 3큰술 넣고 걸쭉하게 풀을 쑤어 식힌다.

4. 따스한 물 1컵에 고춧가루 4큰술을 불려둔다.

5. 마늘 150g, 양파 1개, 사과 1개를 커트기에 갈아 둔다.

6. 생수 3ℓ에 4번의 풀물을 희석하고, 액젓 150㎖ 넣는다.

7. 4번의 불린 고춧가루는 체에 걸러 고춧가루 물만 우리고 건지는 버린다.

8. 삼베 주머니에 5번을 넣고, 국물에 주물러 향과 물만 빼고, 건지는 버린다.

9. 완성된 국물에, 절여서 물기 뺀 배추와 무를 넣고 3일간 상온에 숙성(봄, 가을의 기온)하고, 김치냉장고에 넣고 다시 3일 이상 숙성한 다음 먹는다.

10. 2~3일 먹을 양을 덜어내어, 사과, 배, 미나리, 파프리카, 틀에

찍은 비트 등을 넣어주면 색상이 고와서, 눈으로 먼저 먹는 나박김치가 된다. (9번의 나박김치에 이런 것들을 모두 섞어버리면 과일은 빨리 물러지고, 국물이 걸쭉해지면서 빨리 시큼해지니, 우선 먹을 것만 덜어내어 이렇게 만든다.)

● 미나리 대신 돌나물 넣어도 좋고, 당근 대신 수박무로 색을 내어도 좋다. 재료는 정해진 것이 아니라 계절 따라, 사정 따라, 편한 대로 쓰면 된다.

고춧가루 체에 걸러 넣기

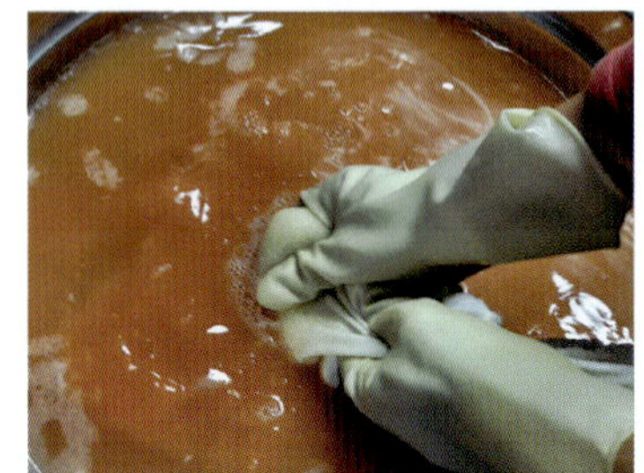

삼베주머니 주물러내기

1차 완성된 나박김치

덜어내어 채소, 과일 추가한 나박김치

돌나물, 삼색제비꽃 넣은 나박김치

대파김치

대파는 우리 집 주방에 참 요긴한 채소다. 거의 모든 요리에 들어간다. 해마다 4월 말이나 5월 초에 모종 한 판을 심으면 일 년간 필요할 때마다 먹을 수 있다. 김장을 마치고 12월 중순 넘어 본격적인 추위가 몰려오면, 옆지기는 하우스 안에 구덩이를 파고 밭에 남은 대파들을 옮겨 심는다. 옮겨 심는 일이 힘들어지면, 옆지기는 재미로 대파구이를 해 먹는다.

대파를 대량으로 재배하는 부산 근교의 '명지'에서도 대파구이를 해 먹는 모습을 볼 수 있다. 스페인 카탈루냐 지방에서는 지방의 축제로 칼솟을 먹는다. 칼솟은 얼핏 보면 대파처럼 생겼지만, 양파의 한 종류다. 칼솟을 불에 태워 겉껍질을 벗기고, 안의 하얀 줄기와 잎을 로메스코 소스에 찍어 먹으면서 입 주변이 까맣게 된 것을 개의치 않고 웃으면서 축제를 즐긴다. 그 모습이 인상 깊었던지 옆지기는 황토방에 불을 넣고, 그 위에 대파 한 무더기를 올려 구워 먹으면서 여행의 추억을 반추하고는 한다.

대파구이는 달짝하면서 그런대로 맛이 있다. 하우스 안에서는 대파가 얼지 않아 겨우내 필요할 때마다 가져다 먹기에 좋다. 그렇게 겨울을 지내고, 3월 중순을 넘어서면 대파들은 꽃대를 올리기 시작한다. 대파가 꽃을 피워 버리면, 줄기가 목질화되어 요리 재료로 쓰기 어려워, 남은 대파를 모두 뽑아 정리한다. 꽃대 올리기 직전의 대파가 영양도 많고 맛도 좋다. 몸속의 남은 영양분을 모두 모아 꽃을 피우려고 준비하기 때문이다. 심어서 꽃을 피울 때까지 화학비료도 준 적이 없는 완전 친환경 대파라, 나눔을 하면 인기가 아주 좋다. 나눔하고 남은 대파는 다시 심어 뽑아 먹을 수 있을 때까지 갈무리해 두고 먹어야 한다.

이때가 대파 김치를 담가야 하는 적기다. 대파 김치를 한 통 담고, 이미 꽃봉오리 올린 줄기들은 씻어서 겉을 꾸덕꾸덕 말린 다음, 적당한 길이로 잘라 냉동실에 보관하고 육수용으로 쓰고, 나머지는 10대씩 신문지에 말아 냉장 보관을 한다.

대파 김치는 대파 겉절이와 달라 보름 정도 저장해두고 먹을 수 있다. 가족들이 모여 고기를 먹는 날에 곁들이면 좋다. 숯불에 구운 고기와도 잘 어울리지만, 수육과도 궁합이 좋다. 닭고기와도 잘 어울리고, 명절날 떡갈비에 곁들여도 다들 좋아하는 맛이다. 너무 많이 담가 신맛이 나면 찌개를 끓일 때, 대파 대신 한 국자 듬뿍 넣어주면 찌개에 풍미를 더해준다.

#대파김치 만들기

1. 대파 30대를 뽑아 겉껍질 벗기고 뿌리도 자르고 깨끗이 씻어 건진다.
2. 맛국물 2컵, 찹쌀가루 1/2컵, 우리밀가루 3큰술 넣고 걸쭉하게 풀을 쑤어 식힌다.
3. 대파를 길이 5cm 정도로 자르고, 자른 토막을 다시 절반으로 갈라, 2~3등분씩 내어준다.
4. 스텐 대야에 모두 담고, 남은 김장 양념이랑 2번의 풀물, 원당(유기농 설탕) 한 국자를 뿌려 함께 버무려준다.

손질해 준비한 대파

풀물 쑤기

대파 자르는 크기

스텐 대야에 담기

김치 양념이랑 풀물 넣기

함께 버무려주기

5. 김치통에 담아 상온에 이틀 숙성 후, 김치냉장고에 넣고 먹는다.

6. 너무 많이 담가 푹 시어지면, 작은 용기에 나눠 얼려두고 먹는다.

● 대파 김치는 일반적으로 소금이나 액젓에 절이지 않고 담그지만, 가느다란 대파를 통째로 담글 경우에는 흰 줄기 부분만 액젓에 20분 정도 절인 후, 절인 액젓에 양념을 풀어 담그면 된다.

쪽파김치

쪽파는 늦가을 김장할 무렵이나, 겨울초(유채)가 맛이 깊은 이른 봄날이 제철이다. 쪽파는 배추겉절이에 조금 곁들여도 맛있지만, 쪽파김치를 담가 푹 익혀 먹으면 영양 성분과 맛이 증폭한다. 토종약초연구가인 최진규 선생의 비방을 빌리면 '생감자를 갈아 넣고 싱겁게 쪽파김치를 담가 거품이 부글거릴 정도로 익혀 5년을 먹으면 당뇨병에 큰 효과를 본다'고 했다. 당뇨합병증으로 발이 괴사해 썩은 환자도 회복되었다고 하니 그야말로 기적의 음식이라 말할 수 있는 것이 쪽파김치다. 쪽파와 마늘, 생강, 새우젓 등이 발효되면 난치병에 불가사의한 약효를 발휘하며 당뇨 외에도 만성 두통이나 다른 질환에도 효과가 있다고 한다.

기원전 5세기경에 활동한 의사 히포크라테스 선생은 '음식으로 못 고치는 병은 약으로도 못 고친다'고 했다. 최진규 선생도 이 말을 강조하는 분이고, 나는 이 말을 아주 신봉하는 사람이다. 제철의 신선한 재료로 요리해 먹으면 그게 바로 최고의 약이 되는 음식이라 건강하게 살 수 있는

손질해 준비한 쪽파

갈아 넣을 재료들

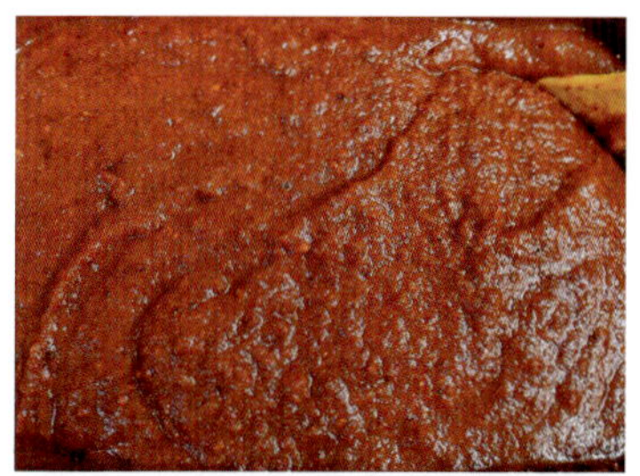

만들어진 양념장

김치 양념이랑 풀물 넣기

함께 버무려주기

지름길이라고 믿는다. 쪽파김치를 담글 때마다 나는 최진규 선생의 비방을 떠올린다. 푹 익혀 먹으면 그 맛이 훨씬 깊고 풍미가 있다는 것을 아니까, 당뇨 환자가 아니라도 그렇게 먹는다.

늦가을에 담근 쪽파김치가 푹 익을 무렵이면. 나는 긴 겨울을 건강하게 건너기 위해 사태를 사다 가마솥에 장작을 지펴 사골곰국을 끓인다. 사흘을 고은 곰국에 밥을 말아 잘 익은 쪽파김치를 얹어 먹으면, 지상 최고의 맛이란 찬사가 저절로 나온다.

#쪽파김치 만들기

1. 손질해 씻어 건진 쪽파 1kg을 준비한다.

2. 맛국물 1.5컵, 찹쌀가루 4큰술, 우리밀가루 2큰술로 풀을 쑤어 식힌다.

3. 사과 1개, 배 1/2개, 양파 1개, 마늘 100g, 생강 15g, 고추청 1/2컵, 새우젓 1/2컵을 믹서기에 맛국물 1컵과 함께 갈아준다.

4. 진한 액젓과 맑은 액젓 1컵씩을 3번과 섞어준다.

5. 고춧가루를 농도가 맞게 풀어주고, 산야초청 1/2컵을 섞어 단맛을 첨가한다.

6. 쪽파를 스텐 대야에 담고 5번의 양념장과 2번의 풀물을 넣어 잘 버무린다.

7. 김치통에 담아 상온에 일주일 익힌 뒤, 냉장고에 넣고 먹는다.

● 환자가 아닌 나는 거품이 부글거릴 정도로 익혀 먹진 않고, 푹 익은 상태가 되도록 상온에서 익혀, 냉장고에서 저온 숙성시키면서 먹는다.

● 사진에 보는 쪽파는 전체적으로 가늘어, 액젓이나 소금에 절이지 않고 바로 양념에 버무렸지만, 뿌리 쪽 흰 부분이 비대한 쪽파는 그 부분을 액젓에 20분 정도 절였다가, 절인 액젓으로 양념을 만들어 버무려주면 전체적으로 간이 맞게 된다.

보쌈김치

보쌈김치는 주로 돼지고기 수육이나 족발과 함께 먹는 음식이라, 김장하면서 만들어 수육과 함께 즐기는 것이 일반적이다. 그래서 겨울 김장철엔 굴을 곁들이는 보쌈김치가 좋고, 그 외의 계절에는 다른 해산물이나, 사과, 배, 밤, 대추, 잣 등을 곁들여 만들면 고급스런 접대용 김치가 된다. 원래 보쌈김치는 조선시대 궁중요리로 시작해 서울의 반가와 개성의 부유한 상인들에게 전파된 것이라고 한다. 그러니까 일반 가정에서 식구들이 먹으려고 만드는 김치는 아니란 얘기다. 실제로 만들어보면, 손이 많이 가고, 시간과 정성이 필요한, 격이 있는 김치란 것을 알게 된다.

4년 전, 첫 번째 책을 출판하고 '북 콘서트'란 것을 하게 되었다. 나는 개인적으로 그냥 조용히 넘어가고 싶었는데, 주변에서 첫 출판인데 그냥 있는 것은 아니라고 다들 한 가지씩을 맡아, 나도 몰래 추진해 버렸다. 그 당시 나는 그야말로 피곤에 지쳐 쓰러질 지경이었다. 책이 나오자마자 여기저기 인사로 보내는 것이 거의 열흘 걸렸고, 그다음엔 공동구매에 올려져, 날마다 많은

불려서 준비한 무말랭이

고춧가루 입히기

영양풀, 김치양념, 조청으로 버무리기

김치통에 담아 숙성하기

사과, 부추, 쪽파, 당근 채썰기

책에 일일이 서명하고, 주소 쓰고, 봉투에 넣어 포장하고, 우체국 마감 직전에 달려가 보내고 오는 일과에 지쳐 있었기 때문이다. 그런데 북 콘서트를 하면, 간단하게라도 식사를 준비해야 하는데, 그게 엄두가 안 났다. 옆지기는 도시락을 주문하거나 뷔페식을 준비하자 했지만, 명색이 요리연구가의 출판기념회인데 밥을 주문해서 차리는 것은 예의가 아니었다. 옆지기가 수육과 동파육을 하겠다고 하기에 며칠 전부터 음식을 준비했다. 나박김치를 만들어 숙성하고, 열무김치 담가두고, 보쌈김치도 고기와 드시라고 만들었다. 당일은 잡채 넉넉하게 만들고, 이웃분들의 도움으로 김밥과 초밥을 준비했다. 미리 만들어 얼려둔 인동꽃 식혜를 해동하고, 과일과 함께 조촐하게 차려내었는데, 의외로 다들 깔끔하니 좋았다고들 평해주셨다.

보쌈김치를 정석대로 하자면, 겉잎이 많은 통배추에 속 재료를 듬뿍 넣고, 겉잎으로 싸서 완성하는 것이다. 상차림에 내어갈 때, 겉잎을 걷어내고 속에 듬뿍 들어있는 재료가 보이게 내어놓으면 되지만, 쉽게 가져다 먹을 수 없는 것이 흠이다. 이런 점을 보완해서 배춧잎을 하나씩 뜯어내어 살짝 절여, 속 재료들을 모두 돌돌 말아 주었다. 그리고 먹기 좋은 크기로 잘라 접시에 담아 올렸더니, 다들 고기와 곁들여 잘 먹었다고 했다. 이처럼 보쌈김치도 상황에 따라 적절하게 변형시켜 만드는 방법도 효율적이라 생각한다.

#보쌈김치 만들기

1. 무말랭이 한 봉을 꺼내 1시간 물에 불린다.

2. 바락바락 주물러가며 3번을 씻어, 물기 짜고 바구니에 건져둔다.

3. 스텐 대야에 담아 고춧가루 3국자를 넣고 살살 버무려준다 (이 과정이 나중에 무말랭이와 양념이 따로 놀지 않는 비법이다)

4. 김치 양념과 영양풀(찹쌀가루, 율무가루, 우리 밀가루를 넣고 쑨 풀), 조청 1국자를 넣고 버무려준다.

익은 무말랭이와 합방하기

배춧잎에 속 넣기

속 넣고 말아준 모습

5. 김치통에 넣고 상온에 3일간 숙성한다.

6. (3일 후) 부추 한 줌, 쪽파 한 줌 5cm 길이로 자르고, 당근 1개, 사과 2개를 5cm 길이로 채 썰어, 모두 김치 양념에 버무린다.

7. 익혀둔 무말랭이랑 합방해 잘 버무린다.

8. 배추 한 포기 잎을 하나씩 뜯어내어, 소금에 2시간 절였다 헹군 다음, 물기를 짜서 준비한다.

9. 배춧잎을 펼쳐 7번을 재료를 한 줌씩 올리고 돌돌 말아준다.

10. 3등분으로 잘라 접시에 담는다.

● 만들어 바로 먹는 경우는 생무를 사용해도 좋지만, 미리 만들어야 하는 상황이라 무말랭이를 이용해 숙성했다.

돌산갓김치

대체로 갓김치는 김장할 때 같이 담가두고 먹지만, 돌산갓을 선호하는 나는 담는 시기가 다르
다. 돌산갓이 막 꽃대를 올리기 시작할 무렵, 3월 중순쯤에 담가 겨울이 될 때까지 먹는다. 꽃대
올릴 무렵의 돌산갓이 제일 맛이 좋고, 영양가도 높기 때문이다.

원래 나는 톡 쏘는 맛 때문에, 갓김치 자체를 별로 좋아하지 않았다. 그런데 20년 전쯤, 처음
돌산갓김치 맛을 보고 바로 그 맛에 반해 버렸다. 친구들과 남도 여행길에서 여수 향일암에 가기
위해 돌산도로 들어갔다. 향일암 아래의 어느 식당에서 꽃게탕을 시켜 저녁을 먹는 식탁에 잘 익
은 돌산갓김치가 올라왔다. 하도 먹음직스레 보여 자연스레 한 젓가락을 집어 먹었다. 부드럽게
곰삭은 돌산갓김치의 맛은 그야말로 밥을 부르는 맛이었다. 꽃게탕도 맛이 좋았지만, 돌산갓김치
를 걸쳐 밥 한 그릇을 뚝딱 먹어 치운 뒤로, 나는 돌산갓김치와 사랑에 빠졌다.

돌산갓은 일반 갓보다 섬유질이 적어 잎과 줄기가 연하다. 그래서 식감이 부드럽고 특유의 알

싸한 맛을 지닌다. 남해안 해양성 기후와 알칼리성 사질토에서 자라 매운맛이 과하지 않고, 향이 독특해, 김치를 담가 익히면 풍미와 저장성이 아주 뛰어나다. 뛰어난 저장성 덕분에 돌산갓김치는 아무리 시어도 먹을 수 있는 김치다. 돌산갓김치의 매력을 나는 인도 성지순례에서 재확인했다.

법륜스님과 함께 떠나는 고행의 순례길에 보름간 먹을 반찬 25끼를 각자 준비해 가야 했다. 그중 하나가 잘 익은 돌산갓김치였다. 나는 한 끼에 돌산갓김치 다섯 조각을 넣고, 진공 포장해 가져갔다. 시어 터져도 먹을 수 있는 돌산갓김치는, 고행의 순례길에 지친 나에게 다시 일어설 힘을 주었다.

산골로 들어온 뒤로는 해마다 돌산도에 사는 지인에게 부탁해, 3월 막 꽃대 올릴 무렵의 돌산갓을 택배로 받아 김치를 담근다. 자신도 바쁜 사람이지만, 부탁을 하면 한 번도 귀찮아하는 내색 없이 겉잎 떼어내고 깔끔하게 손질까지 마친 돌산갓을 한 상자 보내준다. 돌산댁의 고마운 마음을 나는 정성스레 김치를 담가 나눠 먹는 것으로 보답한다. 해마다 3월 중순이면 무슨 중요한 의식을 치르듯 나는 돌산갓김치를 담가 놓고 스스로 흐뭇해한다. 올해도 그랬다.

돌산갓김치를 식탁에 올리면, 이상스레 줄기만 젓가락이 가고 잎은 젓가락으로 자꾸 밀어낸다. 밀려나서 남겨지는 갓김치 잎을 버릴 수는 없어 따로 모아 두었다가, 맛있는 도시락으로 재탄생한 것이 갓김치 주먹밥이다. 입맛이 없거나 가끔 밥상 차리기가 싫을 때, 남겨진 갓잎으로 주먹밥을 만들면 한 끼를 맛있게 먹고는 다시 일상으로 돌아오는 힘을 얻기도 한다.

돌산갓김치는 한마디로 식탁의 요술쟁이다~!

택배 받은 돌산갓

절이는 모습

씻어 건진 모습

갓김치 양념

양념 버무리기

#돌산갓김치 만들기

1. 돌산갓 10kg 준비한다.

2. 뜨거운 물에 소금을 풀어두고, 돌산갓 서너 포기씩 적셨다가, 절이는 통에 넣고 소금 뿌리는 일을 반복해서 절인다.

3. 2시간 뒤에 한번 뒤집어주면서 4시간을 절인다.

4. 3번 헹궈 바구니에 건져둔다.

5. 하룻밤 충분히 물기를 뺀 뒤, 양념에 버무려 김치통에 넣고, 맨 위에 비닐 한 겹을 덮어준다. (전체를 김장 비닐에 넣는 것도 좋다.)

6. 상온에서 일주일 이상 숙성해, 푹 익은 향이 나면 김치냉장고에 넣는다.

김치통에 담기

비닐 덮어주기

#돌산갓김치 양념

1. 사과 1개, 양파 1개, 마늘 250g, 생강청 30g, 고추청 1컵, 새우젓 1컵,

2. 맛국물(멸치 채소 육수) 1컵을 넣고 믹서기 갈아준다.

3. 진한 액젓과 맑은 액젓 1컵씩 넣고, 고춧가루를 풀어주고 산야초청 1컵을 섞어 하룻밤 충분히 어우러진 다음 김치에 버무린다.

4. 갓김치는 오래 두고 먹을 것이라 풀물은 섞지 않는다.

갓김치 주먹밥

단풍 깻잎김치

깻잎은 한국 사람들만 먹는 일종의 허브 채소다. 중국이나 일본에 비슷한 것이 있어도 잎을 먹지 않는다. 그런데 외국에서 온 유명 미쉐린 셰프들도 한국 음식점에서 깻잎 맛을 보면 놀라움을 감추지 못한다. 독특한 향과 깔끔한 맛을 느끼는 순간, 극찬을 아끼지 않는 매력적인 향 채소가 깻잎이기 때문이다.

내가 즐겨 먹는 김치 중의 하나가 깻잎김치인데, 생 깻잎으로 담그는 김치는 오래 두고 먹기에는 부적합하다. 그래서 조금씩 자주 담가 먹어야 하는데, 이런 문제점을 보완해 주고, 두고 먹을수록 깻잎의 곰삭은 맛을 느끼게 해주는 것이 바로 단풍 깻잎김치다. 산골에 오기 전에는 단풍 깻잎의 존재 자체를 몰랐다. 이것은 시장에 유통되는 상품이 아니라, 들깨를 심어 깻잎을 따 먹고, 들깨를 수확하는 과정을 거치는 사람들만이 아는 이름이다. '단풍 깻잎'

9월이 되면 들깨가 꽃을 피우려고 올망졸망 자잘한 꽃봉오리가 매달린 꽃대를 올리는데, 이때

삭힌 단풍 깻잎 끓는 물에 삶아주기

찬물에 우려 간 빼주기

물기를 꼭 짜서 바구니 건지기

양념장 만들기

양념 발라주기

쯤 깻잎은 단풍이 들기 시작한다. 잎이 억세지면서 노르스름하게 물들기 시작하는 깻잎을 따서, 소금물에 삭혀 둔다. 겨울의 끝자락 이른 봄날, 나른하면서 입맛 잃는 시기에 삭혀둔 깻잎을 꺼내 깻잎김치를 담그면 그야말로 둘이 먹다 다 죽어도 모르는 맛의 별미 김치가 되는 것이다.

지난해 겨울, 법륜스님 따라 인도 성지순례 떠나면서 나는 이 단풍 깻잎김치도 밑반찬으로 챙겨 갔었다. 인도에서 불교 성지는 거의 모두 외곽 지역, 인가도 없는 곳에 있었던 까닭에, 순례자들은 보름간의 반찬을 각자 챙겨 갔다. 순례하는 동안에는 수행자의 마음과 자세로 다니기로 했기에, 스스로 밥을 지어 먹고, 잠자리와 환경에 불평하지 않고 다니기로 했다. 그래서 너무 힘든 고행의 순례길이었지만, 챙겨 간 밑반찬들이 다시 일어서는 힘이 되고는 했다.

#단풍 깻잎김치 만들기

1. 삭혀 둔 단풍 깻잎 4묶음 꺼내 온다. (1묶음이 100장)

2. 끓는 물에 5분간 삶아(살균과 잡냄새 제거, 깻잎을 부드럽게 만듦) 찬물에 담가 4~5시간 우린다.

3. 여러 번 헹궈 물기를 꼭 짜서 바구니 건진다.

4. 양념장 만들기(맛국물 3컵, 액젓 2컵을 섞어두고, 다진 마늘 100g, 생강청 1큰술, 양파 1/2개, 사과 1/3개, 고추청 1국자, 산야초청 1/3컵, 청주 3큰술을 믹서기에 갈아 함께 붓고, 고춧가루를 풀어 출렁거릴 정도로 농도를 맞추고 2시간 정도 고춧가루가 불어나게 둔다.)

5. 양념장 농도가 알맞으면, 대파 3대 다져 넣고 통깨 듬뿍 넣는다.

6. 스텐 김치통에 비닐을 한 겹 넣고, 깻잎 2장씩 올리면서, 양념장 1큰술씩 발라준다.

7. 완성되면 비닐을 묶어 깻잎들이 모두 국물에 잠기게 한 뒤, 상온에서 이틀 숙성 후, 김치냉장고에 넣고 먹는다. (깻잎들이 국물에 잠긴 상태로 있어야 오래 두어도 맛의 변질이 없음)

열무물김치와 열무잘박김치

나박김치도 그렇지만 열무로 김치를 담가 반찬으로 먹는 나라는 아마도 한국이 유일한 나라이지 싶다. 나는 젊은 날에는 열무김치 자체를 좋아하지 않았다. 미처 덜 익어 풋내나는 맛을 보고는 다시 찾지 않았다.

스물아홉에 큰아이를 낳고 산후조리를 하던 중이었다. 한여름 방학 중에 아이를 낳고 삼복더위에 산후조리를 하려니, 등에 땀띠가 줄이어 날만큼 덥고 식욕도 나지 않았다. 산후 회복에 좋다고 가물치를 고아왔지만, 비위가 약해 입에 대지도 못했다. 육고기도 싫어하니 조갯살 넣은 미역국을 하루 다섯 끼씩 챙겨 먹인다고, 더운 날씨에 친정엄마 고생이 말이 아니었다.

그러다 두 칠이 지난 어느 날, 잘 익은 열무물김치를 총총 다져 강된장에 비벼 미역국이랑 가져온 것을 얼마나 맛있게 먹었는지 모른다. 그러면서 혼자 생각했다. 이게 한국 전통의 맛인가? 이게 한국의 여름철 대표 밥상인가? 단순하지만 다른 찬이 필요 없는 맛, 정말 가라앉은 입맛을

심은 지 35일된 열무

손질한 열무

잘라 절인 열무

함께 갈아 넣을 재료들

풀물에 간 재료 합방

살려내고 몸의 활기를 불러오는 맛이었다. 작은 체구에 머리가 큰 아이를 낳는다고 엄청난 난산을 한 탓에, 회복이 쉽지 않았던 첫 출산의 아픈 기억을 천천히 아물게 해준 명약이 내게는 열무물김치였다.

지금은 세월이 좋아 한겨울을 빼고는 열무를 구할 수 있지만, 제철에 담는 열무김치의 깊은 맛을 제대로 내지는 못한다. 열무에는 비타민과 식이섬유가 풍부해, 땀을 많이 흘리는 여름철 원기를 회복시키고 소화 기능도 높여준다.

열무로 담글 수 있는 김치는 대략 세 가지로 요약된다. 소금에 절인 다음 헹궈 건져 물기를 뺀 열무에 김치 양념을 버무리면 열무김치가 되고, 만들어둔 연한 풀물에 넣어 익히면 열무물김치가 되고, 약간의 풀물에 김치 양념을 풀어 담그면 열무 잘박김치가 된다.

'잘박김치'라는 표현은 사전에도 없는 말이다. 그냥 경상도 일반 가정에서 오래전부터 담가 전해오는 김치 형식인데 적당한 명칭이 없어 구전되는 이름으로 표기한다. 물김치도 아니고, 양념 김치도 아닌, 열무 건지가 국물에 살짝 잠기는 중간 형태의 김치를 말한다.

소금에 절여 양념에 버무리면 되는 열무김치는 생략하고, 여기서는 열무물김치와 잘박김치 담는 과정만 소개한다. 5월과 8월 말경에 두 번, 밭에 열무 씨앗을 파종하고 35일 만에 수확하여 열무김치를 담근다. 대략 시장에서 파는 열무 열 단 정도의 양이며 그 중 2/3는 물김치를 만들고, 나머지 1/3 정도를 잘박김치로 담갔다. 잘 익은 열무김치는 강된장에 비벼 먹으면 가장 궁합이 좋고, 잘박김치는 푹 익혀서 밥 위에 걸쳐 먹으면 그야말로 밥도둑이다.

완성된 풀물

열무물김치 완성

홍,황파프리카 잘라 올리기

열무물김치와 강된장

#열무물김치 만들기

1. 밭에서 뽑아온 열무를 모두 손질해 90분 소금에 절인다. (물김치 담글 것은 5~6cm 길이로 자르고, 잘박김치용은 손질만 해서 길이대로 절인다.)

2. 물 2L, 찹쌀가루 1컵, 우리밀가루 1/2컵, 토판염 2/3컵 넣고 걸쭉하게 풀을 쑤어 식혀둔다.

3. 국물에 갈아 넣을 재료들(홍파프리카 1개, 양파 1개, 사과 1개, 청양고추 10개, 깐마늘 120g, 생강 30g) 준비해 믹서기에 갈아준다.

4. 김치통에 생수 6L를 담고, 2번을 풀어주고, 3번을 섞어준다.

5. 액젓 1컵, 산야초청 1컵, 채소과일청 1컵, 청주 1/2컵을 섞어준다. (처음 담글 때의 국물 간은 제법 짭짤하고 매콤해야 숙성되면 적당한 맛을 낸다.)

6. 절인 열무는 90분 뒤, 2번 정도 헹궈 바구니에 건져 물기를 뺀다.

7. 물기 뺀 열무를 만들어둔 국물에 넣고 상온에 2~3일 정도 숙성한다.

8. 살짝 익은 맛이 나면, 우선 먹을 것을 덜어내고 김치냉장고에 두고 먹는다.

9. 덜어낸 김치통에 홍,황파프리카를 채썰어 섞어주면 색감 좋은 물김치가 된다.

숙성된 열무물김치

절인 열무

씻어 건진 열무

찹쌀풀

갈아 넣을 재료들

만들어진 양념 국물

#열무잘박김치 만들기

1. 길이대로 절인 무를 씻어 건져둔다.

2. 맛국물(육수) 2컵에 찹쌀가루 1/2컵 넣고 풀물을 쑤어 식힌다.

3. 함께 갈아 넣을 재료(사과 1개, 양파 1개, 홍고추 5개, 깐마늘 120g, 고추청 1/2컵, 새우젓 1/2컵, 맛국물 2컵)를 믹서기에 갈아 준다.

4. 스텐 대야에 2번, 3번을 붓고, 액젓 1.5컵, 고춧가루 1컵, 산야초 청 1/2컵, 생강청 3큰술, 청주 3큰술 모두 섞어주면 양념 국물 완성.

5. 김치통에 물기 뺀, 열무 한 켜 놓고, 양념 국물 덮어주면서 켜켜 이 넣는다.

6. 맨 위에 남은 양념 국물을 모두 붓고, 꼭꼭 눌러 3일간 상온에 숙 성시켜 김치냉장고에 넣고 꺼내 먹는다. (김냉에 들어가고 일주 일이 지나야 완전 익음.)

숙성된 열무잘박김치

고추청, 새우젓도 함께 갈기

완성된 열무잘박김치

냉면 무김치

위장이 약한 나는 한여름에도 찬 음식을 즐겨 먹지 못한다. 새벽부터 밭에 내려가 땀이 흐르도록 일하고 올라오면 수박 한두 쪽 정도를 즐길 뿐이지, 찬 음료나 냉커피를 즐겨 마실 수가 없다. 그렇게 좋아하지도 않는다. 그러나 가만있어도 땀이 나는 한여름 삼복더위엔 냉면 생각이 절로 난다. 보현골에는 식당이 없어 냉면을 사 먹을 곳도 없지만, 냉면은 정말 잘하는 집이 아니면 밍밍한 맛에 실망만 하고 나오기가 일쑤다. 그래서 강한 맛을 좋아하는 부산 사람들은 칼칼하고 시원한 밀면을 즐겨 먹는다. 하지만 밀면의 강한 매운맛과 살얼음 띄운 육수의 차가움에 나는 항상 속이 불편하고는 했다.

오래전 캄보디아 여행을 갔을 때, 일행들과 평양냉면집을 찾아간 적이 있다. 친절하게 응대하던 여종업원들은 표정이 없었다. 무대에서 춤과 노래를 보여주기도 했지만, 어딘지 기계적인 움직임이 느껴졌다. 별다른 기대를 품고 갔던 냉면집에서 엄청 비쌌던 가격에 비해, 맛은 특별히 기

동치미 국물에 만든 냉면

무 1개를 4~5등분

두께 2mm 정도로 썰어주기

1시간 소금에 절이기

고춧가루 입히기

갈아 넣는 재료들

억에 남지 않았다. 그러니까 육고기 육수나 동치미 국물에 말아주는 평양식 냉면은, 칼칼한 비빔냉면인 함흥냉면에 비해서는 덤덤하고 밍밍한 맛이라, 얹어주는 무김치나 겨자와 식초에 의해 장식되는 맛으로 먹게 되는 것 같다. 여기서 중요한 역할을 하는 냉면집의 무김치는 대체로 너무 시거나 많이 달아서, 맛있다는 느낌을 별로 못 받았다. 그러니 어렵지도 않은 냉면 무김치를 담가, 입맛에 맞는 냉면을 만들어 먹을 수밖에….

늦가을에 담가둔 동치미는 이른 봄이면 동이 나고, 남은 국물을 냉면 육수용으로 얼려둔다. 온갖 채소와 과일을 가마솥에 끓여 만든 동치미 육수는 발효과정을 거치면서 깊은 풍미를 가진다. 이런 국물만 있으면, 감칠맛 나게 익은 무김치를 얹어 냉면을 만들어 먹고 싶은 생각은 당연지사~!

얼려둔 동치미 국물을 해동시켜 집에서 만든 냉면용 무김치 듬뿍 올려, 냉면을 즐기다 보면, 삼복더위가 다 지나가곤 한다. 직접 담근 냉면 무김치와 동치미 국물이 소화 촉진제 역할을 해서, 속도 편하고 맛도 좋고, 한여름 무더위도 식혀주니 일석삼조 아닌가.

숙성된 냉면 무김치

#냉면 무김치 만들기

1. 무 1개 깨끗이 씻어 필러로 껍질 벗긴다. (무는 1.8~2kg 정도)

2. 무 길이 6cm 정도 되게 4~5등분 자른다.

3. 자른 무를 각자 다시 4~5등분 잘라, 얄팍하게 썰어준다. (며칠 내로 다 먹을 예정이면 필러로 밀어 얄팍하게 담가도 좋지만, 두고 먹으려면 칼로 썰어야 한다. 필러로 밀면 쉽게 물러진다.)

4. 소금 3큰술 뿌려 1시간 절인다.

5. 1시간 뒤, 씻지 말고, 절인 물도 버리지 말고, 그대로 고춧가루 3큰술 넣어 무에 색을 입힌다.

6. 양파 1/2개, 깐마늘 10쪽, 고추청 3큰술, 새우젓 2큰술, 함께 믹서기 갈아 5번에 부어준다.

7. 액젓 3큰술, 원당 2큰술, 천연식초 3큰술, 넣고 함께 버무린다.

8. 김치통에 담아 이틀간 상온 숙성, 김치냉장고 넣어 3일 이상 숙성한 뒤에 꺼내 먹는다.

믹서기 갈아서 합방

함께 버무려주기

냉면 무김치

Ⅲ
별미 요리

가끔 해 먹는, 손이 많이 가고, 재료도 좀 복잡한, 일상적이지 않은 요리들을 모아 별미 요리라는 이름을 붙였다. 여기엔 전통요리도 있고 약선요리도 있으며, 사찰요리도 포함했다. 계절에 따라 귀한 손님이 오시거나, 함께 즐거운 시간을 나눌 친구들과의 모임이나, 모처럼 함께 집안 식구들이 모여 축하를 나누는 자리에 요긴한 음식들이다. 고마운 마음을 표시하는 방법은 여러 가지가 있지만, 어떤 비싼 선물보다도 정성과 사랑을 담아 준비하는 한 끼의 식사가 평생 기억에 남을 수도 있다. 재료 준비에 손이 많이 가면 하루 전부터 하나씩 마련해두어도 좋을 것이다. 누군가의 마음속에 남겨질, 아름답고 향기로운 요리 한 가지를 준비하는 즐거움 또한 일상의 행복 에너지가 되지 않겠는가~!

모둠 봄나물 완자탕

보현골의 봄날은 밀당을 즐기는 연인들처럼 시작된다. 계곡이 깊은 산자락이라 유난히 바람도 많이 지나간다. 꽃샘바람이 며칠씩 불다 따사로운 햇살이 나오면, 계곡의 개울물 가장자리부터 연초록 머위잎이 머리를 내민다. 찬바람도 아랑곳하지 않고 밭고랑 사이마다 민들레가 잎 순을 올린다. 황량해 보이는 산자락 검불이 우거진 틈새로 구릿대가 순을 튼실하게 내민다. 쌉싸름한 잎사귀가 환절기 입맛을 살려주는 왕고들빼기도 뾰족뾰족 새순을 내미는 봄날의 보현골은 봄나물들의 축제장이다.

나물 밭에서는 참나물, 취나물, 방풍에 초벌 부추까지 빼꼼, 더듬이 같은 촉을 올린다. 두릅이 새순을 올릴 무렵, 산속 그늘진 자리 낙엽이 수북한 속에서 불쑥 대궁이를 올리는 땅두릅은 또 얼마나 향기로운 봄날의 선물인가~! 봄의 생명들은 한결같이 향기롭고, 생명력이 왕성한 건강한 먹거리며 자연이 주는 보약이다.

간 쇠고기 양념하기

삶은 모둠 봄나물

다진 봄나물과 고기 합방

나머지 재료들 넣기

완자 빚기

봄날의 먹거리들은 부지런 떨지 않으면 금세 지나가 버리는 속성이 있어, 그때그때 채취해서 생명 에너지를 받아야 한다. 봄나물로 상큼 쌉싸름한 나물을 즐기는 것은 물론이거니와 봄나물 장떡도 부치고, 봄나물 두루 넣고, 쑥을 듬뿍 넣은 절편이랑 인절미도 만들어 저장해두고 먹어야 한다.

주말에 몸이 아픈 친구가 온다길래, 몸을 보할 수 있게 모둠 봄나물 듬뿍 넣은 완자를 빚어 완자탕을 끓였다. 진한 육수를 내어 정성과 사랑을 듬뿍 넣은 봄나물 완자탕에 쑥 향을 더하고, 고운 고명을 얹어 보약 같은 완자탕을 차렸다. 친구는 보는 것만으로, 몸이 건강해지는 것 같다며 봄꽃처럼 환하게 웃었다.

자연이 주는 치유력이 얼마나 무궁무진한지, 나는 감히 가늠할 수조차 없지만, 새봄을 맞을 때마다 새로운 보현댁이 다시 봄의 감성 속에 살아난다는 것은 분명한 사실이다.

#모둠 봄나물 완자탕 만들기

1. 모둠 봄나물(머위, 참나물, 취, 엄순, 땅두릅, 방풍, 왕고들빼기, 민들레, 구릿대, 부추)을 손질해 살짝 데쳐 물기 짜고, 250g 준비한다.

2. 쇠고기 갈아서 250g 준비한다.

3. 쇠고기를 키친타올에 눌러 핏물 제거하고, 맛간장 2큰술, 청주 1큰술, 생강청 1큰술, 다진 마늘 1큰술, 원당 1/2큰술, 후추 톡톡 뿌려, 골고루 잘 섞어서 1시간 간이 배게 둔다.

4. 맛국물(멸치, 다시마, 표고버섯, 새우, 무, 대파, 양파를 넣고 낮은 불로 1시간 이상 푹 우린 육수)은 미리 만들어 준비한다.

5. 봄나물을 총총 다져, 유정란 1개, 감자전분 2큰술, 토판염 1작은술 넣고, 3번을 함께 섞어 치대어준다.

6. 큰 접시에 찹쌀가루를 깔아놓고, 5번으로 완자(개당 15g)를 빚어 굴려준다.

7. 유정란 3개로 흰색, 노란색, 지단을 부쳐 얄팍하게 썰어둔다.

끓는 육수에 완자 넣기

쑥 넣어주기

들깨가루 대파 넣기

8. 2인분 분량으로 쑥 두 줌을 씻어 건져둔다.

9. 육수 1ℓ 냄비에 붓고, 약선 된장 1/2큰술만 풀어준다.

10. 국물이 끓어오르면, 완자를 넣고(1인분에 5개 정도) 끓인다

11. 완자가 익어 떠오르면 쑥을 넣고, 들깻가루 2큰술 넣고, 약선 간장과 맑은 액젓을 절반씩 넣어 간을 맞춘다.

12. 대파 1대를 어슷썰어 넣고 한소끔 끓으면 완성이다.

13. 적당한 대접에 담고, 계란지단과 김을 고명으로 얹어 상에 올린다.

아롱사태 편육

산목련이 피면 사흘을 못 간다. 솜털이 보송한 꽃봉오리가 맺히는가 싶으면, 이틀이 안 되어 활짝 꽃잎을 열기 때문이다. 목련 꽃차를 만들려면 하루 몇 번씩 산자락의 목련나무를 쳐다본다. 목련이 솜털을 막 벗어나 미색의 버선코 같은 꽃봉오리를 내밀 때, 따와야 하는 순간 포착을 위해서다. 목련 꽃차는 비염에 좋다고 해서 몇 년을 만들다가 지금은 그만두었다. 비염에 좋은 많은 약들이 있는 시대라 굳이 목련 꽃차로 치료를 시도하는 사람도 없고, 꽃차는 손이 너무 많이 가는 작업임에 비해, 꽃차를 즐기는 사람들이 점차 줄어들기 때문이다. 그래서 지금은 목련꽃으로 야생화 식초를 만들고, 꽃을 따 오는 날은 재미있는 음식 놀이도 해본다.

산자락에 야생 목련이 무리 지어 피는 날은, 너무도 정갈한 자태에 꽃그늘 아래 잠시 향기에 취해 본다. 가지 끝에 무수히 피는 꽃들은 날개를 펴고 막 날아오르는 나비 같기도 하고, 한지로 만든 작은 등불 같기도 하다. 아른아른 황홀함에 빠져 한참이나 넋을 놓고 있다가, 꽃을 담은 바

구니를 챙겨 돌아왔다. 하얀 목련꽃 위에 채소와 아롱사태 편육을 올려, 어여쁜 요리로 꽃 놀음하는 즐거움을 누리려고 열심히 편육을 만들고, 채소를 다듬어 썰고, 소스를 준비했다. 꽃과 함께 즐기는 편육은 눈으로 먹는 또 다른 감성의 맛이었다. 도시에서는 상상도 못 했던 산골에 사는 행복이다. 목련꽃을 핑계로 벌인 봄날의 잔치 한 마당 속에서 봄은 점점 뜨락 깊이 내려앉았다.

함께 곁들이는 채소는 냉장고 있는 대로 준비하면 된다. 가능하면 색상이 골고루 어우러지면 보기도 좋고, 식욕도 자극할 수 있어 좋다. 소스도 취향대로 준비하면 된다. 겨자소스도 좋고, 새콤달콤 레몬청과 다진 마늘 소스도 좋다. 된장소스를 준비해도 편육이랑 잘 어울린다. 이번 소스는 새콤달콤 레몬청 소스를 사용했다. 식용의 목련꽃은 반드시 산목련이라야 한다. 화단이나 아파트 조경수나 가로수인 목련은 살충제를 쳐서 식용으로는 불가하다.

아롱사태 끓이는 물에 약재를 함께 넣는 이유는 일종의 약선 편육을 만들기 위해서다. 약재의 향이 고기에 배어 품격을 더해주고, 누린내나 잡냄새를 없애주고, 소화 흡수를 도와주는 작용을 한다.

#아롱사태 편육 만들기

1. 아롱사태 한 벌을 준비해 2~3시간 핏물을 우려준다.

2. 약재 몇 가지(황기, 당귀, 둥굴레, 생강, 통후추, 월계수 잎)를 넣고 냄비에 약재 물을 1시간 정도 우려준다.

3. 아롱사태를 실로 칭칭 감아 모양을 잡아준다. (이렇게 하지 않으면 끓어 익으면서 모양이 뒤틀려 동그랗고 예쁜 편육을 얻기 어렵다.)

4. 약재 물에 아롱사태를 넣고, 소금 1/2큰술 첨가해, 중불로 1시간 끓인다.

5. 완전히 익은 아롱사태를 건져 충분히 식힌다.

함께 끓일 약재들

아롱사태를 실로 감아 형태 잡기

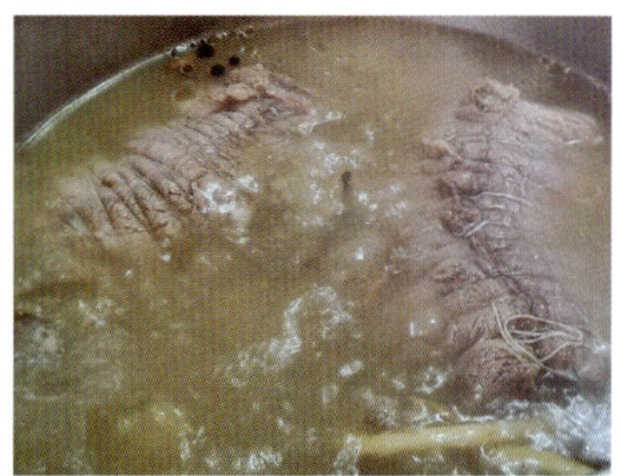

약재물에 아롱사태 끓이기

건져 식히기

함께 곁들일 채소들

6. 그동안 함께 곁들일 채소들 준비해 길이 비슷하게 채를 썰어 준
   다. (색상을 맞춰주면 좋다. 깻잎, 비트, 미나리, 양파, 적양배추,
   이 외에도 표고버섯 채를 썰어 살짝 볶아주고, 케일, 쪽파, 애플
   민트를 곁들였다.)

7. 소스 준비한다. (맛간장 2큰술, 레몬청 2큰술, 야생화 식초 3큰
   술, 다진 마늘 1/2큰술)

8. 식은 아롱사태는 실을 풀어내고, 최대한 얄팍하게 썰어준다. (도
   마 위에 씻어 말린 우유 팩을 펼쳐 고기를 썰어주고, 버리면 편
   하다.)

9. 커다란 접시를 준비해, 가운데 목련꽃을 꽃잎처럼 펼치고, 꽃잎
   위에 편육을 올려주고, 접시 주변으로 꽃잎을 돌려놓고, 꽃잎 위
   에 색색의 채소들을 골고루 올려 펼친다.

10. 꽃잎 채로 하나씩 들고, 편육을 소스에 찍어 올려 먹는다. (자목
    련은 약간의 독성이 있어 꽃을 먹지 못하지만, 흰 목련은 먹어
    도 좋다.)

레몬청 소스

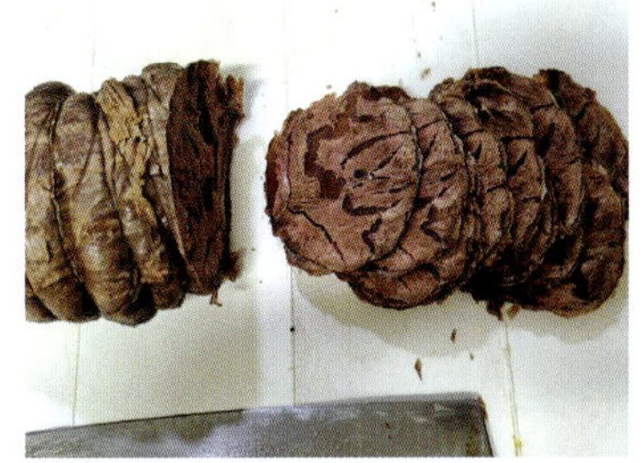
아롱사태 썰어주기

목련꽃과 아롱사태 편육

꽃잎에 고기랑 채소 싸서 먹기

산목련

표고버섯 탕수

지난해 봄의 산불은 그야말로 난생처음 만난, 동시다발적이고 진화가 어려운 무서운 산불이었다. 보현골에 정착한 지 9년째, 산자락에 붙어살면서, 자연이 주는 사계절의 변화와 선물만을 당연한 듯이 누리고 살았는데, 막상 코앞에까지 산불이 번져오는 위급한 상황이 되자, 비로소 산자락에 사는 위험함을 감지하였다.

음력 2월은 예로부터 '영동 할매의 달'이라, 바람이 잦거나, 비가 잦아서, 영동할매가 무엇을 내릴지 날씨를 가늠해 보기는 했다. 그렇지만 지난봄처럼 강풍-태풍 수준의 바람이 자주 부는 일은 드물었다. 성묘객의 실수로 의성에서 발생한 산불은 때마침 불어오던 강풍을 타고 순식간에 번져나갔고, 며칠 만에 동해안 영덕 쪽으로 빠지면서 엄청난 피해를 남겼다. 하필 이때 동시다발적으로 전국에 산불이 발생했다. 산청, 안동, 울산, 무안에서도 발생한 산불들은 무성하게 우거진 나무들과 바싹 마른 낙엽들을 태우며 무섭게 번졌고, 나라 전체가 비상사태에 돌입할 만큼 심

표고버섯

소스에 넣을 과일과 채소

닦아서 자른 표고버섯

찹쌀가루 묻혀주기

소스 끓이기

각했다. 청송군민 전체 대피령이 내려지던 밤, 불길이 산을 넘어오면 바로 보현으로 들어오는 상황이라 나도 어디론가 떠나야 할 것 같은 긴박함에 주섬주섬 가방을 챙겼다. 대문 앞을 지키는 개 두 마리를 데리고는 갈 곳이 없어 안절부절 밤새 잠을 설쳤다. 함께 사는 식구라는 생각에 두고 갈 수는 없고, 데리고 가자니 어디로 가야 할지 막막했다.

다행히 비가 조금 오고, 희생자가 생기면서까지 산불 진화를 한 덕분에 불길이 잡히면서 피난 갈 걱정을 내려놓자, 나는 온몸의 맥이 풀려 드러누울 지경이었다. 봄 농사 시작에 할 일은 많고, 몸이 무거워 한없이 가라앉는 나를 위해 표고버섯 탕수를 한 접시 마련해 먹었더니, 그나마 조금 기운이 생겨 호미 들고 밭으로 내려갈 수 있었다. 만약 집이 불길에 휩싸였다면, 지하실에 저장된 수많은 청 항아리며, 장을 담가 둔 항아리들, 냉장고 다섯 대를 채우고 있던 엄청난 먹거리들이 모두 쓰레기가 되었다고 생각되던 순간, 아끼고 아까워하던 마음조차 욕심이라는 것을 알게 되었다. 오늘, 이 순간 행복하게 살고, 만족하며 살고, 기회가 될 때마다 아낌없이 나누고 살아야지.

삶의 고비마다 위기를 한 번씩 넘기면 한 뼘씩 자란다는 것을 다시 깨달았고, 일상에서 불평하지 않고 살기로 했다. 아무런 일도 일어나지 않는 평범한 일상의 소중함을 가슴 깊이 새겼다.

표고 탕수는 기본적으로 표고버섯에 튀김 옷을 입혀 튀기고, 소스를 만들어 찍먹을 하거나, 부먹을 한다. 그러나 여기 올린 표고탕수는 걸쭉한 국처럼 만든 소스에 표고튀김을 올려 함께 떠먹을 수 있게 만들었다. 한 끼의 식사로 충분하며, 표고의 향과 채소 과일이 새콤달콤한 소스와 어우러져 별미였다.

#표고버섯 탕수 만들기

1. 표고버섯 중간 크기로 8개, 빨아 쓰는 키친타올을 물에 적셔 깨끗이 닦아준 다음, 밑동의 끝부분만 잘라내고 4등분 자른다.

2. 비닐봉지 안에 찹쌀가루 2큰술을 넣고, 버섯을 넣어 흔들어 수분 제거한다.

3. 양파, 1/2개, 사과 1/4개, 깍둑썰기하고 브로콜리 7~8조각 준비한다.

4. 물 1컵, 양조간장 1큰술, 토판염 두 꼬집, 원당 2큰술, 사과식초 2큰술, 냄비에 넣고 끓인다.

5. 바글바글 끓어오르면, 감자전분 1큰술과 물 2큰술을 섞어 부어준다.

6. 걸쭉해진 소스에 3번을 모두 넣고, 한소끔만 끓으면 불 끈다.

7. 2번의 표고버섯을 볼에 담고, 물 80ml, 감자전분 3큰술, 계란 흰자만 1개, 토판염 두 꼬집을 넣고 골고루 버무려준다.

8. 튀김 냄비에 기름을 붓고, 180도 온도에 맞춰, 7번 표고버섯을 두 번 튀겨 키친타올 위에 올려 기름을 잠시 뺀다

9. 커다란 접시에 소스부터 붓고, 그 위에 튀긴 표고버섯을 올려준다.

튀김옷 입히기

기름에 튀겨주기

키친타올 위에 건지기

감성돔찜

해마다 명절이 다가오면 귀한 옥돔을 한 상자 보내주는 분이 있었다. 명절 제사를 지내던 시절에는 음식 준비가 너무 바빠, 귀한 옥돔의 제대로 된 맛을 살릴 생각을 못 했다. 제일 실해 보이는 것을 한 마리 구워 제사상에 올리고, 나머지는 냉동실에 두었다가 한가한 시기에 프라이팬에 한 마리씩 구워 먹고는 했다. 옥돔은 비싸고 귀한 생선이긴 하지만, 프라이팬에 구우면 옥돔 특유의 냄새가 거슬렸고, 두께가 얄팍해 먹을 것이 별로 없었다. 그래서 보내준 것에 고마워하는 마음이 크지 않았다. 그런데 지난해 봄에 꽃대 올리는 대파를 모두 뽑아 한꺼번에 처리하기가 어려워 몇몇 지인에게 나눔을 했더니, 그에 대한 보답으로 크고 실한 옥돔을 보내왔다. 되로 주고 말로 받은 셈이었다. 그냥 구워 먹어버리기엔 보내준 마음에 대한 예의가 아닌 것 같아, 모처럼 정성을 다해 궁중식 옥돔찜을 만들었다. 그런데 정말 그 맛이 놀라웠다. 야~~ 이런 깊은 맛을 살려내지 못하고 여태 옥돔을 홀대했었구나 싶은 생각에 스스로 자책했다. 어떤 재료라도 그 재료 본연의

맛을 살려내는 것이 최선의 요리 방법이라는 것을 다시 한번 깨달으며, 궁중 수라상에 올려도 손색이 없을 것 같은 옥돔찜에 고명을 섞어 우아하게 즐겼다.

오래전, 내가 결혼하고 신혼여행에서 돌아와 이바지 음식을 갖춰 시댁으로 들어갈 때, 친정엄마가 해주셨던 옥돔찜이 생각났다. 음식솜씨도 출중했지만, 아버지 없이 보내는 홀어미의 빈자리를 채우고 싶은 배려였던지, 몇 날 며칠을 혼자 장만한 음식들은 일련의 예술 작품 같았다. 오방색 고명을 얹은 옥돔찜을 직사각형의 대나무 바구니에 한지를 깔고 얌전하게 담아둔 것이, 음식으로 보기엔 너무 아름다웠다. 순간 나는 잠시 울컥했다. 나를 키우고 가르쳐서 결혼시키는 것으로도 부족해, 이토록 정성스런 음식을 함께 보내야만 하는 것이 시댁으로 가는 길인가~! 나는 이 댁의 며느리로 그냥 사람만 가기엔 부족한 것일까? 하지만 이제 나도 며느리 볼 나이가 되니 엄마의 마음이 느껴졌다. 나도 딸이 있었다면, 이처럼 보기에도 좋고, 맛도 좋은 건강한 음식들을 한 상 담아서 사돈댁으로 보내고 싶건만, 아쉽게도 나는 딸이 없는 우야꼬 계꾼일 뿐이다.

옥돔찜의 진가를 알게 된 나는, 그 뒤로 돔 종류의 선물이 들어오면 굽거나 조림으로 하지 않고, 찜으로 먹게 되었다. 아주 싱싱하고 커다란 감성돔이 왔을 때도 오방색의 고명을 얹어 찜으로 먹었더니, 살이 깊은 감성돔은 옥돔과는 또 다른 맛을 알게 해 주었다. 하지만 감성돔은 아무래도 회로 먹을 때, 쫀득한 살점의 강한 탄력이, 심해 바다의 생명성을 느끼게 하는 최고의 맛이다.

#옥돔찜 만들기

1. 옥돔 한 마리, 비늘과 지느러미 깨끗하게 정리하고, 칼집을 넣는다.
2. 양념간장 (맛간장 2큰술, 생강청 1큰술, 청주 1큰술, 다진 마늘 1큰술, 백후추 조금)을 준비해 골고루 발라준다.

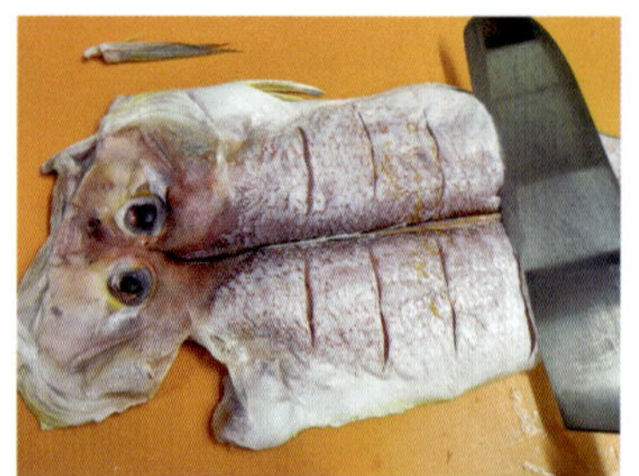

옥돔에 칼집 넣기

간장 양념

옥돔에 양념 발라주기

찜기에 삼베보 깔고 찌기

오방색 고명 준비

고명 올린 옥돔찜

고명이랑 옥돔 섞어서 먹기

감성돔에 칼집 넣기

간장 양념 발라주기

찜기에 삼베보 깔고 찌기

3. 비닐 한 겹 덮어 냉장고에 2시간 정도 간이 배게 둔다.

4. 찜기에 김 올려, 삼베 깔고 옥돔을 얹어 10분간 찐다.

5. 뚜껑 열어 30분 이상 식힌다.

6. 오색 고명을 만든다

　– 계란 흰자 노른자 지단 붙이기

　– 석이버섯 참기름에 소금 넣고 볶기

　– 홍파프리카 채 썰어 굴소스에 볶기

　– 미나리 줄기를 비슷한 길이로 잘라 준비하기

7. 옥돔을 커다란 접시에 담고, 오방색 고명을 올린다.

8. 레드향 잘라 윗부분에 가지런히 놓는다.

9. 대추를 씨 빼고 돌돌 말아 얄팍하게 썰어 꽃으로 올려준다.

10. 먹을 때는 옥돔 살점에 고명들을 모두 섞어 올려 먹는다.

#감성돔찜

1. 감성돔 한 마리 준비해, 손질 깔끔하게 마친 뒤, 앞뒤로 칼집을 깊게 넣고 소금을 뿌려 2시간 둔다.

2. 2시간 뒤에 소금 씻어내고, 간장 양념(맛간장 4큰술, 다진 마늘 2큰술, 청주 2큰술, 생강청 2큰술, 후추 톡톡) 만들어 칼집 틈새로 골고루 넣어, 비닐 덮어 냉장고에서 3시간 간이 배게 둔다.

3. 찜기에 김 올려 삼베 깔고 25분 찐다.

4. 뚜껑 열고 30정도 식힌다.

5. 오색 고명을 만든다

　– 계란 흰자. 노른자 지단 붙이기

　– 석이버섯 참기름에 소금 뿌려 볶기

　– 홍파프리카 채 썰어 굴 소스에 볶기

　– 오이 껍질 돌려 깎아 소금, 원당, 식초에 10분 절였다 물기 짜서 준비

6. 식은 도미 위에 오색 고명을 색색이 올리고, 대추말이로 꽃을 피운다.

7. 레몬과 토마토 몇 조각씩을 아래위로 장식한다.

닭다리살 갈비맛 스테이크

사람이 나이를 먹으면 식성이랑 체질도 변한다는데, 나는 그런 부분에 공감되는 것이 많다. 젊은 날에도 그리 육식을 좋아하진 않았지만, 그래도 가끔은 먹기도 하고, 가족들과 고깃집에서 외식을 즐기기도 했다. 그런데 산골에 들어온 뒤로, 언제부턴가 육고기를 먹은 날은 온몸에 두드러기가 돋았다. 자다가 온몸이 가려워 일어나보면, 팔이나 다리의 접히는 부분이나 겨드랑이에 벌겋게 물집이 생기면서 몹시 가려웠다.

뭘 잘못 먹었는지를 곰곰 생각해 보면, 그런 날은 틀림없이 육고기를 먹은 날이었다. 그래서 나는 내 몸이 육고기를 거부하니 더 이상 먹지 않고 살기로 했다. 옆지기는 그런 상황을 몇 번 보더니 바로 수긍하게 되었지만, 아들들이 쉽게 받아들이지 못했다. 나이 먹어서 고기를 안 먹으면 단백질이 부족해서 문제가 생긴다고 진심 걱정하는 마음으로 고기를 권해서, 그럴 때마다 선택하는 것이 닭고기나 오리고기였다. 뭐라 설명하기가 어렵지만 희한하게도 두 발 고기는 먹어도 괜

닭다리살 300g

갈아넣을 재료들

양념장 만들기

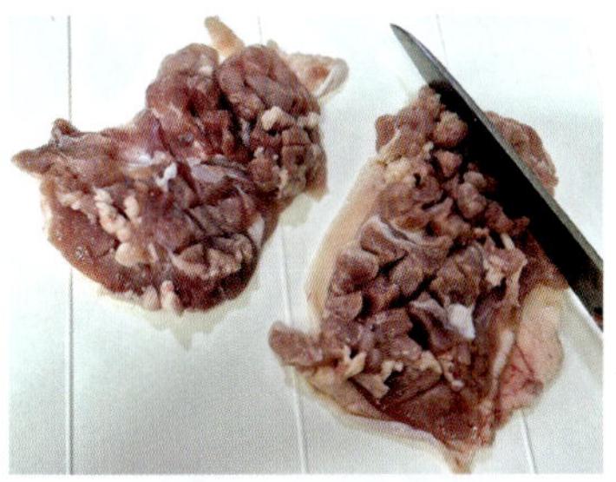

닭다리살에 칼집 넣기

양념장에 재우기

찮고, 네 발 고기는 먹기만 하면 온몸이 거부했다.

작년 1월에 나는 법륜스님을 따라 떠나는 '인도 성지순례'에 동참했다. 18년 전, 유적답사회 선생님들과 인도와 네팔 여행을 다녀오면서 불교의 4대 성지는 순례한 적이 있다. 하지만 불교의 10대 성지를 제대로 순례하고 싶다면 법륜스님을 따라가야 한다는 생각에, 마음을 단단히 먹고 신청했다. 그러나 그 길은 순탄한 길이 아니라 고행의 순례길이었다.

부처님의 초전법륜지 사르나트에서 호궤 합장하고 연비를 받으면서 우리는, 부처님의 탄생에서 열반까지 평생의 길을 보름 만에 경험한다는 것의 고단함을 짐작했다. 그리고 세 가지를 다짐받았다. 평생 걸식하며 살았던 부처님의 삶을 따라, 먹는 일에 불평하지 않는다는 것~! 평생 시타림의 버려진 천으로 가사를 둘러 입었던 부처님처럼 옷차림에 불평하지 않는 것~! 평생 나무 아래나 동굴에서 잠을 잤던 부처님처럼 잠자리에 불평하지 않는 것~!

실제로 우리는 새벽 2시경이면 일어나 하루의 일과를 시작했으며, 저녁이면 숙소로 돌아와 밥을 지어 먹고, 설거지를 마치면 바로 다음 날 아침밥을 지어 도시락을 싸놓고 잠자리에 들었다. 점심은 건너뛰고, 하루 두 끼의 식사와 거의 종일을 이동하고 걸어야 하는 고달픔을 견뎌야 했다. 무엇보다도 잠이 부족했고, 배고픈 시간이 많았다. 다니다 보니 요령이 생겨, 중간에 계란이나 감자를 살 수 있는 날은, 저녁 식사 후에 삶아 다음 날의 간식으로 허기를 면했다. 집에 돌아와서 나는 거의 이틀을 정신없이 자고 나니 조금 정신이 돌아왔다. 그리고 고생한 자신에게 주는 선물로 닭다리 살로 스테이크를 만들어 우아하게 한 접시 먹었다. 나이 먹으면 단백질 보충을 해야 한다고 스스로에게 말하면서.

프라이팬에 굽기

표고랑 양파도 굽기

#닭다리살 갈비맛 스테이크 만들기

1. 닭다리살 300g 준비해, 물에 헹궈 건져둔다.

2. 양파 1/4개, 깐마늘 7쪽, 키위청 5큰술, 와인 3큰술 함께 갈아 준다.

3. 굴 소스 2큰술, 맛간장 2큰술, 조청 1큰술, 원당 1/2큰술, 생강청 1큰술, 참기름 1큰술, 후추 조금을 2번에 섞어준다.

4. 닭다리살 안쪽으로 촘촘하게 칼집을 넣어 양념이 잘 배게 만든다.

5. 3번 양념장에 담가, 2시간 정도 간이 배게 둔다.

6. 두께가 있는 프라이팬에 기름 두르지 않고 중간 불로 닭다리 살을 굽는다.

7. 한쪽이 완전히 익으면, 뒤집어주면서, 옆자리에 양파랑 표고버섯도 굽는다.

8. 스테이크용 철판 접시에 구운 닭다리 갈비와 표고버섯, 양파, 그리고 살짝 데친 브로콜리, 방울토마토를 함께 올린다.

세계적인 국민 식재료 감자 요리

감자는 다양한 얼굴을 지닌 놀라운 식재료다. 고흐의 '감자 먹는 사람들'에 나오는, 가난한 농부 가족들이 삶은 감자만으로 저녁을 먹는 그림은, 가난한 사람들도 쉽게 먹을 수 있는 먹거리가 감자라는 것을 보여준다. 내 또래의 강원도 출신 친구들은 어릴 적부터 감자와 옥수수를 너무 많이 먹고 살아, 감자는 질린다고 말하는 이들이 많다. 춥고 척박한 강원도 땅에서 그나마 잘 자라는 것이 감자와 옥수수였기에 대부분의 끼니가 되었으리라.

또 한편으로는 한국의 미쉐린 셰프들이 운영하는 파인 다이닝 코스요리에도 감자는 고기나 생선과 함께 고급스런 메인 요리로 손님들의 상에 오른다. 아주 가난한 사람들의 입맛부터 엄청 부자들의 입맛까지 두루 만족시키는, 감자의 변신은 무죄다.

감자는 7,000~8,000년 전부터 남아메리카 안데스를 중심으로 재배되었던 작물이다. 잉카 시대의 주식이었으며, 스페인 탐험가들에 의해 유럽으로 전파되었고, 우리나라에는 청나라를 통해

감자 오디 전병

강원도로 맨 처음 유입되었다. 영국을 여행하는 동안, 런던에서 '피쉬 엔 칩스'를 자주 먹었는데, 북유럽의 해안에서 잡히는 흰살생선과 감자를 튀겨 함께 내어주는 서민 음식이다. 발트해 연안국들을 여행할 때도 음식을 주문하면, 대부분의 요리 접시에 감자가 함께 나왔다.

미국의 대표적인 패스트푸드인 '프렌치 프라이'도 일종의 감자튀김이고, 캐나다의 '푸틴'도 퀘벡 지방의 감자튀김으로 국민 요리다. 프랑스의 '그라탕 도피누아'는 얇게 썬 감자를 크림과 치즈를 올려 오븐에 구운 요리로 고급 요리에 속한다. 이탈리아의 '뇨끼'는 으깬 감자를 반죽해, 소스를 올려 먹는 파스타의 일종이고, 감자를 갈아 팬에 바싹하게 구운 해시브라운 비슷한 '뢰스티'는 스위스의 대표적인 국민요리다.

네들란드의 '캡살론'은 감자튀김에 고기와 치즈를 올려 먹는 일종의 스트리트 푸드이고 인도의 '바다 파브'는 으깬 감자튀김을 빵에 끼운 스넥의 일종으로 역시 스트리트 푸드인데 뭄바이의 상징 음식이다.

한국의 '감자전'은 강원도에서 유명한 전통 부침개로 겉바속촉의 대명사이다. 이처럼 감자 요리는 세계적인 국민 음식이란 별칭에 손색이 없을 정도로 감자를 요리의 재료로 쓰지 않는 나라는 거의 없다. 얼음의 나라 아이슬란드에서도 나는 마트에서 감자와 호박을 사서 된장찌개를 끓여 먹지 않았던가~!

하지 감자를 수확할 무렵이면, 오디는 끝물이 된다. 보현골에도 예전에는 누에를 쳤다고 하니 뽕나무가 사방에 지천이다. 뽕나무처럼 생명력이 강한 나무가 있을까 싶다. 가지를 잘라 울타리를 엮어 세우면 이듬해 봄에 그 울타리에서 새 움이 돋아 다시 자라는 나무가 뽕나무다. 뽕나무도 알고 보면 암나무와 수나무가 있는데, 수나무는 오디가 열리지 않는다. 우리 집 울타리 안에도 뽕나무가 몇 그루 있지만, 울타리 바

감자 포슬하게 삶아주기

으깬 감자에 크래미와 다진 양파 섞기

마요네즈와 머스터드 소스 첨가

오디페스토 만들기

토르티야에 오디페스토 바르기

채소 깔고 감자샐러드 위에 오이, 비트 올리기

토르티야 말아주기

또르티야 감자 전병

감자 8개를 큼직하게 썰기

소금물에 한번 삶아주기

깥으로도 버려진 뽕나무들이 꽤 여러 그루가 있다. 이사 온 후, 해마다 오디를 열심히 따서 청도 담고, 잼도 만들고, 술도 만들다가 이젠 그것도 시들해져서 실한 오디만 따서 과일로 먹는다. 나무에 달린 채로 잘 익은 오디를 요리에 활용해 보니 그 재미 또한 특별했다.

수확한 감자와 잘 익은 오디를 활용한 전병은, 만들어놓고 보아도 하나의 작품이다. 맛은 꼭 만들어 먹어보라고 권하고 싶은 맛이다. 자연이 주는 농익은 건강한 맛이지만, 두고 먹을 수는 없는 맛이라 딱 이 시기에만 누릴 수 있는 식도락이다. 물론 오디를 냉동했다가 만들 수도 있지만, 냉동 오디의 맛은 생 오디의 상큼함을 따라올 수가 없다. 감자를 갈아 전병을 부쳐 만들면 전체적으로 조금 뚱뚱하게 나오고, 시판 토르티야를 사용하면 조금 날렵하게 만들 수 있다. 두 가지 사진을 다 올렸으니 참고하면 좋겠다.

꼬마 손님들이 오는 날에 만든 감자의 변신이 카레와 짜장 가루를 넣고 따로 색감을 내어 조린 감자 카레 조림과 감자 짜장 조림이다. 맛도 다르지만, 색감이 너무 고와서 아이들이 행복한 얼굴로 먹는 반찬이다.

삶은 감자를 으깨어 두부랑 반죽해서 만든 요리가 '감자 두부 핫바'이다. 한 끼의 식사로도 손색이 없다. 식성에 따라 크래미를 찢어 넣거나, 치즈를 함께 넣어도 또 색다른 맛이 된다. 감자 반죽으로 호떡도 만들어보고, 치즈를 충분히 얹어 그라탕도 만들어 먹으면서, 감자 요리는 무한하다는 생각에 스스로 감탄하고는 한다. 감자 요리 경연대회를 강원도에서 한번 개최하지 않을까 하는 기대도 하면서….

'마파감자'는 중화요리 '마파두부'에서 두부 대신 감자를 넣은 요리인데 두부의 부드러운 맛 대신, 감자의 포근포근한 맛에 매콤한 소스가 입맛을 살려준다. 마파감자 덮밥으로 한 끼 식사도 충분하고, 안주로도 괜찮고, 간식으로도 훌륭하다. 깍둑썰기한 감자를 튀길 때, 기름 온도가 낮을 때부터 튀겨야

기름이 튀지 않으니 참고하길 바란다.

#감자 오디 전병 만들기

1. 실한 오디를 한 바구니 준비한다.

2. 감자 큰 것으로 3개 껍질 벗기고, 소금 한 꼬집 넣고 삶아준다.

3. 오이 1개 3등분, 껍질 돌려 깎기해 소금, 원당, 식초에 절인다.

4. 비트 얄팍하게 2조각 잘라, 채썰기해 소금, 원당, 식초에 절인다.

5. 오디 120g, 꿀 1큰술, 올리브오일 2큰술, 소금 두 꼬집 넣고 갈아,
   오디 페스토를 만들어둔다.

6. 밭에서 채소 몇 가지(상추, 오크상추, 깻잎, 자소엽) 따다 씻어
   둔다.

7. 삶아진 감자를 으깨고, 크래미 2줄 잘게 찢어 넣고, 양파 1/4개 다
   져 넣고, 마요네즈랑 홀그레인머스타드를 섞어 감자샐러드를 만
   들어준다.

8. 절인 오이랑 비트를 물기 짜고 준비한다.

9. 토르티야 한 장을 펴고, 오디 페스토를 발라주고, 6번의 채소들
   을 차례로 올리고, 7번의 감자샐러드를 펴주고, 가운데 8번의 오
   이와 비트를 올려 김밥처럼 말아준다.

10. 김밥 두께 정도로 잘라준다.

11. 접시에 가지런히 담아 플레이팅한다.

#감자 카레, 짜장 조림

1. 큰 감자 8개, 껍질 벗겨 물에 담가 둔다.

2. 길이로 4등분 하고, 큼직하게 어슷썰기한다.

3. 냄비에 물을 끓여, 소금 1큰술 넣고 삶아준다.(끓기 시작하고 3분)

4. 작은 냄비 2개 준비해, 하나는 물 300㎖, 소금 1큰술, 원당 2큰술,
   다른 냄비엔 물 300㎖, 양조간장 4큰술, 조청 3큰술 팔팔 끓인다.

5. 끓고 있는 감자를 절반씩 건져 각각 냄비에 바로 넣는다.

6. 소금 넣은 냄비엔 카레 가루 2큰술, 간장 넣은 냄비엔 짜장 가루
   2큰술을 풀어주고, 짜장 가루 넣은 쪽엔 참기름 1큰술 넣고 마무

냄비 하나엔 소금과 물

다른 냄비엔 간장과 물

소금 넣은 냄비엔 카레가루 넣고 끓이기

간장 넣은 냄비엔 짜장가루 넣고 끓이기

감자 카레 짜장 조림

감자 2개 포슬하게 삶기

두부와 함께 으깨기

오이와 볶은 채소 합방

잘 치대어 놓고 찢은 크래미 합방

반죽을 성형해서 자르기

리한다.

8. 조금 식힌 후에, 각각 따로 접시에 담아준다.

#감자 두부 핫바

1. 감자 2개 껍질 벗기고, 4등분 해 소금 두 꼬집 넣고 삶아준다. (중불에 15분, 뜸 들이기 5분)

2. 두부 200g 준비해 물기 꼭 짜둔다.

3. 오이 1/3개 자잘하게 다져 소금 조금 뿌려 절인다.

4. 홍, 황 파프리카 각 1/4개, 양파 1/2개 다져서 프라이팬에 소금 한 꼬집 넣고 볶아준다.

5. 감자가 완숙되면, 으깨는 도구로 바로 으깨어, 물기 뺀 두부와 함께 잘 치대어준다.

6. 절인 오이를 물기 짜고, 4번과 함께 5번에 넣는다.

7. 파마산치즈 가루 2큰술, 아몬드 가루 2큰술, 감자전분 2큰술 넣고 골고루 잘 치대어준다.

8. 크래미 4개를 잘게 찢어 7번에 섞어준다.

9. 우유팩 위에 놓고 사각형으로 모양을 다듬어, 절반으로 잘라준다.

10. 프라이팬에 기름을 넉넉히 두르고 중불로 천천히 구워준다.

11. 비비추잎을 따다 깔고, 꼬치 끼운 핫바를 하나씩 올린다.

12. 식성에 따라 케첩이나 머스타드 소스를 뿌려 먹는다.

#마파감자

1. 중간 크기의 감자 3개(420g) 준비해, 껍질 벗기고 깍둑썰기한다.

2. 새우 7마리(80g) 다져 놓는다.

3. 함께 볶을 재료(다진 마늘 1큰술, 대파 1대, 양파 1/2개 다져둠) 준비한다.

4. 감자전분 1큰술, 물 3큰술로 전분물 만든다.

5. 깊이가 있는 프라이팬에 깍둑썰기한 감자를 넣고 감자가 잠길 만큼 기름을 부어 6분 정도 튀겨 건진다.

6. 프라이팬에 현미유 4큰술을 넣고 다진 마늘부터 볶아 향을 낸다.

7. 양파와 대파를 넣고 볶는다.

8. 새우살을 넣고 볶는다.

9. 맛국물 1컵을 붓고, 두반장 2큰술, 굴 소스 1큰술, 원당 1큰술, 청주 1큰술을 넣고 골고루 잘 섞어준다. (더 매콤한 맛을 원하면 청양고추나 마라 소스를 추가한다.)

10. 전분물을 돌려준다.

11. 튀겨 건져둔 감자를 넣고 잘 섞어준다.

12. 참기름 1큰술 둘러 마무리한다.

13. 접시에 담고, 대파, 흑임자, 홍고추로 장식한다.

골고루 잘 굽기

감자 두부 핫바

#마파감자 만들기

①감자 3개 준비

②함께 볶을 재료들

③깍둑썰기한 감자 튀기기

④채소 볶으면서 맛국물 1컵 넣기

⑤두반장 소스 만들기

⑥전분물 둘러주기

⑦튀긴 감자를 소스에 넣기

⑧골고루 섞고, 참기름 둘러 완성

⑨마파감자

가지가지 가지 요리

여름이 익어가면 가지가 주렁주렁 열리기 시작한다. 가지 모종 4포기만 심으면, 여름부터 초가을까지 실컷 먹고도 남아 말려서 보관할 정도로 가지는 수확이 좋은 식재료다. 젊은 시절에 나는 가지를 싫어했다. 물컹한 식감도 싫고 별다른 맛이 없었다. 그때만 해도, 가지의 영양적 가치가 충분히 알려지지 않아 다양한 요리법이 없었다. 밥 위에 쪄서 간장양념으로 무침을 하거나, 기름에 볶는 정도였으니 말이다. 그러나 가지는 색감부터가 특이하다. 매혹적인 짙은 보라색을 띤 채소류는 적양배추를 빼면 거의 없었다. 최근에 와서야 콜라비도 나오고, 보라색 감자, 콜리플라워, 당근, 무 등이 색감도 선명한 보라색 채소류로 소비자들의 시선을 사로잡기 시작했다.

보라색 채소에는 '안토시아닌'이란 강력한 항산화 물질이 포함되어 있다. 그래서 노화 방지와 염증 완화 효과가 탁월하다. 이 외에도 가지에는 다양한 비타민과 미네랄이 함유되어 있어, 가장 흔하고 값싼 슈퍼푸드라 할 수 있다.

양념 올린 가지 피자

동남아시아나 유럽에 가면 가지의 모양이 길쭉하지 않고, 애호박처럼 동그란 것을 시장에서 많이 판매한다. 영양분은 똑같지만 요리 방법을 달리할 수 있는 생김새다. 이탈리아 나폴리 지역이나 스위스의 이탈리아 지역에 가면 '멜란자네'란 가지 요리를 쉽게 먹을 수 있다. 동그란 가지를 얄팍하게 잘라 수분 없이 구워, 치즈나 고기를 말아 토마토소스에 곁들이는 요리인데 와인 안주로도 좋고, 한 끼 식사로도 괜찮았다.

지난여름에는 한창 제철인 가지와 방울토마토, 깻잎, 그리고 복숭아를 주재료로 토마토소스를 얹어 가지샐러드를 자주 즐겼다. 가지를 소금에 살짝 절여 수분을 제거하고 튀기거나, 튀김 하듯이 구우면, 쫄깃한 식감이 살아나 정말 맛이 좋았다. 가지 탕수도 마찬가지다. 가끔은 다져서 가지 완자를 만들어 먹기도 하고, 거의 매일 한 끼는 가지 피자를 식탁에 올렸다. 갑자기 손님이 오면 가지구이 냉채를 만들어 근사한 상차림을 만들기도 하면서, 가지의 신세계를 만났고 가지의 매력에 빠져들었다.

지난가을 구미 아도모례원에서 민족 대표 33인의 한 분이셨던 용성 조사님의 오도일 기념식이 있었다. 내빈 공양을 담당하게 되어 메뉴를 정하는 회의 때, 나는 가지 샐러드를 강력하게 추천했다. 모든 재료는 직접 준비했고 토마토소스까지 미리 만들어 갔다. 토마토와 양파, 깻잎의 색감을 살린 샐러드는 우선 눈으로 다들 좋아했고, 맛에도 만족했는지, 주방까지 와서 인사를 해주고 가신 분들이 있었다. 흔한 재료가 별미 요리로 둔갑한 반전이었다.

가지 피자는 이름에 비해 정말 요리라는 말을 붙이기도 미안한 쉬운 요리다. 가지를 길이로 잘라 속을 파내고 구워, 피자치즈를 녹인 다음, 한입 크기로 잘라 먹는 것인데, 기대 이상의 맛이다. 간단한 한 끼 식사로도 추천하고, 급하게 안주가 필요할 때, 뚝딱 만들 수 있다.

가지 2개 길이로 잘라 속 파내기

안쪽부터 익혀 모짜렐라 치즈 채우기

치즈 녹을만큼만 굽기

양념장 만들고 색 고명 준비

한 입 크기로 자르기

양념 올린 가지 피자

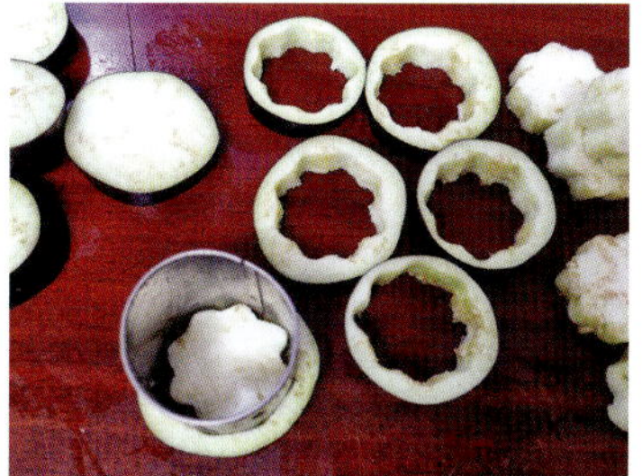

가지 2개를 모양틀로 속 파내기

소금 뿌려 밑간

다져 넣을 재료들

속재료 밑간하여 섞어주기

가지 완자는 손님 접대용으로도 손색이 없다. 손이 조금 가지만 그 이상의 가치가 충분하다. 취향에 따라 고기나 해물을 다져 넣으면 또 다른 맛으로 즐길 수가 있는 품격 있는 요리다.

가지 샐러드는 가지의 새로운 세계다. 가지에서 쫀득함과 바싹함을 맛볼 수 있는, 놀라운 반전이 숨은 요리이기 때문이다. 가지의 변신은 무한하다. 말린 가지를 불려 볶아, 묵은 무김치와 함께 다져 넣고 주먹밥을 만들었더니, 함께 트레킹 중이었던 일행들이 모두 엄지를 추켜세웠다.

가지구이 냉채는 가지의 화려한 변신이다. 가지구이를 돌려놓고 가운데 채소를 골고루 볶아 얹으면 가지구이 잡채가 되고, 생채소들 위에 겨자소스를 곁들이면 가지구이 냉채가 된다. 가지 요리들은 모두 식사 대용으로도 훌륭한 한 접시다. 올여름에는 가지의 또 다른 맛을 위해 연구해 볼 생각이다. 가지의 무한한 변검술을 기대한다.

#가지 피자 만들기

1. 가지 2개를 꼭지 부분 잘라내고, 길이로 잘라 속을 길게 파낸다.

2. 프라이팬에 기름 없이 속 쪽을 먼저 노릇하니 익힌다. (뚜껑 덮고 2분)

3. 뒤집어주고, 파낸 부분을 모짜렐라 치즈로 채운다.

4. 뚜껑 덮고 불을 아주 낮추어 치즈가 녹으면 완성이다.

5. 접시에 담고, 가위로 4등분 자르고, 가운데 양념장 조금씩 올려준다.

6. 양념장은 양조간장, 다진 대파, 다진 마늘, 고춧가루, 참기름, 통깨 (양념장 대신 토마토케첩이나 머스타드소스도 취향대로 활용하면 좋다.)

7. 플레이팅용 재료로 꽃맛살, 애플민트, 박하잎을 준비해 조금씩 곁들이면 시각적으로 입맛을 돋우고, 보기에도 고급스럽다.

#가지 완자 만들기

1. 가지 2개 준비해 0.5cm 두께로 잘라, 모양 틀로 찍으며 속을 파낸다.

2. 속 파낸 가지에는 소금을 솔솔 뿌려둔다.

3. 함께 다져 넣을 속 재료 준비해 (호박, 청양고추, 대파는 조금씩 다지고, 새우 5마리, 홍합 10마리) 다지고, 파낸 가지 속도 함께 다져 넣는다.

4. 감자전분 2큰술, 계란 1개, 소금 1/2작은술, 다진 마늘 1/2큰술, 청주 1/2큰술, 후추를 조금 넣고 잘 섞어준다.

5. 비닐에 우리밀가루를 넣고, 2번 가지의 수분을 제거한 뒤 넣고 흔들어준다.

6. 프라이팬에 기름을 두르고 가지를 계란물에 적셔 구우면서, 4번 속 재료를 가운데 공간에 채운다.

7. 뒤집어 노릇노릇 구워주면 완성인데, 가지가 모양 틀이 되어 깔끔하게 구워진다.

8. 접시에 가지런히 담고 초간장 곁들인다.

밀가루 묻히기

구우며 속 채워서 노릇하게 굽기

가지 완자

#가지 샐러드 만들기

1. 가지 2개 준비한다

2. 1cm 두께 반달 모양으로 잘라 소금에 20분 정도 살짝 절인다.

3. 소스 만든다. (토마토 퓨레 1/2컵, 꿀 2큰술, 레몬청 2큰술, 맛간장 3큰술, 청주 1큰술, 감자전분 1작은술을 넣고 골고루 저어가며 끓여 식힌다.)

4. 절인 가지는 키친타올에 올려 물기 제거한다.

5. 보울에 가지를 넣고, 감자전분 2큰술, 아몬드가루 2큰술(다른 견과류도 대체 가능) 넣고 골고루 섞어준다.

6. 토마토, 양파, 깻잎, 복숭아를 조금씩 준비해, 토마토와 양파는 깍둑썰기, 깻잎이랑 복숭아는 납작썰기로 크기가 비슷하게 자른다.

7. 궁중팬에 기름 넉넉히 넣고 가지를 튀김하듯 굽는다. (기름에 튀겨도 좋다.)

가지 2개 반달 모양으로 잘라 소금 뿌리기

토마토 소스 끓여 식히기

감자전분, 아몬드가루 섞기

곁들일 채소들 준비

기름 넉넉하게 굽기

토마토와 양파 볶기

구운 가지에 볶은 토마토와 양파 올리기

8. 접시에 덜어내고, 남은 기름에 토마토와 양파를 익혀 가지 위에 올린다.

9. 복숭아(다른 과일 대체 가능)와 깻잎(다른 푸른 채소로 대체 가능) 잘라둔 것 접시 위에 올리고, 식혀둔 소스를 골고루 뿌려주면 완성이다.

10. 잣이나 다른 견과류로 고명을 올려준다.

복숭아와 깻잎 올린 가지 샐러드

쑥갓 넣은 가지 샐러드

#가지구이 냉채 만들기

1. 겨자소스(연와사비 2큰술, 연겨자 2큰술, 맛간장 3큰술, 야생화식초 6큰술, 원당 1큰술, 다진 마늘 1큰술)는 미리 만들어 냉장숙성 시킨다.

2. 가지 2개를 준비해 어슷썰기 한 다음, 소금을 뿌려 놓는다. (20분 정도)

3. 스며나온 물기를 키친타올로 제거하고, 밀가루 살짝 묻히고, 계란물에 담가준 뒤, 프라이팬에 노릇노릇 굽는다.

4. 냉채용 채소들 색상 맞춰 몇 가지 준비한다. (파프리카, 오이, 적양배추, 양파, 깻잎)

5. 채소들을 모두 비슷한 길이로 채를 썰어 섞어준다.

6. 큰 접시에 구운 가지를 가장자리로 돌려 담고, 가운데 채 썬 채소들을 모아 담는다.

7. 겨자소스를 채소 위에 끼얹어 상에 올린다.

8. 가지구이 위에 채소를 올려 함께 먹는다.

가지 2개 어슷썰기해 소금 밑간

소스 준비하기

물기 제거 후 밀가루 묻히기

계란물 입혀 굽기

곁들일 채소들 채썰기

채소 올리고 겨자소스 뿌린 가지구이 냉채

약선 초계탕

　　우리 집 네 식구는 생일이 여름과 겨울에 들었다. 좋은 계절은 다 두고, 가장 더운 시기와 가장 추운 시기에 둘씩 짝을 지어 생일을 챙겨야 한다. 겨울 생일은 식구들 기호에 맞게 다양한 요리를 준비할 수 있지만, 한여름 삼복더위 가운데 있는 큰아들과 내 생일에는 뜨거운 음식은 일단 만들기가 어렵다. 그리고 큰아들이 국을 별로 좋아하지 않아 미역국은 항상 생략이다. 큰아이를 출산할 때는, 작은 체구에 머리가 큰 아이를 낳는다고 생사가 오가는 난산을 했다. 그 후유증이 오랜 시간이 흘러도 아직도 이어지는 중이라, 나는 큰아이 낳은 시기가 다가오면 몸이 아프다. 더위로 입맛을 잃는 때에, 몸까지 늘어지고 아프니, 몸을 추스르고 일어날 음식이 필요하다. 그래서 작년 여름 생일상에는 오리로 약선 초계탕을 만들었다.

　　음식을 조금 여유 있게 만들면 나눠 먹을 집이 몇 집 있다. 도시에 살 때도 나는, 혼자 남은 거동이 불편한 할머니들에게 반찬 나눔을 오랫동안 했었다. 시골의 삶도 도시와 크게 다르지 않았

다. 할머니들의 명언이 있다.

"영감이 반찬이다."

영감님이 살아계실 때는 뭐라도 찬을 만들어 함께 먹고는 했지만, 영감님이 먼저 돌아가시면, 할머니들의 식탁은 그야 말로 단순해진다. 혼자 잘 챙겨 먹는 것에 죄책감이 들어선 지, 챙겨 먹는 일 자체가 귀찮아졌는지 모르지만, 물에 밥을 말아 김치 한쪽이나, 된장찌개에 밥을 비벼 한 그릇으로 끝낸 다. 연로할수록 영양가 있게 챙겨 먹어야 하는 현실과는 동떨 어진 식사를 하는 분들이 대부분이었다. 자녀들이 없는 것도 아닌데, 가까이 살지 않으니 함께 사는 가족들처럼 챙길 수도 없는 일이다. 그래서 뭐라도 별미 음식을 만드는 날은, 조금 넉넉하게 만들어 이웃 할머니들과 나눠 먹는 즐거움을 누린 다. 때마침 중복도 코앞이라 복달임 음식 겸, 생일 음식으로 약선 초계탕을 여유 있게 만들었다. 원래 초계탕은 닭을 삶아 만드는 것이지만, 할머니들과 나누는 음식은 닭보다는 오리 를 사용했다. 불포화지방산이 많은 오리가 건강이나 영양 면 에서 더 낫고, 쫄깃한 식감에 풍미 있는 맛을 더해줄 뿐 아니 라, 소화 흡수까지 잘 되니 말이다. 작은 가마솥에 약재를 넣 고 푹 우려낸 물에 유황오리를 삶아 만들었으니, 여름 보양식 으로도 손색이 없었다. 초계탕으로 넉넉하게 한 그릇씩 먹고 도 남은 재료들은 라이스페이퍼에 말아, 월남쌈처럼 먹었더 니 음식물 쓰레기가 없어 좋았다. 때마침 복달임 음식에 쓰라 고 새싹 삼 1박스를 보내준 지인이 있어 두루 요긴한 보양식 으로 화려한 생일상을 차렸다.

#약선 초계탕 만들기

1. 가마솥에 약재를 넣고, 물을 넉넉하게 부어 2시간 이상 푹 끓인다.
2. 유황오리 두 마리를 깨끗이 씻어 가마솥에 넣고 70분 삶아준다.
3. 잘 삶아진 오리를 체에 건져 식히고, 오리 삶은 약재 물도 식혀 둔다.

준비한 약재들

가마솥에 약재와 유황오리 삶기

오리고기 살 발라내기

준비한 채소들

볶은 버섯과 아스파라거스

식은 약재물 면포에 걸러주기

약재물 2.5L에 견과류 갈아넣기

오리고기 밑간해 무치기

채소와 버섯 접시에 담기

개인 접시 덜어먹기

4. 냉동실에 있던 먹버섯 해동해, 표고버섯과 함께 채 썰어 들기름에 소금 조금씩 넣고 볶아 놓는다.

5. 채소는 냉장고 있는 대로 준비해(오이, 양파, 적양배추, 홍파프리카, 아스파라거스, 복숭아) 모두 길이 비슷하게 채 썰어준다.

6. 아스파라거스는 식용유에 소금 넣고 살짝 볶아 놓는다.

7. 식은 오리를 살만 발라내어 자잘하게 찢어준다.

8. 식은 약재물은 면포에 걸러 2.5L 준비한다.

9. 견과류 3가지(잣, 땅콩, 캐슈넛) 1/2컵씩 준비해, 프라이팬에 살짝 볶아 수분을 날린다.

10. 약재물 5컵, 토판염 1큰술과 9번을 믹서기에 갈아, 8번에 부어 국물을 만들어둔다.

11. 7번의 오리고기에 참기름, 후추, 소금을 넣고 조물조물 무쳐 놓는다.

12. 커다란 접시에 채소와 볶은 버섯을 색 맞춰 돌려 담고, 가운데 11번의 오리고기를 듬뿍 올린다.

13. 고기 위에 대추꽃과 흑임자로 고명을 올려준다.

14. 개인 접시에 13번의 재료들을 골고루 덜어내고, 10번의 국물을 붓고, 식성에 따라 식초와 연겨자 등을 가감하고, 얼음도 올려 먹는다.

약선 초계탕

닭살 떡갈비

청송 주왕산은 기암괴석이 아름답고, 깊고 맑은 계곡과 단풍이 일품이다. 보현골의 단풍도 아름답지만 가끔은 주왕산의 단풍이 궁금해 계곡 트레킹을 간다. 대학 시절 배낭을 둘러메고, 버스를 갈아타며 주왕산을 간 적이 있었다. 세 번째 폭포까지 올라가 고체연료를 피워 라면을 끓여 먹었던 아득한 기억은, 언제 꺼내어도 입가에 웃음이 번지는 풋풋함으로 남았다. 지금은 국립공원이 되어 취사를 일절 할 수 없지만, 산에서 먹었던 라면 맛은 잊을 수 없는 일품요리였다.

보현골에서 주왕산 국립공원 주차장까지는 한 시간도 걸리지 않는 거리다. 언제 보아도 놀라움을 금할 수 없는 기기묘묘한 바위들의 전시장 같은 주왕산은 설악산, 월출산과 함께 한국의 3대 암산嚴山으로 꼽힌다. 설악산은 멀기도 하고 하루 만에 다녀오긴 어려운 산이라 자주 가진 못한다. 월출산은 신혼여행의 기억이 묻힌 산이지만, 그때와는 상전벽해가 되어버린 풍경 탓에 다시 찾기가 싫어졌다. 그나마 가까이에 주왕산이 있어 얼마나 고마운지 모른다. 계절에 따라 다르

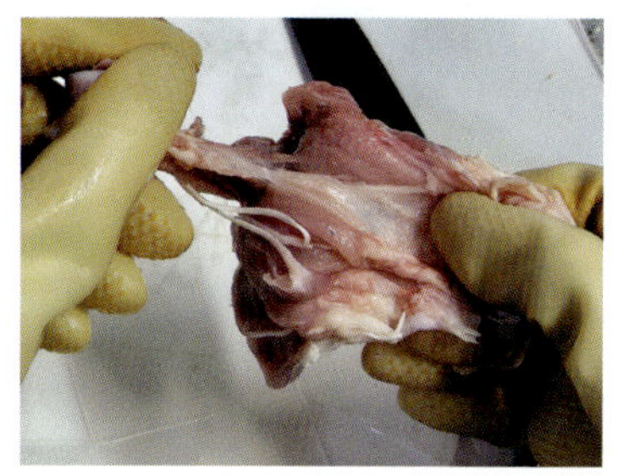

닭뼈 발골하기

커트기에 갈아주기

칼로 다지기

양념 만들기

양념에 치대어주기

고, 날씨에 따라 다른 모습을 보여주는 암산의 모습이 좋아 찾아가는데, 주왕산의 또 다른 매력은 주변에 맛집이 제법 많다는 것이다.

달기 약수를 이용한 백숙집이 많다. 백숙과 더불어 닭불고기를 세트 메뉴로 판매하는 유명한 식당이 있어 가끔 찾아가기도 하는데, 유명세만큼의 맛이 따라주지 않는 것이 흠이었다. 만만찮은 가격에 비해 음식의 질이 그렇게 좋지 않아, 만족하지 못한 외식 후로는 집에서 만들어 먹는 수고로움을 택했다.

마음먹고 닭살 떡갈비를 만들던 날, 예고 없이 손님이 오셨다. 옆지기 예전 동료인데, 발을 다쳐 병가로 쉬는 중이었단다. 그날은 마음이 답답해 차를 몰고 나왔는데 목적지도 정하지 않고 달려가다 문득 우리 집이 생각났다고 했다. 갑자기 손님이 오신 날, 나는 대량의 닭살 떡갈비를 만들고 있었으니, 그분은 식복이 많은 분이셨다. 더해서 그날은 우리 집에 작은 연주회가 열렸다. 한쪽 다리가 깁스 상태인데도 악기를 싣고 오셨다. 거의 전문가 수준인 기타를 연주하며 노래를 불러주고, 기타를 치며 하모니카를 연주하니, 공연 수준의 음악회가 펼쳐진 밤이었다.

동네에서 뚝 떨어진 외딴집이라 이웃의 눈치 볼 것도 없고, 민폐 끼칠까 염려할 것도 없는 즐거운 밤이 무르익어 갔다. 살아가다 가끔 만나는 행운의 날이었다. 나는 정성스레 구운 닭살 떡갈비를 아껴둔 접시에 정찬을 차렸고, 맛있고 낭만적인 밤이 그렇게 깊어 갔다. 참고로 닭살 떡갈비는 먹기 쉽게 작은 원형으로 만들었지만, 기름종이를 깔고 넓게 펼쳐 구우면 닭불고기로 불린다

그런데 지난봄 대형 산불로, 주왕산 달기 약수터 부근의 식당이 대부분 소실된 것은 참으로 안타까운 일이다. 국가에서 특별재생지역으로 지정해 복구를 위한 계획을 수립하고, 주변의 상권 회복과 힐링치유센터 등을 추진한다고 하니 전

양파와 대파 다지기

떡갈비 모양 만들기

프라이팬에 굽기

화위복의 계기가 되었으면 하고 바라는 마음이다.

#닭살 떡갈비 만들기

1. 닭다리 1kg을 발골해 닭살만 모은다(닭다리 12개)

2. 세 번에 나누어 커트기에 갈아준다.

3. 도마에 올려 양손에 칼을 들고 5~6분간 다진다. (말린 우유 팩을 사용하면 도마를 씻지 않아 편하다) : 다진 살 무게만 700g

4. 매콤 양념장 만든다. (고추장 3큰술, 맛간장 3큰술, 다진 마늘 2큰술, 생강청 2큰술, 청주 2큰술, 꿀 1큰술, 조청 2큰술, 참기름 2큰술, 후추 조금)

5. 양념장에 다진 닭고기를 넣고 치대어 섞어준다.

6. 대파 1대, 양파 1개를 다져 5번에 첨가한다.

7. 떡갈비 하나 크기 50g 정도로 떼어내어 양손에 공 던지듯 20번 이상 왕복으로 던지기를 한 뒤, 동글납작하게 만든다. (20개 만들어짐)

8. 전기 프라이팬에 기름종이를 갈고 10개씩 올려 굽는다.

9. 낮은 불로 타지 않게 노릇노릇 구우면서, 표고버섯도 함께 굽는다.

10. 커다란 접시에 2~3개씩 올리고, 밥 반 공기, 표고버섯과 브로콜리, 딸기를 같이 올려 한 접시가 한 끼 식사가 되도록 한다.

고등어 어묵

　제주 사는 지인이 생선 한 상자를 선물로 보냈다. 제주 바다에서 나는 싱싱하고도 엄청나게 큰 은갈치가 5봉, 적당하게 간을 해서 진공 포장한 고등어가 5봉, 그리고 돌미역까지 상자를 가득 채워 도착했다. 제주의 은갈치가 명품인 것은 누구나 다 아는 사실이지만, 금방 잡아 온 싱싱한 제주의 가을 고등어도 명품이라는 것은, 사람들이 간과하는 사실이다. 손질하고 간을 해서 포장한 채로 도착한 고등어 2봉을 꺼내 바로 쌀뜨물에 담갔다 씻어 건져, 고등어 어묵 만들 준비를 했다.

　어묵은 다들 담백한 흰살생선으로만 만든다고 생각하지만, 천만의 말씀~! 기름기 많고 비린내 많이 나는 고등어로도 영양분이 듬뿍 든 어묵을 만들 수 있다. 싱싱한 고등어는 비린내가 거의 없는, 아주 특별한 맛의 어묵이 된다. 고등어 어묵을 만들어 밭에서 따 온 산마늘 잎을 하나씩 돌려놓고, 그 위에 고등어 어묵을 올려 색감을 살렸다. 그리고 가운데 궁합이 좋은 타르타르소스를 올리니 먹음직한 한 접시 어묵이 완성되었다. 여기에 전분물 넣은 소스를 곁들이면 '탕수어'가 되

고, 그냥 먹음 '튀김'이 되고, 타르타르소스를 곁들이면 '어묵'이 되는데, 이름이야 뭐라 부른들 어떤가~! 고등어로 만든 별미 요리로 맛있으면 성공한 것이다.

팬플룻 수업 때, 고등어 어묵을 한 접시 가져가서 일단 맛을 보게 했다. 그리고 어떤 재료로 만든 것인지를 맞혀보라고 했더니, 한결같이 생선인 것 같은데 뭔지는 모르겠다고 고개를 갸웃거렸다. 비린 맛이 전혀 없다는 뜻이니 나는 특별한 어묵 만들기에 성공한 것이다.

가을 고등어가 맛있는 이유는, 가을에 지방 함량이 대폭 증가해 고소하고 진한 맛이 극대화되기 때문이다. 고등어는 여름철 산란 후 월동 준비를 위해 플랑크톤과 작은 물고기들을 많이 섭취하여 살이 오른다. 이 시기에 지방 비율이 높아지면서 불포화지방산이 풍부해져 감칠맛 또한 강해진다. 더불어 오메가3 함량이 높아, 심혈관 건강과 뇌 기능 향상에도 좋으니 건강에 도움을 주는 생선이다. 그래서 제주에서는 가장 맛이 좋은 가을 고등어를 대량으로 가공해 판매하는 곳이 많다. 특별히 마음을 내어 좋은 재료를 보내주셨으니, 내가 할 일은 맛있는 요리를 만들어, 그 특별한 맛을 전달해 주는 것이다.

어묵을 만들거나 조림이 목적이라면 굳이 국산 고등어를 고집하지 않아도 좋다. 차가운 바다에서 잡히는 노르웨이산 고등어도 살이 탄탄하고 기름진 맛이 일품이다. 노르웨이 오슬로에서 며칠 묵으며 미술관과 박물관을 탐방했을 때, 호텔 조식에 매일 고등어조림이 나왔다. 한국처럼 고추장과 고춧가루를 넣은 조림이 아니라 토마토와 칠리소스로 조린 것이지만, 비슷한 맛을 주었고, 비린 맛이 거의 없어 조식임에도 나는 꼭 한 토막씩을 가져다 먹었다. 노르웨이산 고등어는 착한 가격에 맛도 좋은 편이니 참고하면 좋겠다. 싼 맛에 고등어를 먹었던 예전의 기억들이 그립다.

고등어 한 마리를 뼈, 지느러미 바르고 자르기

커트기에 갈아준 고등어살 1차 밑간

쌀가루, 전분가루 섞기

강황가루에 2차 양념

다진 채소와 섞어 반죽 만들기

짤주머니의 반죽을 적당히 잘라서 튀기기

두 번 튀긴 고등어 어묵

타르타르소스 만들기

소스에 찍어 맛보기

노르웨이 호텔 조식에 나온 고등어조림

#고등어 어묵 만들기

1. 고등어 2팩(한 마리)을 꺼내 쌀뜨물에 10분 이상 담가둔다.

2. 깨끗이 헹궈 건져, 키친타올에 물기를 닦아준다.

3. 지느러미랑 뼈들을 모두 발라내고, 적당한 크기로 잘라 커트기에 갈아준다.

4. 고등어 순살 300g, 계란 흰자 2개, 청주 1큰술, 생강청 1큰술, 함초소금 1작은술, 후추 톡톡 뿌려 1차로 밑간을 한다.

5. 쌀가루 1/2컵, 감자전분 1/2컵, 그리고 비린 맛을 잡기 위해 강황가루(없음 카레가루로 대체) 1작은술을 물 3큰술에 개어 함께 섞어 치댄다.

6. 다진 마늘 2큰술, 청양고추 2개, 양파 1개, 대파 1대 다져 모두 섞어준다.

7. 골고루 치댄 반죽을 1회용 짤주머니에 넣고, 짤주머니 끝을 살짝 자른다.

8. 튀김솥에 기름을 부어 180도가 되면, 짤주머니를 짜면서, 과도로 적당한 길이마다 자른다.

9. 두 번 튀겨 키친타올 위에 건진다.

10. 타르타스소스 만들기 : 마요네즈 3큰술, 맛간장 1큰술, 다진 마늘 1큰술, 레몬청 2큰술, 야생화식초 2큰술, 키위청 2큰술 후추 톡톡

11. 커다란 접시에 산마늘 잎을 돌려 펼치고, 그 위에 고등어 어묵을 하나씩 올리고, 가운데 타르타르소스를 곁들인다.

전통 약밥

　　지리산 산골에 사시는 스님께서 귀한 야생화 꿀을 두 병이나 보내주셨다. 보현댁의 이야기가 방송으로 나간 것을 축하하는 선물이었다. 첫 번째 책을 출판하고, 그해 겨울 EBS '한국기행'에서 보현댁 부부의 겨울 일상을 촬영하러 왔다. 잡아 놓은 날이 하필, 아침 기온이 영하 10도까지 떨어지는 엄청나게 추운 날이었다. 각본대로 촬영은 바깥에서의 촬영이 대부분이었고, 한 번에 통과하는 일도 없었다. 1박 2일의 힘든 촬영이 끝나고 나는 몸살로 며칠을 앓았다. 그런데 정작 방송 시간은 17분 정도였고 내용의 90%는 편집되어 없어졌다. 방송의 부작용이 나를 괴롭히기도 했다. 산야초와 야생화로 조청 고으는 과정을 찍었는데, 방송이 나가기 무섭게 조청을 판매한다는 유령 사이트가 생겼고, 주문처를 따라 들어가면 정작 판매자는 없었다. 그 이후로 다시는 방송 촬영하지 않겠다 다짐했다. 그런데 의외로 방송이 좋았다고 많은 지인들이 전화가 오고, SNS로 메시지를 주는 등 과분한 축하를 받았다. 산골 스님께서 힘들게 채취한 꿀을 두 병이나 받아놓고 그냥 있을 수는 없었다. 무슨 요리로 보답할까 궁리하다 만든 것이 전통 약밥이었다. 약밥은 외할머니께서 명절이나 집안의 대소사가 있을 때, 꼭 만들어 주셨던 음식이다. 외할머니 성품처럼 야

4시간 불린 찹쌀 5컵 1차 찌기

고명 재료들

캐러멜시럽 만들기

양념시럽

캐러멜시럽에 밤, 대추 조리기

무지고 쫀득하던 그 맛은 내가 아무리 비슷하게 흉내를 내어도 결코 따라갈 수 없었다. 요즘 전기밥솥으로 간단하게 만드는 약밥은, 전통 약밥의 맛과는 비교할 수 없다. 정성스런 과정을 거치고, 시간과 재료가 많이 들어가고, 섬세한 손길이 보태어져야 마침내 완성되는 맛은 감동을 주기에 충분하다. 오랜 시간 손맛으로 완성된 음식은, 아픈 배를 낫게 하는 약손과 같은 역할이 있음을 부인할 수 없다.

찹쌀을 충분히 불려, 찌고, 치대고, 고명과 양념물을 만들어 넣고, 다시 치대어주는 일을 종일 반복하면서 음식은 결국 사랑과 정성을 넣어 먹이는 일임을 알게 되었다. 그래서 음식 만드는 일은 대충 해서는 안 되고, 재료를 선별해서 쓰는 일도 세심하고 명확하게 해야 한다. 필요한 시기가 되면 항상 어디선가 재료가 내게로 온다는 사실도 놀라운 일이지만, 내가 누리는 이 복덕은 선대의 선업善業임을 잊지 않는다. 외할머니 이전의 선업에 대해서는 아는 바가 없지만, 친정엄마는 기회가 될 때마다 외할머니의 이야기를 자주 들려주셨다. 전쟁이 지나간 마을에 언제부턴가 정신줄을 놓은 한 처녀가 떠돌아다녔단다. 머리는 산발이고, 옷도 언제 갈아입었는지 모를 때 묻은 것을 입고 떠도는 그녀를, 마을의 불량배들이 임신하게 했다. 배는 남산처럼 불러오는데, 동짓달 한겨울이 되었고 길을 떠돌다 아이를 낳으면 함께 얼어 죽을 것 같아, 외할머니가 불러들였단다. 행랑채 방을 하나 비워 무사히 산고를 치르고, 세 칠 동안 쌀밥에 미역국을 끓여 산후조리를 해주었다는데, 그 시절에는 웬만한 집의 며느리들도 쌀밥에 미역국을 먹기가 쉽지 않았던 가난한 시기였다. 몸을 추스르고 일어나자, 갈 곳도 없으면서 자꾸 집을 나가려고 하더란다. 외할머니는 재봉틀로 아기 포대기를 하나 만들고, 옷과 기저귀를 몇 개 만들어 가방에 넣어 보냈단다. 이듬해 늦여름쯤에 비쩍 마른 아이를 업고, 어디를 떠돌다 왔는지 빙글빙글 웃으며 한번 찾아왔다가 가고는 다시 만나지 못했다는 이야기를 들려주셨다. 나는 외할머니의 그런 선업이 자손들에게 이어져 내게까지 복을 주신다고 믿는다. 그래서 나도 기회가 될 때마다 선업을 지어, 내 자손에게 물려주고 싶은 마음을 잊지 않고 산다.

#전통 약밥 만들기

1. 찹쌀 5컵을 4시간 이상 불려, 면포 깔고, 찜기에 올려 1시간(40분간은 센불로, 20분은 약한 불) 찐다.

2. 밤 10개, 대추 20개, 잣 2큰술 준비해서 밤은 까고, 대추는 깨끗이 씻는다.

3. 캐러멜시럽(물 6큰술, 원당 3큰술, 꿀 2큰술, 조청 2큰술을 살짝 끓인다) 만들어 식힌다.

4. 캐러멜시럽 3큰술, 원당 5큰술, 참기름 5큰술, 꿀 3큰술을 잘 섞어둔다.

5. 남은 캐러멜시럽에 깐 밤을 적당한 크기로 잘라 넣고 1분간 조린 후, 대추를 넣고 함께 끓어오르면 불을 끈다.

6. 1시간 찐 찹쌀 고두밥에 4번을 부어, 골고루 잘 섞어 치대어준다. 조려둔 밤과 대추를 넣고 골고루 섞어가며 치댄다.

7. 다시 면포를 깔고, 7번을 올려 평평하게 펴 준 다음 1시간 더 찐다(이번엔 김이 오르면 약불로)

8. 양푼에 모두 퍼내어, 살짝 식힌 후, 계핏가루 1작은술을 체에 올려 골고루 털어주듯이 묻힌다.

9. 다시 치대듯이 약밥을 골고루 섞어준다.

10. 식힘 그릇 안쪽에 참기름을 바르고 약밥을 눌러가며 평평하게 펼쳐 식히는데, 이때 바닥 쪽으로 무늬가 골고루 펼쳐지게 밤과 대추를 놓는다.

11. 모양 이쁜 종지에도 눌러 담아 먹기 좋은 약밥도 만든다.

12. 완전히 식은 다음, 그릇을 엎어 적당한 크기로 잘라준다.

13. 크기가 알맞은 쿠키 비닐에 하나씩 포장하면 선물하기도 좋고, 저장하기도 좋다.

찹쌀고두밥에 양념시럽 섞기

조린 고명 섞기

2차 찌기

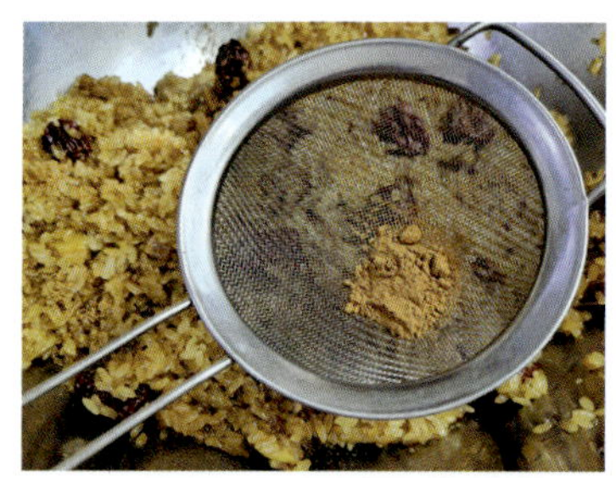

계피가루 고루 뿌리기

식힘 그릇과 종지에 눌러 담기

궁중 잡채

　산골에서 하고 싶은 일만 하며 사는 것이 남들에겐 아주 부러운가 보다. 그러나 산골에서의 삶은 많은 노동이 필요하고, 부지런하지 않으면 생활 자체를 이어 나가기 어렵다. 새벽에 눈을 뜨면, 명상과 108배로 하루를 열면서 빠듯한 일정들을 조율하며 시작한다. 바쁘지만 바쁘지 않게, 일이 많아 힘들 것 같아도, 하나씩 순서대로 차분차분 해나가면, 별다른 문제 없이 하루를 마무리한다. 소소하게 이어지는 일상들이 참 감사한 날들이다. 그렇게 쌓인 날들이 올해 꼭 10년이 되었다.

　새해는 붉은 말의 해라고 다들 역동적인 반전을 꿈꾸는 것 같았다. 한편으론 달리는 말들의 움직임처럼 세상이 좀 시끄럽고 혼란스럽지 않을까 하는 우려도 있었다. 역동과 혼란 사이를 걱정하고 있던 시간에 방송 촬영 제의가 왔다. 새해 첫날, 말의 해 특집방송으로 KBS '한국인의 밥상'을 촬영하는데, 영천의 말 이야기와 함께 보현댁의 약선요리로 밥상을 차리면 좋겠다는 것이다. 방송의 후유증을 호되게 앓은 뒤로 다시는 촬영은 하지 않으리라 다짐했지만, 이번엔 아니었다.

영천은 천문대가 있어 별이 유명하고, 경마장이 조성되고 있어 말이 유명하다. 그래서 말을 중요한 소재로 만드는 도예가들이 있다. 오색공예촌의 입주 작가 두 분이 말과 연관된 촬영을 하면, 그와 관련된 밥상을 차리는 것이 내 몫이었다. 이번엔 나 혼자 빠질 수 있는 상황이 아니었다. 그리고 무엇보다도 영천의 약령시장이 유명하고, 조선시대부터 약재 교역의 중심지였다는 사실을 알리는 것과 함께, 주변에 흔한 약재들을 식재료와 결합하여 약선 밥상을 차리는 것이니 흥미로운 일이었다. '구하기 어려운 약재도 영천에서는 다 구할 수 있다'라는 말이 있을 정도로 영천의 약재는 다양하고 유통의 규모도 크다.

그렇게 촬영 일정이 결정되었다. 평소에 주변에서 쉽게 채취할 수 있는 약재 열 몇 가지는 항상 구비되어 있는 상황이라 갈무리해 둔 약재를 이용한 약선 요리 두 가지를 준비했다. 그리고 새해 특집방송이니 떡국을 끓여야겠다 싶어, 약재를 끓여 아롱사태를 삶아낸 국물에 지난봄에 뽑아 냉동실에 아껴둔 뽕잎 가래떡으로 떡국을 끓이고, 새해맞이 요리로 궁중잡채를 준비했다. 원래 궁중 잡채는 당면이 들어가지 않고 나물과 버섯 위주로 만들지만, 현대식 궁중 잡채로 당면까지 볶아 넣었다. 촬영은 역시 힘들었다. 요리를 중심으로 생각하는 나와, 촬영을 중심으로 생각하는 제작진들과는 제법 신경전이 있었고, 시간은 자꾸 지체되고, 함께 촬영에 동원된 사람들도 차츰 지쳐가고 있었다. 아침 일찍부터 시작된 요리 촬영은 점심 무렵 마무리하고, 함께 점심을 나누는 것으로 설정되었지만, 오후 3시가 넘어서야 겨우 마무리되었다. 만들어진 요리를 모아놓고 다시 카메라 초점을 맞추는 동안, 음식은 다 식고, 떡국은 불어 터지고, 기다리던 사람들은 추위와 배고픔으로 얼굴이 굳어갔다.

'다시는 촬영은 안 해야지~~'라는 되새김질 같은 말을 내게 남겼다.

준비된 재료들

당면 불리기

쇠고기 밑간하기

목이버섯 밑간하기

표고버섯 밑간하기

촬영을 준비하면서 연습용으로 만들어 본 궁중 잡채 레시피를 올린다.

시금치 데쳐 무쳐놓기

#궁중 잡채 만들기

1. 당면 150g 따스한 물에 불려둔다.

2. 함께 들어갈 재료들 (쇠고기 우둔살 80g, 목이버섯 60g, 표고버섯 3개, 양파 1/2개, 당근 70g, 시금치 100g, 유정란 2개) 하나씩 준비한다.

3. 쇠고기는 양조간장, 참기름, 다진 마늘, 청주, 원당으로 밑간해 둔다.

4. 목이버섯 살짝 데쳐, 한입 크기로 잘라, 양조간장, 참기름, 원당, 산야초청에 조물조물 무쳐둔다.

당면 볶기

5. 표고버섯은 채 썰어 양조간장, 참기름, 원당, 산야초청에 버무려 둔다.

6. 시금치는 살짝 데쳐, 맛간장, 참기름, 통깨, 산야초청에 무쳐둔다. (시금치 대신 청피망을 사용하면 깔끔함이 있다)

7. 양파는 채 썰어 현미유에 볶아주면서 함초소금 두 꼬집 뿌린다.

8. 당근도 채 썰어 같은 방법으로 볶아준다.

9. 표고버섯과 쇠고기도 각각 따로 볶아준다.

당면 위에 채소들 올리기

10. 유정란은 흰자와 노른자 분리해서 얄팍하게 지단을 붙여 채 썰어둔다.

11. 불려둔 당면을 끓는 물에 3분간 삶아, 체로 건진다.

12. 궁중 팬에 현미유 3큰술, 참기름 3큰술, 양조간장 3큰술, 원당 1큰술을 넣고 바글바글 끓여준 다음 11번을 넣고 함께 볶아준다.

13. 커다란 접시에 볶은 당면을 깔아준다.

궁중 잡채

14. 당면 위로 시금치, 목이버섯, 양파, 당근 볶은 것을 색상 맞춰 올린다.

15. 가운데 길게 쇠고기랑 표고버섯을 올리고, 양쪽으로 달걀지단과 당근을 색상이 어울리게 펼쳐준다. (쇠고기를 가운데 올리고, 달걀지단을 주변에 둘러도 좋다.)

16. 먹을 때는 모두 섞어 개인 접시에 덜어 먹는다.

오색 국수 꼬막무침

　지금은 국수가 값싸게 먹을 수 있는 서민 음식이 되었지만, 원래는 궁중에서 사신 접대용으로 올리던 귀한 음식이었다. 제면 기계가 나오기 이전에는 모두 손으로 국수를 만들어야 했기에 시간이 오래 걸렸다. 그런 과정에서 자연스럽게 전통 약선요리로 국수가 등장했고, 체질에 맞춘 보양식으로 면 요리는 인기가 있었다. 더위를 잘 타는 열 체질의 사람은 여름에 메밀국수를 먹고 열을 삭히고 더위를 이겼고, 수족이 차고 추위에 약한 사람은 도토리로 국수를 만들어 먹었다. 해초나 채소를 첨가해 해독작용도 하고, 피로 회복에 좋은 국수를 만들어 먹기도 했는데, 기록에 의하면 50여 종의 약선 국수가 있었다고 한다.

　국수의 기원은 중국 라자 지방에서 4,000년 전에 기장으로 만든 국수라고 전해지는데, 확실히 아시아 쪽에서 국수 요리가 다양하게 발전된 것은 사실이다. 작년 추석 연휴는 거의 열흘이나 계속된 다이아몬드 연휴였다. 아들들과 함께 해외여행을 계획하고 태국의 치앙마이로 여행지를

오색 국수

꼬막 해감하기

끓는 물에 한 방향으로 저어면서 삶기

입 벌리면 바로 건지기

깐 꼬막

정했다. 치앙마이에서 한 달 살기를 하고 돌아온 지인의 추천으로, 치앙마이 북쪽의 산골 오지 '빠이'까지 거쳐오는 것으로 계획을 세웠다. 빠이 근교의 일출 명소 반자보의 '절벽 국수집'에서 일출을 감상하고, 인생 국수 맛집이라는 '절벽 국수집'에서 별미 국수로 아침 식사를 하리라 단단히 계획을 세웠다. 그런데 당일 새벽 4시, 우리를 태우러 온다는 택시는 30분이 지나도 오지 않고 전화도 받지 않았다. 1시간이 지나자 우리는 기다림을 포기했지만, 그래도 일출을 포기할 수 없어, 우버 택시를 불러 가장 가까운 일출 포인트인 '윤라이 전망대'로 갔다. 어둠이 살짝 걷히자 날씨가 너무 흐리다는 것을 알았고, 해돋이가 시작되는 하늘은 먹구름으로 가득했다. 당연히 일출은커녕 붉은 기운조차 느낄 수 없이 시간이 지났고, 그때야 비로소 우리는 그 택시가 오지 않았던 이유를 짐작했다. 인생 국수 맛집을 가지 못했던 것이 가장 아쉬웠지만, 언젠가 또 기회가 오리라 믿는다. 반자보의 절벽 국수집엔 딱 3가지 국수를 판매한다. 쇠고기 국수, 돼지고기 국수, 그리고 매콤한 비빔국수, 고기를 못 먹는 나는 매콤한 비빔국수를 먹으리라 작정했지만, 사실 비빔국수는 볶음국수에 가깝다는 것을 안다. 그리고 절벽 국수집의 국수 맛의 절반은 풍경 맛이라는 것도.

색감도 고운 오색 국수를 선물로 받았다. 그냥 섞어 막 삶아 먹기엔 국수에 대한 예의가 아닌 듯하여, 한창 맛이 깊은 꼬막과 함께 비빔국수를 만들기로 했다. 채소는 냉장고에 있는 대로 색상 맞춰 준비하고, 국수의 색감을 살리기 위해 각각 따로 삶아 건져 약선 비빔국수를 만들었다. 일반 소면, 초록색은 시금치 국수, 노란색은 콩국수, 보라색은 자색고구마 국수, 갈색은 둥굴레 국수, 각각의 색감과 영양과 효능을 즐기며 먹은 한 끼였다.

#오색 국수 꼬막무침 만들기

1. 꼬막 1kg 염도 3.5%의 소금물을 부어, 검은 비닐을 씌워 하룻밤 해감한다.

2. 몇 번 헹궈 건져놓는다.

3. 냄비에 물을 끓여 꼬막을 넣고, 한 방향으로 돌려가며 삶는다.

4. 꼬막을 입을 벌리기 시작하면, 바로 체에 건져 식힌다.

5. 함께 버무릴 채소들 (파프리카, 수박무, 콜라비, 적양배추, 양파, 브로콜리) 준비해서 길이 비슷하게 채 썰고, 브로콜리는 살짝 데쳐 준비한다.

6. 미리 만들어 숙성 중인 초고추장 1컵, 다진 마늘 1큰술, 원당 1큰술, 누룩소금 1큰술, 고춧가루 1큰술 섞어 양념장 만든다.

7. 꼬막을 까서 준비한다.

8. 냄비 3개에 물을 끓여, 국수를 색상별로 따로 삶아 건진다.

9. 양념장에 꼬막부터 넣어 무치고, 채소들 넣어 골고루 버무려준 다음, 참기름 1큰술, 통깨 뿌려 마무리.

10. 커다란 접시 가운데 꼬막무침을 듬뿍 올리고, 가장자리 돌아가며 색색의 국수를 돌돌 말아 놓는다.

11. 개인 접시에 국수를 덜어내고 꼬막무침을 함께 비벼 먹는다.

비빔 양념장

함께 버무릴 채소들

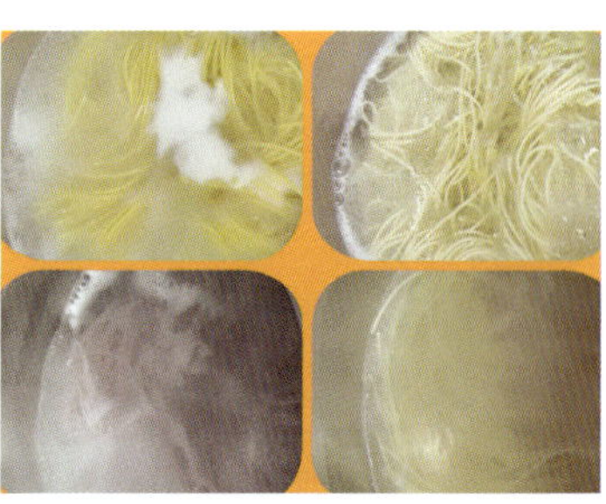

국수 삶기

꼬막과 채소무침

개인 접시에 덜어 먹기

치앙마이 윤라이 전망대

모둠 나물 만두

    설 명절이 다가오면 음식 준비로 정신없던 시절이 지나고, 제사에서 해방이 되고 나니 명절 음식은 당연히 식구들이 좋아하는 메뉴로 정해졌다. 설 명절 앞두고 하루쯤 날을 잡아, 만두를 대량으로 빚어두면 참 요긴하게 두루 먹을 수 있다. 식구들 다 모였을 때, 쪄 먹기도 하고, 구워 먹기도 하고, 만둣국도 끓여, 추운 날 식사 대용으로도 따끈하니 추억 돋는 메뉴다.

    식구들 좋아하는 고기만두를 듬뿍 빚어둔 다음, 나를 위한 나물 만두를 만들었다. 봄에 말려둔 봄나물을 꺼내 불리고, 삶고, 갈았다. 나물의 억센 줄기 부분이 칼로 다지기엔 힘이 들어 메주 가는 기계로 쉽게 갈아 사용했다. 일종의 사찰 음식인데, 모둠 나물들의 향이 얼마나 좋은지 만두를 쪄내면서 계속 집어 먹어 나중엔 배가 너무 불러 숨을 헉헉거릴 정도였지만, 정말 별미였다.

    만두의 기원은 정확하게 밝혀진 바가 없지만, 대체로 밀이 재배되기 시작하고, 국수를 만들던 시기와 비슷할 것으로 추측한다. 중앙아시아를 여행할 때도 만두 전문점은 쉽게 만날 수 있었는

데, 속 재료나 맛도 우리나라 만두와 크게 다르지 않았다. 키르기스스탄 이식쿨 호수 근처에 있던 만두 전문점은 딱 세 종류의 찐만두만 팔고 있었다. 고기만두, 호박만두, 부추만두, 크기가 큼직한 세 가지 만두를 한 접시에 올리면 1인분이었는데, 나는 고기만두 빼고 두 개만 먹어도 배가 부를 정도였다. 개인적으로 호박만두가 맛있어 고기만두 빼고 호박만두로 바꿔 한 접시를 채워 먹었다.

코카서스를 여행할 때, 조지아 산악지대의 어느 식당에서 '힌깔리'라는 만두 만드는 체험을 했다. 커다란 나무로 만든 채반들이 지붕 위에 가지런히 놓여 있는 모습이 낯익은 풍경이었고, 잘 숙성된 반죽을 긴 밀대로 밀어 얄팍하게 만드는 과정 또한 친숙한 모습이었다. 한국의 어느 시골집에 온 듯한 편한 마음으로 함께 어울려 만들었던 힌깔리는, 주로 양고기를 듬뿍 넣어 만드는 육즙을 중요시하는 만두였다. 반죽을 얇게 펴고, 속을 듬뿍 넣어, 18개 이상의 주름을 잡아준 뒤, 주름을 꼭지에서 모아 비틀면 완성되는 만두였다. 먹을 때는 이 꼭지를 손으로 쥐고, 옆구리에 구멍을 뚫어 육즙을 먼저 마신 뒤, 남은 만두를 먹는, 그러니까 순서가 중요한 만두였다. 물론 여기도 버섯이나 치즈, 시금치를 넣고 만든 채식 힌깔리도 있었다. 조지아를 여행하는 동안엔 힌깔리를 자주 접할 수 있었고, 모양과 맛에 익숙한 음식은 또한 망설임 없이 편하게 먹을 수 있어 좋았다.

보현산에는 온갖 산나물들이 자생한다. 봄에는 향이 좋은 취나물과 단풍취, 그리고 우산나물을 군락으로 만날 수 있다. 봄에 채취한 나물들은 대부분 삶아 얼려 모아, 약인절미 만드는 재료로 들어가고, 조금씩 채취한 것들만 따로 삶아 말려두었다가 묵나물로 즐기는데, 이렇게 모아둔 나물을 모두 털었다. 고사리와 토란대는 우리 밭에서 자란 것이다. 여태까지는 식구들 챙긴다고 나만을 위한 만두를 따로 만들 생각 자체를 못 했는데, 그야말로 '유레카'였다. 굳이 채식주의자가 아니라

손질한 취나물

손질한 곤드레나물

불려 준비한 지장보살나물(풀솜대)

준비한 고사리

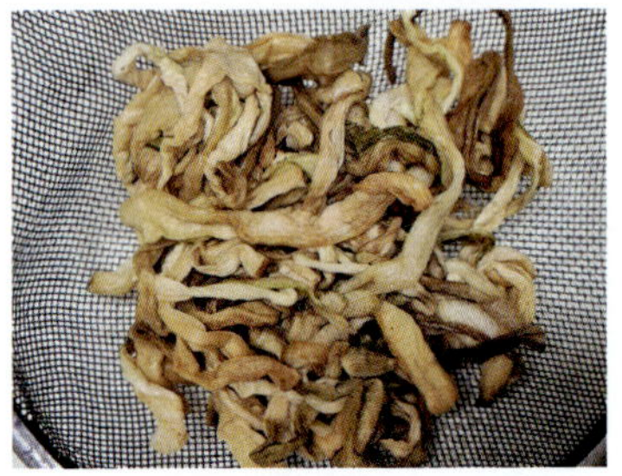

준비한 토란줄기

기계에 갈아주기

완성된 만두속

만두 만들기

만두 찌기

도 여인들이라면 다들 좋아할 맛이었다.

#모둠 나물 만두 만들기

1. 건재한 취나물, 곤드레나물, 풀솜대나물, 고사리, 토란대를 모두 200g 꺼내 하룻밤 물에 불린다
2. 어린 풀솜대나물만 물에 불려 쓰고, 나머지는 끓는 물에 각자 적당하게 삶아, 헹궈 건진다.
3. 물기 꼭 짜고, 메주 가는 기계에 차례로 갈아준다.
4. 들기름 1컵, 약선간장 5큰술, 액젓 3큰술, 다진 마늘 3큰술, 산야초청 1/2컵 넣고 주물러 밑간을 짭짤하게 해둔다.
5. 표고버섯 200g 칼로 다져놓는다.
6. 손두부 1모 물기 꼭 짜고 으깨어 놓는다.
7. 궁중팬에 참기름 4큰술, 현미유 4큰술 넣고 4번을 볶아준다.
8. 맛국물 1컵 나물 밑간했던 그릇을 헹궈 붓고, 뚜껑 덮어 중불로 3분을 끓인 다음, 뚜껑 열고 식힌다.
9. 다진 표고버섯과 두부를 넣고 함께 섞어주면 만두 속 재료 완성이다.
10. 만두피에 속을 듬뿍 넣고, 가장자리 계란물을 발라 꼭꼭 여며준 다음, 양쪽 끝을 서로 이어 붙인다.
11. 찜기에 김을 올려, 면포를 깔고 20분 쪄서 식힌다.
12. 지퍼백에 나란히 담아 냉동실에 얼려두고 먹는다.

원소병

요리하다 보면, 맛도 중요하지만 참 아름다운 요리가 있다. 원소병이 그런 전통 요리이다. 처음 원소병을 배운 뒤엔 설 명절과 정월 대보름날, 그리고 식구들 생일이면 꼭 후식으로 만들어 나눠 먹었다. 일종의 찹쌀 경단이라, 맛도 좋고, 색감도 참 곱고, 소화도 도와주니, 후식으로 제 역할을 다하는 요리가 아닐까 싶다.

원소병의 이름에 대해서는 몇 가지 설이 전해지는데 어느 것이 정설인지는 나도 모른다. 첫 번째는 한자로 대보름 밤을 원소元宵라 하며, 둥근 모양은 가족의 화합과 단란함의 상징이라는 뜻으로 이름 붙였다는 설이 있다. 두 번째는 중국 삼국시대의 장수 '원소 장군'이 즐겨 먹었던 떡이라 해서 원소병이라 부른다는 설. 세 번째는 '작고 동그란 떡'이라서 한자로 둥글 원圓, 작은 소小를 써서 원소병이라 부른다는 설도 있다. 조선시대 연행사들이 북경을 다녀오면서 원소병을 먹고 기록으로 남겼고, 그것이 우리나라에도 전해진 것으로 추측한다. 그래서 원소병은 정월 대보름 밤, 궁중 수라상에 올랐던 귀한 음식이었는데, 나도 귀한 손님이 오시면 후식으로 원소병을 대접하고는 한다.

꿀물 끓이기

찹쌀가루 준비

삼색 천연 색소 준비

천연색소로 찹쌀 반죽

속 재료 준비

약선 요리를 배우기 시작하면서, 어느 카페 '약선요리방'에 요리를 올리기 시작했다. 산골에 들어와서도 계속 이어졌는데, 요리 끝에 나는 항상 보현골의 사철 풍경이나 산골살이 이야기를 곁들여 올렸다. 그런데 언제부턴가 어느 남자분이 댓글을 열심히 달아주셨는데, 보현골 이야기를 훤히 알고 계셨다. 보현골의 350년 묵은 돌배나무가 꽃을 피운 사진을 올리면, 그 돌배나무 아래서의 추억을 댓글로 달아주셨다. 그래서 나는 이 분이 보현골 어디에선가 태어나 자란 분인데, 지금은 도시로 나가 살면서 보현골 고향을 그리워하는 분이라고 생각했다.

영천은 1개의 읍과 10개의 면, 그리도 5개의 동으로 구성되어 인구가 10만 명이 조금 넘는다. 그러니 1개 면의 평균 인구는 약 6,000명 정도가 되어야 정상이지만, 보현골이 속한 자양면은 인구 1,000명 남짓한 산골 오지다. 영천댐과 보현산 댐 사이에 있는 수자원 보호구역이기도 해서, 귀촌 생활을 즐기기엔 한적하고 좋지만, 불편한 부분도 있고, 문화적인 혜택은 거의 없는 곳이다. 그래서 면장님이 새로 부임하면 거의 정년을 1년 정도 앞둔 분들이 쉬러 오는 곳으로 정해져 있다. 따라서 면 직원들도 자양면으로 발령이 나면, 좌천으로 생각하거나 신입 직원들이 많다. 오시는 면장님들 또한 남은 시간을 조용히 보내고 명예로운 퇴직을 원하는 분들이 많아, 자양면의 발전을 위해 새로운 일을 벌이는 일이 거의 없었다.

21년 새해가 되면서 새 면장님이 부임해 오시고, 바로 폭설이 연이어 내렸다. 폭설이 내리면 우리는 눈이 녹을 때까지 시내로 나가는 일을 포기하고 조용히 기다리는 것이 일상이었다. 그런데 밤새 눈이 내린 새벽에 면장님이 일찍 출근하셔서, 근처 마을의 트렉트 소유자들을 모두 집합시켜 제설 장비를 달아 도로의 제설 작업을 마쳤다는 소식이 들려왔다. 나는 새로 부임한 면장님이 궁금해졌다. 일주일이 지난 뒤 너무도 추운 날, 잠시 외출에서 돌아오니 아주 고급스런 난 화분이

경단에 속 넣기

만들어진 경단

경단 삶아 꿀물에 넣기

오미자청 꿀물로 만든 원소병

하나 도착해있었다. 누가 보냈냐고 옆지기에게 물었더니 새로 부임한 면장님이 보내셨단다. 면장님이 우리 집에 난을 왜 보내셨을까? 옆지기가 귀농귀촌 회장이라서? 그건 아닌데~~ 그러면 왜? 잠시 후에 약선요리방에 올린 내 요리에 댓글이 달렸다. '아름다운 인연을 기대합니다'

놀라운 일이었다. 나는 정말로 깜놀했다. 내 요리에 열심히 댓글을 달아주시던 남자분이 바로 자양면의 면장님으로 부임하신 것이다. 세상에 이런 일이. 면장님은 2년간 자양면의 발전을 위해 너무도 열심히 일해주시고, 다른 곳으로 전근 가셨다. 떠나신 다음에야 비로소 나는 마음 편하게 저녁 식사에 초대했다. 고마운 마음을 담아 음식을 나누고, 색색이 고운 원소병으로 후식을 올렸다. 참 고맙고도 귀한 인연이었다.

#원소병 만들기

1. 물 4컵에 꿀 6큰술을 넣어 꿀물을 끓여 식혀둔다.

2. 찹쌀가루 1컵씩을 각기 다른 대접에 담고, 뜨거운 물 5큰술에 천연색소 1작은술씩 풀어(자색고구마, 쑥, 치자가루) 반죽을 만든다.

3. 경단 속 재료로 대추 3알, 계핏가루 1/2작은술, 유자청 건지 2큰술 준비.

4. 대추는 씨 빼고 다지고, 유자청 건지도 다져서 계핏가루와 섞어준다.

5. 경단 하나에 5g씩 떼어내어 둥글게 빚은 다음, 손가락으로 눌러 구멍 안에 4번과 잣 하나씩을 넣고 동글동글 빚어 녹두가루를 깔고 가지런히 놓는다.

6. 냄비에 물을 넣고 팔팔 끓여, 소금 1작은술 넣고, 경단을 한 색깔씩 삶아, 동동 떠오르면 건져 바로 찬물에 식힌다.

7. 찬물에 살짝 식힌 후에 1번의 꿀물에 담근다.

8. 1인분에 색깔별로 3알씩 넣고, 꿀물 한 국자에 잣 몇 개씩 띄운다.

9. 꿀물에 색을 내려면 복분자청이나 오미자청으로 색을 내어도 좋다.

김, 다시마, 황태껍질 부각

전통적인 밑반찬의 하나인 부각은 그 역사가 신라 때부터로 기록되어 있다. 신라 신문왕 시기부터 농수산물을 장기 보관하는 방법의 하나로 활용되었다고 한다. 고려 때부터 지금의 형태와 비슷하게 자리를 잡았고, 조선 시대 궁중 수라상 12찬 중 하나로 부각이 올랐다는 기록이 있다. 그 종류만 해도 수십 종이 넘는다. 일반적으로 많이 만드는 고추부각이나 다시마부각, 그리고 김부각과 가죽부각 외에도 해조류나 감자, 당근, 연근 등의 뿌리 식물과 봄나물을 비롯한 다양한 채소 부각 등이 있다. 하지만 식재료의 장기 보관 방법이 발달한 요즘엔, 손이 많이 가는 부각을 집에서 만드는 일은 드문 일이 되어 버렸다.

한국의 대표적인 한식 파인다이닝으로 소개된 몇 레스토랑에서는 코스 요리에 반드시 부각이 전채요리로 나온다. 외국에서 온 유명한 미쉐린 셰프들도 부각 맛을 보고는 엄지를 추켜세웠다. 외국에서는 부각 맛과 유사한 요리들은 있지만, 실제로 재료에 찹쌀풀을 발라 말려서 튀기는 형

식은 우리나라에만 있는 독특한 요리라고 자부할 수 있다. 사찰 요리에서는 부각이 중요한 갈무리 음식으로 명맥을 유지하고 있고, 격이 있는 한식당에는 반드시 부각 하나는 메뉴로 올라온다. 그러니 부각 요리가 맥이 끊어질지 걱정하는 마음을 내려놓기로 했다. 설이 다가오고, 정월대보름이 다가오는 시기가 되면, 외할머니가 만들어 다락에 올려놓고 종류별로 보여주던 그 맛을 잊을 수가 없어, 나도 가끔 흉내를 내보곤 한다.

식구들이나 지인들에게 맛을 보여주면, 가장 대중적으로 좋아하는 부각은 김부각과 황태 껍질부각이다. 한번은 고춧대를 정리하면서 나온 자잘한 고추들로 대량의 고추부각을 만든 적이 있었다. 대형 건조기 판에 네 판을 말렸으니 양이 엄청나게 많았는데, 말려서 보관해 두고 접대용으로 한 번씩 튀겨서 상에 올리면 그리 반응이 좋지 않았다. 이리저리 나눠 주고 정리한 뒤로는 부각을 만들지 않고 살았는데, 최근에 황태 껍질이 콜라겐 덩어리에다 단백질이 풍부하다며 황태 껍질 튀김이 유명세를 얻다 보니, 자연스레 황태 부각을 다시 만들게 되었다. 황태 껍질은 부각까지 만들지 않고, 깨끗이 씻어 말려 그냥 튀겨 먹어도 저절로 손이 가는 맛이다. 한 접시 튀겨 식탁에 올려두면 오가며 집어 먹어 금방 없어지는 중독성 있는 맛이다.

지난 정월대보름에 이웃들이 모여 귀밝이술을 마신다기에 부각 세 가지를 만들어 갔다. 예상대로 김부각이 제일 인기가 있었고, 그다음으로 황태 껍질 부각이 없어졌지만, 다시마 부각은 남아서 처치 곤란이 되어버렸다. 몸에 좋고 영양가가 더 높은 사실은 부차적인 일이고, 우선은 맛이 좋아야 젓가락이 가는 것은 어쩔 수 없는 일이다. 김부각은 찹쌀풀을 바르는 대신, 요즘 쉽게 만드는 방법으로 라이스페이퍼에 붙여 만들었고, 나머지 다시마와 황태 껍질 부각은 찹쌀풀을 쑤어 발라 만들었다. 황태 껍질 부각용 찹쌀풀에는 고추냉이를 조금 풀

라이스페이퍼에 맞춰 자른 김

찬물에 살짝 담근 라이스페이퍼에 김 붙이기

30분 말린 뒤 4등분, 다시 30분 말림

기름에 튀기기

김부각

찹쌀풀 끓여 식히기

다시마 자르고 먼지 닦아주기

찹쌀풀 발라 1시간 말리기

기름에 튀기기

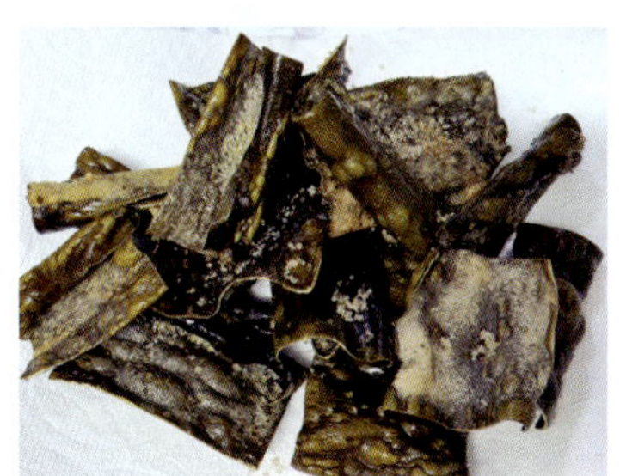

소금과 설탕 묻힌 다시마부각

어 향을 첨가했더니 훨씬 맛이 깔끔했다.

#김부각 만들기

1. 김밥용 김 10장과 라이스페이퍼 10장을 준비한다.

2. 라이스페이퍼의 모양에 맞춰 김을 잘라준다.

3. 라이스페이퍼를 찬물에 담가준 다음, 김이랑 붙여준다

4. 건조기 트레이에 올려준 다음, 솔로 중앙에서 바깥으로 쓸어주어 김과 라이스페이퍼가 달라붙게 만든다.

5. 건조기에 50도로 30분을 말린다.

6. 30분 뒤에 4등분으로 잘라, 다시 30분 건조한다.

7. 기름 온도 160~170도 사이에서 튀겨서 바로 건진다. (순식간에 오그라지면서 익어버리니 체를 들고 있다가 바로 건져야 함.)

8. 키친타올 위에 올려 기름을 뺀다.

#다시마부각 만들기

1. 맛국물 1컵, 찹쌀가루 1/2컵, 소금 한 꼬집을 넣고 풀을 쑤어 식혀 둔다.

2. 다시마 크기를 4×5cm 크기로 20장 자른다.

3. 빨아 쓰는 키친타올로 물기 꼭 짜서 다시마를 골고루 닦아준다.

4. 식혀둔 찹쌀풀을 한쪽 면만 발라 건조기 트레이에 나란히 올린다.

5. 50도로 30분 뒤에 한번 뒤집어 주면서 1시간 말린다.

6. 기름에 튀긴 다음, 스텐 양푼에 담고 소금과 원당을 솔솔 뿌려 흔 들어준다.

7. 키친타올 위에 올려 기름을 뺀다.

1. 황태 껍질을 지느러미랑 잔뼈들 발라내고, 4×5cm 크기로 자른다.

2. 물에 담가 주물러 씻어준 다음, 헹궈 물기 꼭 짜고 건진다.

3. 키친타올 위에 올려 눌러가며 물기를 제거한다.

4. 남은 찹쌀풀에 고추냉이 1작은술을 풀어 골고루 저어준다.

5. 한쪽 면에 찹쌀풀을 도톰하니 발라준다.

6. 건조기 트레이에 올려 50도로 90분간 건조한다.

7. 황태 껍질은 튀김 기름에 들어가면 순식간에 오그라들며 타는 성질이 있어 체에 올린 채, 튀김 기름에 넣어 살랑살랑 흔든 다음 바로 건진다.

8. 키친타올 위에 올려 기름을 뺀다.

①남은 찹쌀풀에 고추냉이 풀기

②황태 껍질 손질해 자르기

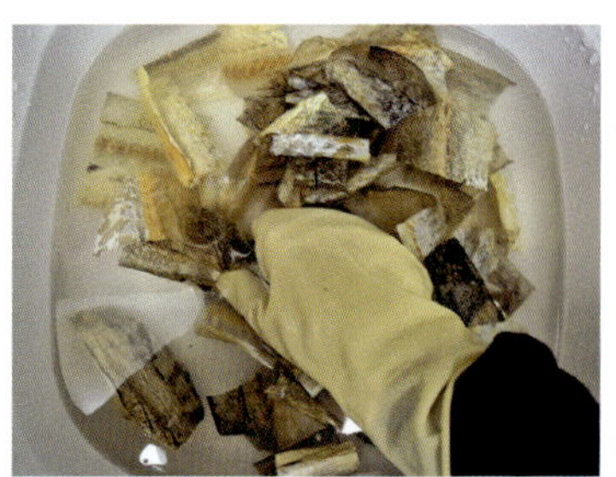

③물에 씻기

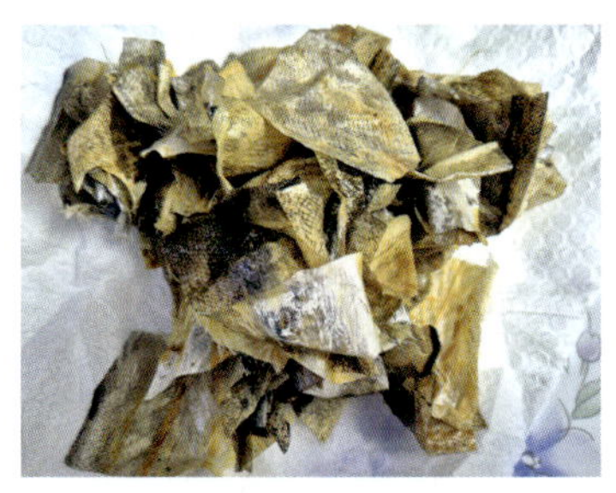

④키친타올에 올려 물기제거

⑤찹쌀풀 바르기

⑥건조기 올리기

⑦90분 말린 모습

⑧체에 올려 튀기기

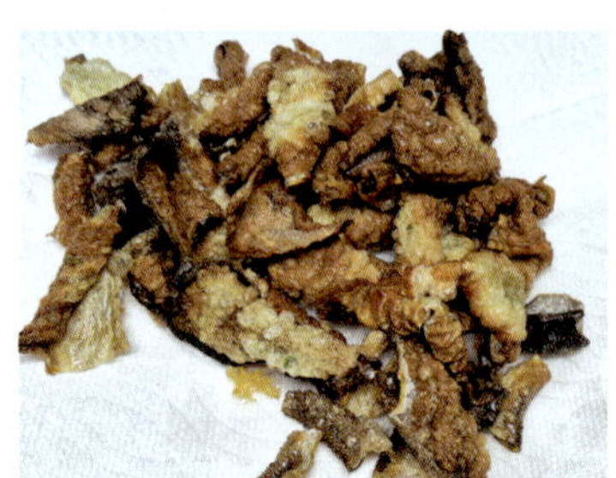

⑨황태 껍질부각

콩비지 감자탕

　　보현골로 이사 오면서 데리고 온 진돗개 보현이는 새해를 맞으면서 꼭 10살이 되었다. 이제 노령견이라 부를 나이다. 수의사인 옆지기 친구분이 산골로 오는 우리 부부에게 준 선물이었다. 데리고 오기도 전에 이미 '보현이'라고 이름부터 지어 두었다. 어미 젖을 겨우 떼고 생후 2개월 정도 되었을 때, 처음으로 눈을 맞추고 이름을 불러주면서 차에 태워 데리고 왔다. 이 녀석이 멀미를 심하게 해서 도착하자마자 토하고, 뭘 제대로 먹지 않아 거실에 방석을 깔아주고 밤새 자주 토닥여주었다. 어미 떨어져 와서 밤새 울까 봐 걱정했는데, 의외로 순둥이처럼 잘 자고, 아침이 되자 속이 편해졌는지 밥도 잘 먹었다. 그렇게 우리 집 식구가 된 보현이는 영리하고 붙임성이 좋았다. 이사하고도 3개월간 부수적인 공사가 더 이어졌는데, 아침이면 찾아오는 일꾼들에게 먼저 달려가 꼬리를 흔들며 반기는 녀석이었다. 데려다 놓고 일주일이나 되었을까~! 부산에 일이 생겨 갔다가, 저녁 어둡기 전에 돌아오려고 서둘렀는데도 여름 해가 설핏 기울고 땅거미가 내려앉고

있었다. 보현이가 걱정되어 집이 보이는 곳에서 차창으로 머리부터 내밀었더니, 현관문 앞에 웅크리고 앉아 있는 모습이 보였다. 일꾼들은 벌써 돌아가고, 혼자 남아 무서웠을 것 같았는데, 그곳이 제집이라 생각하고 앉아 있는 모습이 어찌나 짠하던지 달려가서 꼭 안아 주었다. 그렇게 우리 식구가 된 보현이는 예기치 않게 15개월 만에 새끼를 낳은 어미가 되었고, 알록달록 무늬가 있는 아롱이 하나만 남기고 나머지는 모두 분양했다. 우리 집 식구 구성원이 나만 빼고 모두 남자들이라, 나는 강아지를 선택할 때도 성비를 맞추려고 암컷을 골랐다. 그런데 시골에 살아보니 다들 수컷만 선호하는 이유를 알게 되었다. 이후로 바깥에서 다른 집 수컷들이 울타리를 넘어와도 안전한 새집을 지어주었고, 지금까지 더 이상 새끼 낳지 않고 건강하게 살고 있는 우리 보현이~!

지난 추석 무렵이었지 싶다. 밥을 주다 살펴보니, 오른쪽 가슴께 볼록하니 혹 같은 것이 보였다. 만져보니 작은 계란만 한 종양이 생겨 있었다. 가슴이 철렁 내려앉았다. 아파트에 살 때 집안에 키웠던 애완견도 유선종양이 악성이 되어 결국 무지개다리를 건넜다. 15살 노견老犬이라 수술하지도 못한 채, 아픈 아이를 지켜보다 보내는 일도 무척 힘이 들었다. 가을철 바쁜 일에 밀려 정신없이 지내다 보니 겨울이 되었다. 보현이의 종양은 어느 순간 불룩하게 자라 있었고, 종양 바깥으로 핏물이 보이기 시작했다. 더 이상 미룰 수가 없어, 동물병원을 수소문했다. 옆지기 친구의 친구까지 동원해, 진돗개 종양 수술 전문이라는 대구의 동물병원에서 수술을 결정했다. 수술실로 들어가 배 쪽의 털을 제거하다 보니 겨드랑이 굽어지는 곳에 또 하나의 종양이 자라고 있었다. 림프절이 밀집된 곳이라 혹시라도 악성 종양이면 수술 후에 몸 전체로 확 번질 가능성이 있는데, 그렇게 되면 안락사시켜야 한다는 수의사의 말에 마음이 무거워졌다. 멀미를 심하게 하는 녀석을 데리고 마취가 덜 깬 채로 돌아오니 다음 날까지 아무것도 입에

돼지등뼈 핏물 우리기

콩 불리기

잡냄새 제거용 재료

등뼈에 향신료 넣고 끓이기

감자 준비

무청 시래기 준비

무청 시래기 양념에 버무려두기

끓인 등뼈에 무청과 감자 합방

청양고추 넣기

불린 콩 갈아넣기

대지 않았다. 일주일 간격으로 병원을 다녀오는 것이 고통이었지만, 무사히 실밥을 풀고 보현이는 건강을 회복했다. 가장 추운 겨울의 심장을 지나는 기간이라, 현관에 들여 이불을 깔아주고 매일 상태를 체크했다. 실밥 풀고 돌아오면서 보현이 보양식으로 돼지등뼈를 사 왔다. 푹 고아서 고기도 뜯어 넣고 사료를 섞어주니 그동안 못 먹었던 것까지 한 번에 먹을 기세로 정말 잘 먹었다. 이대로 문제없이 건강하게 잘 살아야 할 텐데….

내가 육고기를 안 먹는 사람이라 돼지등뼈를 많이 사 와도, 그걸로 요리를 만들 생각은 전혀 안 했는데, 무심히 옆지기가 돼지등뼈 푹 끓여 만든 감자탕 먹고 싶단다. 보현이 챙기느라 곁에 있는 사람에게 무심했던 미안함에 저장고에 넣어둔 감자를 가져오고, 돼지등뼈를 물에 우려 핏물을 빼고, 무청 시래기를 가져다 삶았다. 서민들의 한겨울 보양식이란 말이 무색하지 않게 온갖 영양 가득한 재료들이 모두 들어간 콩비지 감자탕을 끓였다. 옆지기 돼지등뼈 발라 먹는 동안, 나는 구수한 콩비지 국물이랑 무청 시래기를 정말 맛있게 먹었다. 보현이 덕분이다.

#콩비지 감자탕 만들기

1. 돼지등뼈 1kg 찬물에 담가 3시간 정도 핏물 뺀다

2. 콩 2컵 씻어 물에 불려둔다.

3. 무청 시래기 삶아 500g 준비한다.

4. 냄비에 물을 팔팔 끓여 핏물 뺀 돼지등뼈를 넣고 1차로 10분간 삶아주면서 불순물을 제거한다.

5. 마늘 2통, 생강 1쪽, 월계수잎 5장, 통후추 1큰술을 다시백에 넣고, 대파 2대는 큼직하게 썰어, 다른 냄비에 물을 끓이면서 모두 넣어준다.

6. 옆에서 끓인 돼지등뼈를 향신료 냄비로 옮겨 넣고, 1시간 정도 충분히 끓인다. (콩을 갈아 넣어야 하니 물은 넉넉하게 붓는다.)

7. 무청 시래기를 길이 5cm 정도로 잘라, 약선 된장 3큰술, 고추장 1큰술, 액젓 3큰술, 다진 마늘 2큰술, 고춧가루 3큰술 넣고 바락바락 주물러 둔다.

8. 자잘한 감자 10개 껍질 벗기고, 절반씩 잘라둔다.

9. 1시간 후에 다시백이랑 대파는 건져내고, 무청 시래기랑 감자를 넣고, 청양고추 2~3개 넣고 다시 20분 정도 더 끓인다.

10. 불려둔 콩을 맛국물 3컵 붓고, 대충 드르륵 갈아준다.

11. 감자탕 냄비에 부어주고, 10분 정도 더 끓인다.

12. 대파 2~3대 어슷썰기 해서 넣고, 마지막으로 모자라는 간은 소금으로 맞춘다.

13. 뚝배기에 한 끼 먹을 만큼 덜어내어, 한소끔 끓인 다음 식탁에 올린다.

대파 넣고 간하기

완성된 콩비지 감자탕

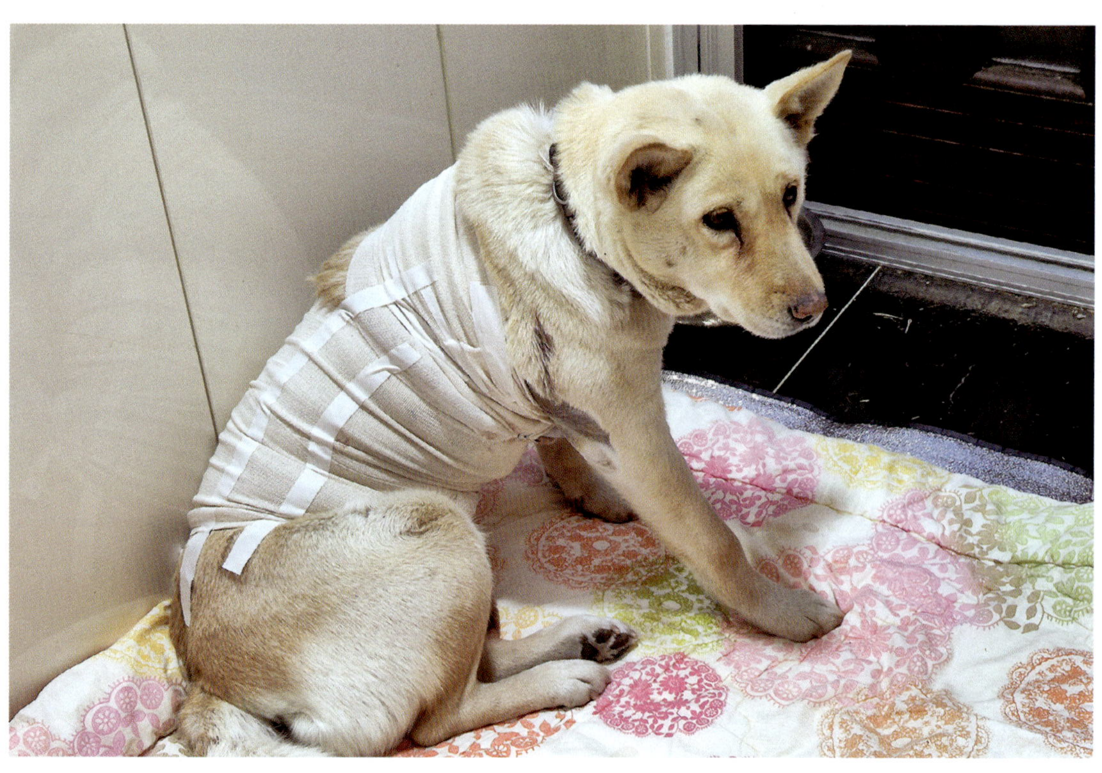

두부 곶감 유린기

    두부와 브로콜리와 토마토는 3대 슈퍼푸드라 불릴 만큼 매일 일정량을 먹어주면 좋은 식품이다. 특히 육류를 먹지 않는 사람들에게 단백질 공급원으로 두부만큼 값싸고 접하기 편한 식품이 없는 듯하다. 그래도 입맛이 까탈스런 나는, 같은 방법의 조리는 두 번 연이어 먹기가 싫어지니, 매번 방법을 바꾸어가며 두부를 섭취하려고 나름 애를 쓴다. 금방 사 온 두부는 끓는 물에 살짝 데쳐 김치 얹어서도 먹고, 노릇하니 구워서도 먹고, 으깨어 계란이랑 채소 다져 넣고 전을 부쳐도 먹고, 찌개에도 넣고, 마파두부도 만들고, 두부 토마토 볶음으로도 먹고, 그래도 지치면 며칠 건너뛰기도 한다.

    흔히 고집스럽다고도 하지만, 나름의 신념으로 사는 사람들이 있다. 장흥에서 소목장을 하시는 분은, 소는 풀을 먹여 키워야 한다고 사료를 먹이지 않고, 사계절 풀만 먹여 키우는 분이 있다. 당연히 마블링이 좋지 않아, 일반적인 유통으로는 못 나가고, 개인적인 단골들을 통해 소비되는

"

시장구조를 가진다. 돈을 많이 벌자는 목적이 아니니까 소와 사람이 함께 행복한 생활이면 만족하다 하신다.

보현골에서 복숭아 농사를 친환경으로 짓는 분이 계신다. 유실수에 농약을 치지 않고 가꾸는 것은 거의 무모한 일에 가깝다. 장마철을 지나면서 80% 이상의 복숭아가 낙과로 떨어진다. 수확기가 되면 남은 것 대부분이 새가 쪼아 먹든가, 벌레 먹은 자욱이 생긴다. 10%의 수확률도 안 되지만, 그래도 최종적으로 거둔 복숭아는 유독 크고 맛이 좋다. 그 복숭아를 기다리는 단골손님들도 있어 비싼 가격이지만 그래도 사 간다. 가치를 알기 때문이다. 또한 보현골에서 10만 평에 달하는 친환경 사과 농장을 하는 분도 있다. '한살림'에 납품도 하고, 장기적으로 하다 보니 나름의 유통망을 가지고 계신다. 과일 중에서도 농약을 가장 많이 치는 것이 사과인 것을 알고 있는 나는, 이런 분들의 신념에 존경을 넘어서서 경외감을 느낀다.

지리산에서도 오지에 속하는 오봉리에서 곶감 덕장을 하시는 분이 계신다. 시중에 유통되는 곶감 대부분은 색감을 곱게 보이려고 유황 훈증을 해서 소비자들에게 나온다. 그런데 오봉리에 사시는 이분은 무유황 훈증을 고집하신다. 색감이 어두워도 곶감의 맛이 좋고, 건강에 좋으면 되는 것 아니냐고. 하지만 소비자 대부분은 색이 좋은 유황 훈증 곶감을 선택한다. 왜냐하면 대부분 명절이나 기념일에 선물용으로 많이 소비하는 것이 곶감이기 때문이다. 건강한 먹거리를 추구하는 나는 당연히 이 분의 곶감을 선호한다. 하지만 산골에 오면서 우리 집에도 감나무가 있어 대봉감을 익혀서도 먹지만, 가끔 먹을 만큼 곶감을 말리기도 해서, 오봉리 곶감을 애용하지는 않는다.

그런데 지난 정월대보름 맞이 선물로 곶감 3박스와 곶감 고추장을 보내왔다. 귀한 먹거리를 받고 그냥 있을 수가 없어, 곶감에 매일 먹어야 하는 두부를 결합해 채식용 유린기를

무훈증 곶감

두부 3토막 밑간하기

곶감 4개 준비

채소, 과일 준비

유린 소스 만들기

감자 전분 묻히기

계란물과 빵가루 입히기

노릇하게 굽기

접시에 채소, 과일 세팅

두부와 곶감 올리기

만들었다. 곶감으로 만들 수 있는 요리 몇 가지를 만들어 홍보용으로 쓰면, 보내주신 보답이 조금 될 것 같았다.

　사람들은 모두 건강하게 오래 살기를 꿈꾸지만, 정작 건강한 먹거리에 대해 배우고, 선택하고, 권하는 일들에는 적극적이지 않다. 가격을 따지고, 보기에 좋은 것을 따지고, 맛을 지나치게 따진다. 몸에 좋은 것이, 맛까지 아주 좋은 경우는 사실 별로 없다. 먹거리에 대한 불편한 진실들을 제대로 알고 선택하는, 현명한 소비자가 되면 좋겠다.

#두부 곶감 유린기 만들기

1. 국산콩 손두부 350g, 도톰하게 세 조각내어 물기를 닦아준다.

2. 누룩소금으로 살짝 밑간해 둔다.

3. 곶감 4개 깨끗하게 닦아, 납작하게 주물러 놓는다.

4. 함께 넣을 채소와 과일 색상 맞춰 준비한다. (채소는 상추나 양상추는 기본, 쑥갓, 적양배추, 파프리카, 살짝 데친 브로콜리, 딸기로 준비)

5. 유린 소스를 만들어둔다. (맛간장 2큰술, 야생화식초 3큰술, 레몬청 2큰술, 굴소스 1큰술, 원당 2큰술, 청주 1큰술, 두반장 1/2큰술, 다진 마늘 1/2큰술) : 두반장 대신 고추기름도 좋고, 마트용 식초는 2큰술

6. 두부와 곶감을 감자전분 살짝 앞뒤로 묻힌다.

7. 계란물과 빵가루를 차례로 묻힌다.

8. 프라이팬에 기름 넉넉히 두르고 노릇하게 튀기듯 굽는다.

9. 커다란 접시에 딸기와 브로콜리는 가장자리에 색감 살려 돌리고,

10. 상추와 쑥갓을 손으로 뜯어 접시 바닥에 깔고, 나머지 채소들 한 입 크기로 잘라 놓는다.

11. 두부는 삼각형으로 자르고, 곶감은 절반씩 잘라 채소 위에 올린다.

12. 개인 접시에 골고루 덜어내어 유린 소스 끼얹어 먹는다.

퓨전요리(별미 외국요리)

외국을 여행하면서 먹어본 음식 중에서 한국인의 입맛에 잘 맞거나, 한국에도 비슷한 음식이 있는 것들을 가끔 만들 때가 있다. 그 음식의 유래나 레시피를 정확하게 알지는 못해도 내 나름대로 변용해 만들었기에 '퓨전요리'라고 단락명을 정했다. 기억에 남아있는 음식의 모양과 맛에 보현댁 식의 가미가 더해졌다. 고수를 빼달라고 아무리 부탁해도, 고수를 빼면 조지아의 음식이 아니라고 단호하게 거절하던 요리사가 생각난다. 그런 분들이 보면 화가 날지도 모르는 음식들을 모았다. 외국에서 들여와 한국식으로 멋을 낸 음식들이다.

리조또

리조또는 원래 이탈리아 북부 지역에서 시작된 전통적인 쌀 요리이다. 14~15세기경 북이탈리아 포강 유역의 곡창지대 롬바르디아 지방에서 쌀 생산이 시작되면서 만들어졌다고 전한다. 그러나 내가 리조또를 가장 맛있게 먹었던 곳은 크로아티아의 두브로브니크 성안의 어느 레스토랑이었다.

옆지기의 명퇴 기념으로, 가을날 결혼기념일에 맞추어 친구 부부랑 떠난 크로아티아 여행은, 어쩐 일인지 우기가 아닌데도 비 오는 날이 절반 이상이었다. 크로아티아 플리트비체의 그림 같은 폭포들과 환상적인 물빛을 보고 싶었다. 라오스의 꽝시폭포를 만난 후에, 중국 구채구의 황룡 오채지, 수백 개의 석회질 팔레트에 담긴 마술 같은 물빛을 보고 싶었고, 오채지의 오묘한 물빛을 만난 다음에, 플리트비체에 가고 싶었다. 그런데 정작 플리트비체에 도착하기 전부터 줄기차게 비가 쏟아졌고, 플리트비체 국립공원에 입장하던 날 아침에 비는 그쳤지만, 물안개가 너무 자욱

송이버섯 리조또

해물재료 4가지

볶음 재료들

마늘 향내기

표고, 양파 볶기

해물 함께 볶기

했다. 영화 '아바타'의 배경이 된 신비롭고도 환상적인 플리트비체의 메인 폭포는 안개 속으로 완전히 숨어버렸다. 트레킹하며 폭포를 올려다볼 수 있는 코스는 폐쇄되어 내려갈 수가 없어, 숲속을 걸으며 내려다보는 코스를 걷다가 간간이 안개 사이로 보이는 몇 개의 폭포를 만났다. 잠시 안개가 흩어진 사이로 청옥색의 물빛과 조우하는 감동을 맛보았으나 아쉬움이 많았다.

하지만 모든 여행이 내 계획대로 될 수는 없는 법, 아쉬움을 달래며 아드리아해의 진주로 불리는 두브로브니크로 내려갔다. 성문 안으로 들어가니 시간이 딱 점심때라, 항구 쪽에 있는 노천 레스토랑에서 점심을 먹기로 했다. 항구 앞에 자리 잡은 노천식당은 풍경 값이 더해져 음식이 조금 더 비쌌지만, 거기서 먹었다. 토종 식성인 나는 유럽 쪽으로 여행을 가면 빵만 먹고 다니는 일이 젤 힘들었다. 그래서 가능하면 일식당이나 중식당에서 밥을 보충하고는 하는데, 여기서는 리조또가 있어 반가웠다. 해물 리조또는 풍경 맛이 더해져서 정말 맛있었다. 날씨가 흐려 아드리아해의 빛나는 윤설을 볼 수 없는 것이 아쉽기는 해도, 흐린 날은 흐린 날대로의 운치가 있어 아름다웠다.

리조또는 쌀을 볶아 만든 일종의 죽이라고 할 수 있는데, 생크림이나 우유를 첨가해 아주 부드럽고 고소한 죽이다. 가끔 간단한 아침을 먹고 싶을 때 끓여 먹는 메뉴인데, 여기 올리는 두 가지 레시피는 재료가 색다른 것이라 소개한다. 하나는 쌀 대신 누룽지를 활용한 것이고, 하나는 송이버섯 따러 산에 갔다가, 몇 시간을 헤맨 끝에 겨우 하나 발견한 못난이 송이버섯으로 만든 리조또이다. 송이버섯 리조또는 정말 향이 좋았지만, 은은한 버섯 향을 더하고 싶어 송로향 오일을 살짝 뿌려 완성했다.

누룽지 끓이기

리조또 그릇에 담아 치즈 뿌리기

#누룽지 해물 리조또 만들기

1. 냉동실에 있는 해물 4가지(오징어 1/2마리, 굴, 홍합, 새우 조금씩) 준비해, 오징어를 먹기 좋은 크기로 잘라준다.

2. 마늘 6쪽 편 썰기, 양파 1/2개와 표고버섯 1개는 다져둔다.

3. 누룽지 2인분으로 80g 준비한다.

4. 궁중팬에 올리브오일 4큰술 넣고 마늘부터 낮은 불로 볶아 향을 낸다.

5. 양파와 표고버섯 넣어 함께 볶아 준다.

6. 해물을 넣고 함께 볶아 준다.

7. 맛국물 3컵 부어주고, 누룽지를 대충 부숴 넣어 뚜껑 덮고 10분 간 끓인다

8. 액젓 1큰술로 간을 맞춘 다음, 걸쭉하게 어우러지면 불을 끈다.

9. 그릇에 담고 모짜렐라 치즈를 가운데 뿌려 전자렌지 2분 돌린다.

10. 파슬리 가루를 뿌리거나, 브로콜리를 올려준다.

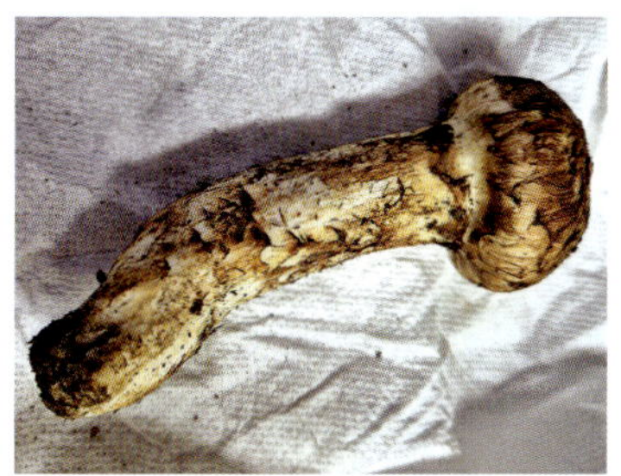

송이버섯

다진 송이, 가지버섯

참나물과 파마산 치즈

#송이버섯 리조또 만들기

1. 쌀 1/2컵 불려둔다.

2. 송이버섯 1개, 가지버섯 2개를 총총 다져둔다.

3. 참나물 7줄기 잎이랑 줄기를 따로 잘라주고, 파마산 치즈 1큰술 준비한다.

4. 궁중팬에 버터 50g 녹여, 다진 마늘 1큰술을 넣고 볶는다.

5. 충분히 향이 우러나면, 불려둔 쌀을 넣고 볶는다.

6. 맛국물 1컵을 조금씩 부어가며 타지 않게 7~8분 정도를 볶는다.

7. 쌀이 투명하게 익어가면 다진 버섯을 모두 넣어 함께 볶는다.

8. 우유 1컵 부어준다. (생크림 1/2컵, 우유 1/2컵도 좋다)

9. 걸쭉하게 되도록 6~7분 정도 더 끓이다가, 참나물 줄기를 먼저 섞어 2분 정도 더 끓인다.

10. 누룩소금 1큰술(천일염 1/2큰술)로 간을 하고, 파마산 치즈를 넣고 후추 톡톡 뿌려주고, 참나물 잎을 넣고, 재빨리 섞어 불을 끈다.

11. 그릇에 담고, 애플민트 장식하고, 송로향 오일을 살짝 뿌려 향을 더한다.

버터에 마늘 볶기

불린 쌀 볶기

맛국물 붓고, 다진 버섯 넣기

우유 1컵 넣기

참나물 넣기

완성된 리조또

부타동

　함께 오랜 시간을 살아도 나는 옆지기의 눈썹을 자세히 본 적이 없다. 그런데 지난 설에 집에 다니러 온 큰아들이 문득 하는 말,

　"아빠 눈썹이 너무 흐려 얼굴 윤곽이 선명하지 않겠네요. 가족사진 찍기 전에 눈썹 문신해 드릴게요."

　아들들 결혼하기 전에, 가족사진 다시 한번 찍자고 의논했었다. 4월 중순쯤이 되니, 대구의 어느 눈썹 문신 시술소에 예약해 두었다고 시간이 될 때 가서 하란다. 산골에서 대도시로 한번 나가면 도시에서 경험하고 올 일들을 함께 챙겨 보게 되는데, 그 시기가 딱 목향장미가 만발하는 시기였다. 우리 부부는 일단 눈썹 시술을 마치고, 점심을 먹은 다음, 목향장미 카페에 가서 차를 마시고, 대구미술관에서 열리는 '이건희 컬렉션'을 관람하고 오기로 했다.

　'목향장미'란 이름을 가진 독특한 식물이 있다. 장미과에 속하는 덩굴나무로 가시가 없고, 꽃

삼겹살 칼집 넣어 자르기

조림장 만들기

중파, 양파 다지기

파기름 내기

앞뒤로 노릇하게 삼겹살 굽기

에서 나는 향기보다 나무에서 진한 향기를 풍기는 것이 특이한 식물이다. 건물의 벽면이나 지붕을 뒤덮으며 황색의 겹꽃이 필 때는 향기도 좋지만, 건물을 꽃으로 덮으며 폭포처럼 흘러내리는 모습이 더 환상적이다. 일반적으로 장미가 피는 4월 중순에서 5월 중순까지 피어서 비교적 오래 꽃을 볼 수 있는데 4월 말경이 가장 아름다운 절정의 모습을 보여준다. 대구 남부의 도시철도 3호선 건들바위역 근처에 위치하는 '큐바이쿼트'는 목향장미 카페로 유명해, 꽃이 피는 시기에는 평일에 가지 않으면 자리가 없을 정도이다.

카페에서 장미의 향과 흐드러진 모습을 만끽하며 차를 마신 다음, 우리 부부는 대구미술관으로 갔다. 국립중앙박물관까지 가지 않아도 대구에서 근현대 미술사의 거장들을 만난다는 설렘과 더해 입장료 1,000원이라니 대기업 회장의 노블레스오블리주를 온몸으로 체득한 감사한 날이었다. 내가 좋아하는 박수근 화백이나 장욱진 화백의 대작들도 만나고, 이중섭과 김환기, 유영국 등의 화가들도 만났다. 특별히 대구 출신의 유명한 화가들, 이인성, 이쾌대, 서동진, 서진달 화백들의 중요한 작품들도 만날 수 있어 감동으로 가득했던 날이었다. 자연과 더불어 살기에는 더없이 좋은 환경이지만, 산골살이에서 부족한 것이라면 문화적 혜택인데, 이날은 흡족한 문화 체험으로 몸과 마음이 행복해져 돌아온 날이었다.

육고기를 안 먹는 나의 식성 때문에 옆지기는 아들들이 오지 않으면 거의 고기반찬을 못 먹는 편이라, 저녁상에는 특별히 옆지기를 위해 부타동을 만들어 대령했다. 옆지기 덕분에 호강한 날이니 말이다. 냉장고에 있던 도톰한 삼겹살로 넉넉한 일인 분을 만들어 채소 곁들여 올렸더니, 한 끼 아주 맛있는 만찬으로 즐거워했다.

부타동은 일본 홋카이도에서 시작된 향토 요리인데, 돼지고기를 단짠하게 조린 요리다. 밥 위에 올려 덮밥 형식으로 먹는다. 옆지기는 덮밥 싫다고 해서, 접시에 따로 담아 올렸

다. 주로 노인층이나 아이들 입맛에 맞는 스타일인데, 요즘은
젊은이들에게도 인기가 있는 메뉴다.

#부타동 만들기

1. 돼지고기 삼겹살이나 목살로 250g 준비한다.

2. 칼집을 촘촘하게 넣어 한입 크기로 자른다.

3. 조림장(맛간장 2큰술, 양조간장 2큰술, 조청 2큰술, 청주 1큰술,
   수제굴소스 1큰술, 다진 마늘 1큰술, 참기름 1큰술, 물 50ml) 만들
   어둔다.

4. 중파 1대와 양파 1/2개 다져둔다.

5. 팬에 현미유 3큰술 두르고, 다진 파를 넣어 향을 낸다

6. 삼겹살 올려 앞뒤로 노릇하게 굽는다

7. 양념장을 넣고 앞쪽 익힌 다음, 뒤집으며 다진 양파를 넣고 조
   린다.

8. 자작하게 조려지면 완성이다.

9. 밥 위에 올리거나, 따로 접시에 채소들 곁들여 올린다.

조림장 부어 조리기

다진 양파 넣기

자작하게 조려진 부타동

큐바이쿼터 카페의 목향장미

멘보샤

　친정엄마 기일이 되면, 탕국 한 가지는 꼭 내 손으로 끓여 부산 오빠네로 간다. 양가 부모님이 다 돌아가시고 나니, 엄마 기일이 아니면 부산에 갈 일도 없어졌다. 그러니까 일 년에 한 번 오빠네서 자고 오는 셈이다. 산골에 오고부터는 도시에 가는 일이 썩 내키지 않고, 가야 할 일이 생기면 얼른 일만 보고는 급하게 돌아오곤 한다. 집에 아기가 기다리는 것도 아닌데 말이다. 우선 도시에 나가면 교통체증으로 마음이 갑갑하고, 자동차 배기가스 가득한 나쁜 공기 때문에 머리가 아프다. 그리고 오빠네 아파트가 평수가 제법 넓은데도 불구하고 나는 아파트에 들어서면 가슴이 답답하다. 하지만 제사를 마치고 함께 밤늦은 저녁을 나누면서, 모처럼 만나 이런저런 이야기를 나누다 보면 밤이 깊어 자고 오지 않을 수가 없다. 거기다 다음 날이 되면 오빠는 꼭, 부산에 왔으니 싱싱한 회를 먹고 가라고 횟집에서 점심을 준비하곤 했다. 그런데 이번엔 기장 바닷가에 힐튼 호텔이 들어섰는데, 호텔 중식당 '목란'의 멘보샤가 그렇게 유명하다고 꼭 먹고 가란다. 이연복 셰

프의 아들이 운영하는 '목란'에는 시그니처인 멘보샤와 전복
중새우 짬뽕, 그리고 영덕 대게살 볶음밥이 모두 맛이 좋다고
함께 먹자고 갔건만, 정작 도착해보니 기본 대기가 1시간이란
다. 거기다 1시간 이내에 꼭 먹을 수 있다는 보장도 없는 상황
이라, 아쉽지만 그냥 다시 횟집으로 갔다.

　포르투갈 리스본의 제로니무스 수도원 곁에 있는 에그타
르트 맛집도 그랬다. 나란히 많은 에그타르트 가게가 줄지어
있었지만, 1837년부터 운영되었다는 원조 에그타르트 맛집
'파스테이스 드 벨렝' 앞에만 사람들이 줄을 길게 서 있었다.
제로니무스 수도원도 줄 서서 들어가야 하는 곳인데, 마침 우
리 일행이 도착했을 때는 내부 공사 중이라 들어갈 수가 없었
다. 예기치 못한 시간의 공백이 생겨버린 탓에, 에그타르트
가게 앞에서 30분 넘는 기다림을 감수했다. 마침내 에그타르
트 한 통을 포장으로 사서 근처 벤치에 앉아서 먹었는데, 페
이스트리가 조금 바삭하다는 느낌 외에는 특별한 맛은 아니
었다. 줄을 길게 서야만 맛볼 수 있는 맛집의 보편적인 특징
은, 맛의 포인트가 다른 집보다 조금 낮다는 것이다. 그 조금
나은 맛의 차이를 즐기기 위해, 긴 시간 줄을 서서 기다리는
일을 나는 별로 좋아하지 않는다. 맛의 차이란 것도 결국엔
개인적인 취향이기 때문이다.

　집에 돌아와 나는 멘보샤를 직접 만들어 보기로 했다. 쉽
게 이야기하면 새우살 샌드위치 튀김인데, 그게 뭐 그리 대단
하다고 1시간 이상씩 기다려서 먹어야 한단 말인가~! 만드는
과정이 그리 어렵지도 않고, 재료가 대단히 고급스러운 것도
아니다. 물론 멘보샤로 명성을 날리는 사람이 만드는 것은,
내가 집에서 만드는 것보다는 조금 더 전문적인 맛이 있을 것
이다. 그러나 그 조금의 차이를 위해 긴 시간 기다리는 일을
감수하고 싶지 않았다. 재료를 정성스레 준비해, 내 취향에
맞게 만들어 맛을 보는 즐거움도 그 나름의 가치가 있기 때문
이다.

새우살 200g 준비

살이 씹힐 정도로 다지기

새우살 양념에 치대어두기

식빵 손질하기

식빵 위에 새우살 올리기

#멘보샤 만들기

1. 새우살 200g, 꼬리 제거하고, 내장도 빼고, 소금물에 잠시 담가 두었다가, 깨끗이 씻어 건져, 키친타올에 올려 물기 없애고 준비한다.

2. 새우살을 적당하게 다져준다.

3. 보올에 담고, 청주 1큰술과 후추로 밑간해 둔다.

4. 대파와 양파를 다져 2큰술씩 준비한다.

5. 버터를 녹여 1큰술 준비한다. (돼지기름이 있으면 더 좋다.)

6. 다진 대파 1큰술, 다진 양파 1큰술, 굴소스 1/2큰술, 원당 1/2큰술, 감자전분 2큰술, 버터 1큰술, 계란 흰자 1큰술을 3번에 함께 넣고 치대어둔다.

7. 식빵 5개 준비해 테두리는 잘라내고, 4등분 한다.

8. 반죽해 둔 새우살을 식빵 위에 도톰하게 올리고, 식빵 한 조각을 덮는다(새우살 200g으로 10개 만들어진다)

9. 식빵 위쪽에 포도씨유를 발라, 에어프라이기 180도 설정 5분 굽는다. (기름에 튀길 때는 160도 온도로 천천히 튀긴다.)

10. 식빵을 뒤집어, 다시 포도씨유 발라주고, 이번엔 4분 구우면 완성이다.

11. 소스(토마토케첩 3큰술, 다진 마늘 1큰술, 다진 양파 1큰술, 굴소스 1/2큰술, 원당 1큰술, 야생화식초 1큰술) 만들어 곁들인다.

샌드위치 만들어 포도씨유 발라주기

에어프라이기 굽기

소스 만들기

부리또

또르띠아 한 봉은 냉동실에 상비로 넣어두면 활용할 요리들이 많다. 간단하게 피자를 만들 때 도우 역할도 하고, 쉽게 만드는 전병 요리에도 좋고, 케사디야, 타코 등을 만들 때도 요긴하게 쓸 수 있다. 무엇보다 야외에서 먹을 수 있는 간식으로 부리또를 만드는 재료로 아주 탁월하다. 간식 이라지만 속 재료를 든든하게 채우면 도시락으로도 손색이 없다.

가끔 모여서 트레킹을 즐기는 팀원들이 승부역에서 분천역까지 트레킹하러 가자기에, 사골을 사다 곰국 끓이려고 물에 담가둔 것도 하루 미뤄두고 함께 나섰다. 이사 온 첫해 겨울, 크리스마스가 다가오던 연말에 옆지기 친구 두 분이 산타 마을에 가자고 해서 다녀온 기억이 있는 곳이다. 그때는 눈이 많이 온 시기라 트레킹 길이 있다는 것은 알았지만, 걸어볼 엄두를 못 내고 기차로 왕복했던 구간이었다. 춥기는 했지만, 걷기에는 딱 알맞은 2월의 중순, 자동차는 분천역 주차장에 두고, 기차로 승부역까지 가서 내렸다.

소시지와 꽃맛살

채소 속재료들

소시지 잘게 자르기

소시지와 맛살 볶기

소스 만들기

하늘도 세 평, 땅도 세 평이란 별칭이 있는, 척박한 첩첩 산골 숨은 마을의 비경을 따라 걷기 좋은 '낙동강 세 평 하늘 길'을 걸었다. 낙동강으로 흘러가는 골포천 주변의 무성한 갈 대밭을 지날 때는 영화 〈글레디에이터〉의 한 장면과, 구슬픈 두둑 연주가 어디선가 들리는 것 같았다. 영화 〈글레디에이 터〉에 나오는 두둑 연주는 아르메니아 여행 중에 어느 두둑 장인의 연주로 들었다. 정말 구슬픈 소리를 내는 특이한 악기 를 나는 불 줄도 모르면서 하나 사 와서, 팬플룻 선생님께 선 물로 드렸다. 그랬더니 즉석에서 소리를 내시던 선생님….

새벽부터 출발한 트레킹이라 다들 아침을 못 먹고 떠나온 탓에 이른 점심 도시락을 펼쳤는데, 나는 이때 부리또와 묵은 지를 다져 넣고 만든 주먹밥을 나눠 먹었다. 묵은지 주먹밥과 부리또는 전혀 다른 영양 성분과 맛을 지니고 있어 서로 모자 라는 성분과 맛을 보완해 준다. 정말 맛있게 잘 먹었다. 든든 하게 먹고, 따스한 차도 한 잔 마시고, 힘을 내어 다시 걸었던 길은, 기암괴석이 둘러싼 산골 마을도 지나고, 춘양목이라 불 리는 쭉쭉 뻗은 잘생긴 소나무들이 줄지어 자라던 산자락도 지나고, 폭신폭신 낙엽이 수북한 숲길도 지났다. 중간에 양원 역을 지날 때쯤, 영화 〈기적〉의 무대가 되었던 작고도 아름다 운 사연을 가진 역에서 잠시 쉬었다. 할머니들이 팔던 건나물 한 봉지 사드리고 싶었지만, 배낭에 넣어가면 다 부스러질 것 같아 마음을 눌렀다. 영화 〈기적〉은 기차 소리의 기적汽笛과 산골 사람들이 이뤄낸 기적奇蹟의 중의적인 뜻이 들어있는데, 그 의미가 마음을 더 아릿하게 만들었다. 첩첩 산골의 산나물 들을 이고, 장에 내다 팔려면 왕복 4시간을 걸어야 했던 사람 들에게 간이역을 만들고 싶은 꿈은 너무도 간절한 소망이었 으리라. 나는 〈기적〉을 보면서 울었고, 양원역을 지나면서 건 나물들을 팔고 있던 할머니들의 거친 손등을 보며 마음이 너 무 아팠다.

둘이서는 걸을 수 없는 오롯한 산길 '체르마트 길'에서는 나도 언젠가 스위스의 체르마트를 꼭 가리라 다짐했었는데, 그 소망을 이번 7월에 이루게 되었다. 마테호른 트레킹을 오래전부터 버킷 리스트에 올렸지만, 이루기 쉬운 소망이 아니었다. 무엇보다도 내 또래의 친구들은 무릎이 부실해 어렵다고 다들 손사래를 쳤다. 젊은이들 팀에 따라붙기에는 내가 짐이 될 것 같아 머뭇거리다가 세월만 자꾸 흘렀다. 그러다 작년 가을에 마침내 내 또래의 팀에 합류하게 되어, 마테호른과 돌로미티 트레킹을 함께 둘러오는 꿈같은 여정을 기다리고 있다. 이미 항공권과 호텔 예약을 마친 상태라 열심히 걷고, 체력을 키우고 유지하는 것이 남은 과제다.

부리또는 멕시코의 음식으로 중남미나 미국 텍사스 지역에서 많이 먹는 요리로 알려져 있다. 스페인어로 '작은 당나귀'란 뜻을 가졌는데 정확한 유래는 불분명하며, 또르띠아에 고기, 콩, 채소, 등을 싸 먹는 간단한 요리다.

부리또의 속 재료는 딱히 정해진 것이 없다. 그냥 있는 대로 말아서 만들면 되는 쉽고 간단한 음식이다. 불고기 먹다 남은 것이 있으면 불고기를 넣고, 돼지고기구이나 닭고기 남은 것도 좋고 소시지와 맛살도 괜찮다. 채소도 냉장고 있는 대로 곁들이면 되고, 치즈를 좋아하면 함께 말아주면 영양 면에서 보완이 된다. 소스는 머스타드와 마요네즈, 케첩만 있으면 간단히 해결된다. 월남쌈을 먹고 남은 재료는 부리또 만들기에 정말 좋다. 도시락으로 가져갈 때는 반드시 유산지에 감아야 나중에 꺼내 먹을 때 소스가 바깥으로 흘러내리지 않아 깔끔하게 먹을 수 있다.

#부리또 만들기

1. 고기 종류 속 재료(소시지, 꽃맛살) 준비해 자잘하게 자른다.
2. 채소 종류 속 재료(상추, 적양배추, 오이, 양파, 사과) 준비해 채 썰어둔다.

또르띠아에 육류 올리기

채소 올리기

치즈 덮어주기

또르띠아 말아주기

유산지로 싸주기

3. 프라이팬에 올리브유를 두르고 1번을 살짝 볶으면서 머스터드 섞
   어준다.

4. 마요네즈와 토마토케첩을 2:1로 섞어 소스를 만든다.

5. 또르디아를 펴고 4번 소스를 바르고, 1번과 2번을 적당하게 올린
   다음 말아준다.

6. 프라이팬 위에 5번을 올리고, 접힌 부분을 살짝 구워 접착되게
   한다.

7. 치즈를 올리고 싶으면 1,2번 올리고 마지막에 치즈를 올려 말아
   주면 된다.

8. 야외용은 유산지에 싸서 도시락에 담는다.

9. 먹을 때는 어슷하게 절반으로 잘라 유산지를 걷어가며 먹는다.

부리또

아란치니

아란치니는 이탈리아의 대표적인 길거리 음식이다. 여행 중에 간식이나 간단한 점심으로 먹기에 부담이 없다. 샤프란 물을 들인 쌀밥 안에 고기나 치즈, 버섯, 완두콩 등을 넣고, 밀가루와 달걀물을 입히고, 빵가루를 묻혀 튀겨낸 동그란 도넛 모양의 음식이다. 지금은 샤프란 가격이 너무 비싸, 쌀 대신 감자나 옥수숫가루로 반죽을 만들기도 한다.

발렌타인데이가 다가오면 로마의 중심부에 있는 '산타 마리아 인 코스메딘' 성당이 생각난다. 성당 입구에는 영화 〈로마의 휴일〉에 나와 유명해진 '진실의 입' 조각상이 있는데, 관광객들은 대부분 '진실의 입' 앞에서 줄을 서서 사진만 찍고는 돌아간다. 코스메딘 성당의 지하에는 '성 발렌티누스' 성인의 유해가 모셔져 있다. 3세기 중반 로마제국의 황제 클라우디우스 2세는 젊은 청년들을 전쟁에 끌어내려고 금혼령을 내렸다. 당시 로마제국은 기혼자는 군복무를 할 수 없었고, 군인이 된 청년들은 40세가 되어야 제대해 고향으로 돌아갈 수 있었다. 이때 발렌티누스 주교는 황제

왕토란 자르기

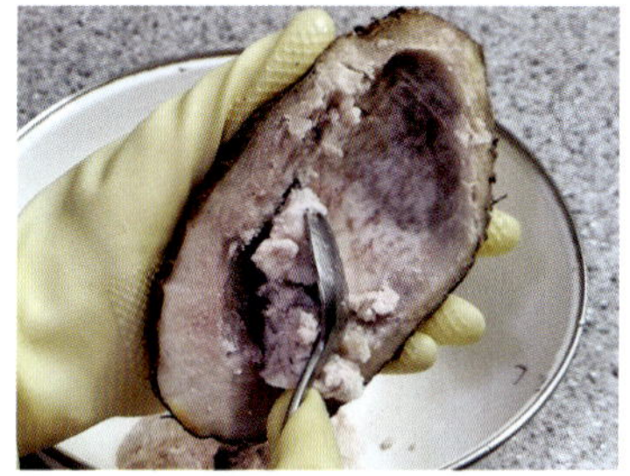

쪄서 속 파내기

반죽 만들기

당근, 부추 다져 넣기

45g씩 소분하기

몰래 많은 결혼 미사를 집전해, 청년들이 전쟁에 징집되는 것을 막아주었다. 결국 이 사실이 발각되어 269년 2월 14일 처형이 되었다. 이후 이날을 기념하여 발렌티누스 축일이 되었다. 발렌타인데이에 초콜릿을 선물하는 문화는 19세기 영국에서 시작되었다. 일본에서는 1936년 제과 회사의 캠페인으로 여성이 남성에게 초콜릿을 선물하며 사랑을 고백하는 날로 자리 잡았는데, 한국에까지 일본의 관습이 전해진 것이다.

'타로'라고도 불리는 왕토란을 재배하는 분이, 요리에 사용해 보라며 한 상자 보내왔다. 조그만 토종 토란만 알던 내게 왕토란은 놀라운 식재료였다. 우선은 크기가 커다란 고구마 정도라 하나만 사용해도 양이 푸짐해 좋고, 토종 토란처럼 아린 맛이 없어 좋고, 영양분이 풍부해서 두루 활용하기 좋은 식재료라 더 좋았다. 쌀 대신 왕토란을 갈아 넣고 팥죽도 쑤어 먹고, 반죽으로 만들어 호떡도 만들어 보았다. 얄팍하게 채칼에 내려 칩도 튀겨 먹고, 맛탕도 만들면서 쓰임새 많은 왕토란의 매력에 푹 빠졌다. 로마 콜로세움 근처의 아란치니 맛집을 떠올리다 문득, 왕토란으로 아란치니를 만들었는데, 이탈리아의 아란치니 맛집이 울고 갈 맛이었다. 뮤신이 많은 왕토란은 반죽이 차지고 쫀득해 껍질도 맛있지만, 속을 가르면 쭉 늘어나는 치즈까지 정말 환상적이었다. 유레카~~

#왕토란 아란치니 만들기

1. 왕토란 1개(약 500g)를 절반으로 잘라, 찜기에 20분 찌고 10분 뜸들인다.

2. 속을 파내어 양푼에 담고 으깨어준다.

3. 찹쌀가루 1/2컵, 감자전분 1/2컵, 따스한 물 (우유를 넣으면 더 좋다.) 1/2컵에 소금 한 꼬집 녹여 부어서, 치대어 반죽을 만든다.

4. 당근과 부추를 조금씩 다져서 반죽에 함께 치대어준다.

5. 반죽을 하나에 45g씩 되게 떼어 놓는다.

6. 모짜렐라 치즈를 준비해, 반죽 속을 채우고 동글동글하게 빚어

준다.

7. 우리밀가루, 달걀물, 빵가루를 순서대로 입힌다.

8. 기름 온도 180도에 맞춰 2~3분 정도 튀긴다.

9. 건졌다가 다시 한번 튀겨, 키친타올 위에 기름을 뺀다.

10. 접시에 나란히 담고, 꼭대기에 잣가루를 뿌려 장식한다.

반죽 안에 치즈 넣고 동글하게 빚기

튀김옷 입히기

기름에 튀기기

완성된 아란치니

세비체

입맛 없고 나른할 때는 세비체가 생각난다. 겨울이 빗장을 풀고 봄기운이 퍼지면 몸에서부터 아지랑이가 피어오른다. 겨우내 굳어 있던 몸에 봄기운이 스미면 스멀스멀 혈관을 타고 온몸이 반란을 일으킨다. 이때는 음식도 새로운 것이 먹고 싶고, 환경도 새로운 것을 접하고 싶고, 봄꽃 들이 다투어 피어날 남도의 풍경을 만나러 훌쩍 떠나고 싶어진다. 세비체는 이럴 때 만들어 먹으 면 제격이다. 새콤하고 산뜻한 맛이, 봄을 모두 모아 한입에 먹는 기분이다.

코로나가 한풀 꺾이던 봄날에, 우연히 알게 된 12사도 순례길을 걷게 되었다. 신안의 '가고 싶 은 섬 만들기' 프로젝트로 만든, 섬티아고 순례자의 길은 5개의 섬을 노둣길로 연결하면서 12사 도의 이름을 붙인 12개의 작은 예배당을 따라 걷는 약 12km의 아름답고도 경건한 길이다. 섬 주 민들이 부지를 기부하고, 한국과 프랑스의 작가 10명이 12사도의 이미지와 건축의 멋을 최대로 살린 예술 건축물을 만들었다. 보현골에서는 너무도 먼 길이라 우리 부부는 2박 3일의 봄 여행을

계획했다. 출발하는 날은 거의 400km를 달려 해남의 우수영에 있는 법정 스님의 작은 도서관을 방문했다. 스님의 생가터에 지은 도서관은 평소 스님의 뜻에 맞게 간소하고 소박하게 꾸며져 있었다. 도서관 안에서, 스님과 함께 활동했던 '맑고 향기롭게' 15년간의 추억을 되새김질하다가, 벽 하나를 가득 채우고 있던 스님의 모습에 그만, 눈물이 왈칵 쏟아졌다. 바깥으로 나와 야트막한 언덕 위에 올라서면 포토존이 있고, 스님이 설해목으로 손수 만드셨다는 빠삐용 의자 브론즈가 놓여 있다. 잠시 앉아 먼산바라기 하면서 스님을 키워준 주변 환경을 천천히 느껴보았다.

다음 날, 송공항 여객선 터미널에서 대기점도로 들어가는 배를 타고, 대기점도 포구에 서 있는 1번 예배당 '베드로의 집'에서 순례를 시작했다. 1번과 12번 예배당 앞에는 조그만 종각에 종이 매달려 있다. 시작과 끝을 알리는 의미라, 종 12번 치면서 경건한 마음으로 출발했다. 종교적 의미를 떠나 누구나 한 번쯤은 걸어볼 만한 길이기 때문이다. '베드로의 집'은 그리스 산토리니의 건축물처럼 바닷가에 세워진 하얗고 조그만 예배당과 푸른 지붕이 단정하다. 내부의 벽엔 수채화로 엉겅퀴와 양귀비가 그려져 있고, 단출한 의자와 작은 창문, 그리고 촛대 2개가 놓여 있는 3평이 채 안 되는 공간은 소담하고 경건했다. 2번 예배당은 '안드레아의 집'이다. 통로와 예배당으로 이어진 두 개의 작은 건물이 하얀 벽에 푸른 지붕을 얹고, 바다를 바라보며 앉아 있다. 입구에 고양이 두 마리가 푸른 눈동자로 앉아 섬을 지키는 것 같기도 하고, 예배당을 지키는 것 같기도 하다. 3번 예배당은 마을의 끝 호젓한 산자락에 자리한 '야고보의 집'이다. 정면에 유리 거울을 달고, 내부는 직사각형의 소박한 기도실이 깔끔하게 정돈되어 있다. 4번 예배당 '요한의 집'은 마을 길가에 우뚝 자리한다. 사연이 있는 작은 성당~! 이 땅을 기부한 할아버지는 아침이면 일찍 여기로 나와 예배당 안팎을 깨끗이 청소하고, 예배당 안의 좁

베드로의 집

안드레아의 집

야고보의 집

요한의 집

빌립의 집

고 긴 창문을 통해 할머니의 묘지를 바라보며 기도하신다. 창
너머로 보이는 할머니의 묘지는 꽃잔디로 장식되어 있고 아
주 깔끔하게 다듬어져 있다. 먼저 떠난 할머니의 기도처로 이
예배당이 만들어진 것이다. 마음이 애틋했다. 노둣길을 건너
두 번째 섬으로 들어서면 바로 보이는 이국적인 모양의 5번
예배당 '빌립의 집'은 남프랑스의 전형적인 건축물 양식이다.
뾰족한 물고기 모형과 이어진 유려한 지붕 곡선과 목조 예배
당이 인상적이다. 내부에는 긴 십자가 모양의 스테인드글라
스 창이 있어 빛이 환하게 들어온다. 신의 은총을 받는 듯한
느낌의 실내 분위기에 젖어 잠시 앉아 쉬었다. 방명록이 있어
우리 부부 흔적도 남기고 나왔다. 6번 예배당 '바르톨로메오
의 집'은 저수지에 떠 있는 한 송이 연꽃처럼 아름다운 예배당
인데 연결된 다리가 없어 들어갈 수가 없다. 투명한 스테인드
글라스로 만든 예배당은 자체로 빛을 발하며 저수지 위에서
반짝인다. 산을 하나 넘어가며 귀한 난꽃이랑 온갖 산나물들
을 만났다. 유채밭 끝자락에 서 있는 7번 예배당 '토마스의 집'
은 낭만적이었다. 푸른 유리 바닥과 푸른색 창이 눈에 확 띄
는 깔끔한 예배당이다. 8번 예배당 '마태오의 집'은 인도의 타
지마할을 닮은 모습으로 물 빠진 갯벌 위에 우뚝 서 있다. 들
어가는 길도 황금 카펫처럼 만들어 두었고, 내부도 황금장식
으로 화려한 통일감을 준다. 9번 예배당 '작은 야고보의 집'은
전체적으로 배 모양을 하고 있다. 문 위의 창이 물고기 모양
의 스테인드글라스로 붙어 있고, 내부의 천정은 돛을 연상시
키고, 작은 예배당 바닥 역시 배 모형이다. 나무로 만든 문은,
프랑스 산골 아름다운 오두막을 떠올리게 하는 낯익은 친근
함으로 다가온다. 개인적으로 나는 9번 예배당이 가장 아름
다웠고, 마음에 들었다. 외갓집 툇마루를 연상시키는 예배당
나무 바닥에 앉아 한참을 쓰다듬다가 나왔다. 10번 예배당 '유
다 다태오의 집'은 뾰족뾰족 연결된 지붕과 푸른 창문, 조각
보를 보는 듯한 문이 특이하고, 앞바닥에 깔린 타일도 독특하

바르톨로메오의 집

토마스의 집

마태오의 집

작은 야고보의 집

유다 다태오의 집

다. 두 평도 안 되어 보이는 작은 기도실 바닥은 타일도 양탄
자 문양으로 되어 있다. 11번 예배당 ‘시몬의 집’은 예배당이
라기보다 작은 쉼터 같다. 문이 없이 양쪽으로 트인 구조물이
라, 벽으로 이어진 안쪽에 의자와 작은 창이 있다. 아치형의
문틀 아래 서면, 바다의 풍경이 평화롭게 안겨 온다. 마지막
12번 예배당으로 가는 길은 물 빠진 갯벌을 건너 ‘딴섬’으로
가야 한다. 딴섬 가는 갯벌은 온통 고둥 천지다. 바닷가에서
자란 나는 어릴 적에 많이도 먹었던 익숙한 고둥이지만 줍고
있을 시간이 없어 지나갔다. 12번 예배당은 ‘유다의 집’으로
프랑스 노르망디에 있는 유명한 ‘몽생미셸 수도원’을 닮은, 아
름다운 붉은 벽돌 건축물이다. 작은 기도실로 들어가 12사도
의 흔적을 따라 걸었던 순례의 마침을 감사함의 기도로 마무
리했다. 바깥에 있는 종각에서 다시 12번의 종을 치는 것으
로, 아름답고 경건한 순례를 마무리했다.

　　점심 먹고 쉬는 시간까지 포함해도 5시간이면 충분한 순
례길이라, 순례자들 대부분은 당일로 돌아가지만, 우리 부부
는 하룻밤을 묵었다. 오후 무렵 밀물이 밀려오기 전에 맨드라
미 섬으로 들어가 12사도 동상들도 만나고, 마을 구경도 잠시
한 다음 얼른 숙소가 있는 대기점도로 돌아왔다. 숙소에서 받
은 15첩의 섬 밥상은 정말 맛이 있었고, 고사리 깔고 조린 조
기조림은 밥도둑이었다. 6번에서 7번 예배당으로 넘어가는
산길 걷다가, 취나물을 한 줌 따서 컵라면에 넣은 먹은 맛은
평생 잊지 못할 향기로운 맛이었다.

　　집에 돌아와 나는 세비체를 만들었다. 페루의 전통음식인
세비체는 페루와 중남미 사람들이 즐겨 먹는 요리로, 생선 살
을 레몬에 버무려 아주 새콤하게 먹는다. 그러나 한국 사람들
입맛에는 생레몬을 함께 먹는 것은 너무 신맛이라, 살짝 중화
된 레몬청으로 버무리는 새콤함이 알맞다. 접대용일 때는 전
채요리로 조금 맛을 보이면 그야말로 입맛을 살려주는 새콤
함에 다들 좋아하는데, 와인 안주로도 멋지다. 마을 모임을

시몬의 집

유다의 집

해물 재료

채소 재료

소스 만들기

채소 재료 다지기

해물 재료 다지기

다진 재료 소스 넣고 버무리기

해물 세비체

문어 세비체

할 때, 한번은 세비체를 만들어 조그만 은박 접시에 담아 할머니들에게 맛을 보였더니, 눈살을 찌푸리면서도 맛있다고들 하셨다. 산골에서 생선회로 세비체를 만들기는 어려워, 나는 항상 삶은 문어나 익힌 해물들을 곁들여 만든다. 그래도 충분히 만족하는 맛으로 즐길 수 있다. 몸이 나른한 환절기에는 해물 세비체 한 접시로, 리마의 세비체 맛집을 그리워하지 않아도 된다.

#해물 세비체 만들기

1. 냉동실에 있는 작은 문어 2마리, 새우 12마리, 꽃맛살 80g 준비한다.

2. 문어와 새우는 살짝 데쳐 총총 다져준다.

3. 함께 버무릴 채소는 냉장고 있는 대로 색상 맞춰 준비한다(오이, 양파, 방울토마토, 적양배추, 브로콜리, 파프리카, 완두콩 1/2컵)

4. 소스 만든다. (올리브오일 5큰술, 레몬청 5큰술, 유자청 3큰술, 다진 마늘 1큰술, 꿀 1큰술, 함초소금 1작은술, 후추 조금, 매콤한 맛을 더하려면 청양고추 2개 다져 넣는다.)

5. 채소들 모두 총총 다지고, 브로콜리는 살짝 데쳐 다지고, 완두콩은 끓는 물에 3분간 데쳐 건진다.

6. 보올에 2번과 5번 재료들 모두 담고, 소스를 뿌려 골고루 섞어준다.

7. 접시 가장자리에 오이와 방울토마토를 두르고, 가운데 세비체를 담는다.

8. 가운데 파프리카 올리고, 완두콩으로 장식한다.

● 식성에 따라 레몬을 얇게 편썰기해서 올려 먹어도 좋고, 초절임한 올리브를 함께 섞어도 별미다.

해시 브라운

　　20일간의 중앙아시아 여행을 마치고 돌아오니 할 일들이 줄을 서서 기다리고 있다. 우선 감자부터 수확하고, 할머니들 반찬 나눔을 해야겠다 싶어 깻잎 따다 씻어 건져두고 양념장 만들어놓고 늦은 점심을 준비했다. 여름날의 간단한 점심은 언제나 국수가 정답이다. 국수 삶을 물을 올려두고, 멸치육수에 간을 맞추려고 간장병을 꺼내 올리는 순간, 조리대 모서리에 간장병이 부딪쳐 산산조각이 나면서 발등에 몇 조각이 박혔다. 발등 위로 금세 피가 흥건했고, 간장은 바닥에 쏟아져 엉망이고, 사방에 유리병 조각도 흩어져 순식간에 주방이 아수라장이 되었다. 놀란 옆지기가 달려와 대충 수습하는 동안, 나는 눈에 보이는 유리 조각을 빼내고 등을 바닥에 대고 누운 채로 발을 들어 올려 지혈부터 시켰다. 서둘러 병원에 가도 한 시간이 걸리는 거리다. 산골에 사는 불편함 중의 하나는 병원이 멀다는 것이다. 병원에 도착하니 의사 선생님은 신경까지 다쳐 이중으로 꿰매야 한다며, 제법 시간이 걸리는 치료를 꼼꼼하게 하셨다. 그러고는 발을 딛고 다니면 안 되니

큰 감자 2개와 버터

채칼에 내려 볶기

포슬하게 삶아진 감자

도구로 으깨기

두 감자 합쳐 전분 추가

며칠 입원해야 한단다. 아무런 준비도 없이 급하게 온 까닭에 입원할 처지가 못 되어 임시 깁스를 해서 집으로 왔다. 목발을 짚고 가라는 말씀이 너무 과장인 것 같아 그냥 조심해서 걷겠다고 왔는데, 밤중에 침대에서 화장실까지의 거리가 천 리 먼 길만 같았다. 발뒤꿈치만 살짝 바닥에 닿아도 상처 부위를 칼로 찌르는 듯한 통증이 와서 깨금발로 화장실 다녀오는 난리를 치면서, 다음 날엔 바로 병원에서 목발을 짚고 돌아왔다. 발등 조금 찢어진 일이 무슨 큰 부상병 같은 모습이었다.

그렇게 시작된 치료를 빙자한 휴가는 3주일이나 갔다. 발로 움직이는 일은 가능하면 하지 말라는 의사 선생님의 지시에, 실밥 푸는 날까지 억지 휴가를 즐겼다. 여행에서 돌아온 후에 시기적으로 너무 바빠, 잠시의 휴식도 없던 내게 하늘이 준 휴가였는지도 모르겠다. 하지만, 옆지기 혼자 감자 수확을 끝내고, 하루 세 끼 식사를 챙기고, 설거지며 청소며 밭일에 잡초 제거까지, 심한 노동에 시달리는 것을 보며 나는 마음이 너무 불편했다. 그나마 앉아서 손으로 하는 일은 할 수 있으니, 옆지기에게 재료를 챙겨 달라고 해서 식탁에 앉아 반찬이나 간식을 만들었다. 수확한 감자를 정리해 창고에 들인다기에, 캐다가 찍힌 못난이 감자들부터 가져다 해시 브라운을 만들어 옆지기에게 위로의 의미로 예쁘게 차려 대령했다. 해시 브라운은 감자를 대량으로 처리해야 할 때 한꺼번에 많이 만들어 냉동실에 저장해두고 먹기에 좋은 메뉴다. 기름에 튀기거나 구워서 따스할 때 바로 먹어야 최고의 맛이고, 겉바속촉의 간식으로 남녀노소 누구나 즐기고 좋아하는 맛이다.

상처가 나을 때까지 아무것도 하지 말고 가만히 있으라는 지시가 내게는 최고의 형벌 같았다. 그런 과정을 통해서 나는, 정신은 멀쩡한데 몸을 다쳐 움직이지 못하는 환자들의 고통을 잠시라도 짐작해 보는 시간이 되었다. 나를 기다리는 일들이 있고, 하고 싶은 일들을 하며, 바쁜 일상들을 보낼 수 있는 것 자체가 행복이라는 것을 다시 한번 깨달은 사건이었다. 15년

쯤 전에 항아리를 발등에 떨어뜨려 크게 다친 적이 있었다. 바로 그 자리를 이번에 또 다치게 되어 나는 발등에 진심으로 미안한 마음이 들었다. 주인을 잘못 만나 내 몸은 늘 고생하는 것 같아 요즘은 틈만 나면 토닥여주며 위로해 준다. 그리고 가능하면 잠자리 들기 전에 족욕도 하고 주물러주며 하루의 피로를 풀어준다. 정신과 몸이 함께 건강하게 살 수 있기를 소망하며, 오늘도 수고하고 애썼다고 주물러주고 토닥여준다.

치대어 반죽 만들기

#해시 브라운 만들기

1. 감자 큰 것 2개, 자잘한 것 8개, 껍질 벗겨 준비한다.

2. 자잘한 것들을 냄비에 넣고, 감자 절반쯤 잠기게 물을 붓고, 소금 1/2큰술, 원당 1큰술 넣고, 중불로 15분 삶고, 5분 낮은 불로 뜸 들인다.

3. 큰 감자 2개는 채칼로 내려, 버터 25g 녹여 볶아준다.

4. 포슬포슬하게 잘 삶아진 감자는 남은 물을 부어내고, 뜨거울 때 도구로 으깨어준다.

5. 볶아둔 감자를 함께 넣고, 소금 1작은술, 감자전분 3큰술, 넣고 잘 치대어 반죽을 만든다. (버터가 무염이라 소금을 조금 첨가했는데, 무염버터 아니면 생략)

공처럼 일차 빚기

6. 한 개 70g 정도씩 떼어내어, 손바닥에서 동글동글 원형으로 굴려준 다음, 납작하게 눌러 타원형으로 빚어준다.

7. 기름종이 깔고 나란히 펼쳐 놓는다. (냉동실에 넣는 것은 이때 사이사이 기름종이를 끼워 얼리며 된다.)

타원형으로 만든 해시 브라운

8. 간식으로는 일 인당 2개씩 계산해서, 프라이팬에 기름 넉넉하게 두르고 튀기듯이 구워준다. (대량으로 만들 때는 튀김으로 하면 편하고, 기름이 싫은 분은 에프기나 오븐에 구워도 좋다.)

9. 접시에 담고, 식성대로 토마토케첩이나 머스타드소스를 뿌려 먹는다.

기름에 굽기

● 토스트 사이에 채소랑 올려도 좋고, 채식 햄버거에 패티 대신 넣어도 좋다.

겉바속촉의 속살

144

수제 스팸

우리 집 식구들은 모두 식성이 유난히 까탈스럽다. 학교 급식이 시작될 때 아들들은 중·고등학교를 다니고 있었다. 옆지기가 먼저 학교 급식을 못 먹겠다며 도시락을 싸달라고 했다. 우선은 밥이 맛이 없단다. 압력밥솥에 찹쌀을 섞어 지었던 집밥과는 비교할 수 없을 정도로 펄펄 날리는 밥이라 먹기가 싫단다. 그래서 도시락이 시작되었다. 아들들 학교 급식 재료 검수하러 들어가는 날, 재료를 보면 하루 한 끼 정도는 먹을 수 있지만, 두 끼를 먹기엔 어렵겠다는 생각이 들었다. 한창 자라는 청소년기에 잠을 조금이라도 더 자려고, 아침은 먹는 둥 마는 둥 급하게 집을 나서는 아이들은 사실 학교에서 먹는 점심과 저녁 급식이 모든 영양분을 제공하는 셈이다. 우선 나 자신이 먹을 수 없는 식단이었다. 그런데 급식실이 따로 있는 학교에서, 도시락을 싸가면 혼자 먹을 수 있는 배짱이 없는 아이들이라 함께 먹을 멤버들이 필요했다. 나는 큰아들과 친한 친구 엄마들을 만나 설득했다. 넷이 도시락을 먹도록 싸 보내자고 하니 다들 펄쩍 뛰었다. 급식이 생겨 얼마

나 편한데 다시 도시락 싸는 일은 하고 싶지 않다고 완강하게 반대했다. 나는 아들 학교에 가서 급식을 한 번이라도 먹어보았느냐, 메뉴가 어떻게 나오는지 맛은 어떤지 알아보았느냐고 물었다. 차근차근 설득을 시작했다. 각자 반찬 한 가지씩만 보내도 넷이 모이면 네 가지 반찬이 되니까 충분히 맛있는 점심이 된다고, 그리고 우리 집에서 반찬은 두 가지를 준비하겠다, 고기 종류는 매일 돌아가며 보내기로 하자, 점심은 도시락으로 먹고, 저녁은 급식하는 것으로 하자. 그렇게 시작된 도시락은 작은아들이 대학을 간 뒤에도 끝나지 않았고, 옆지기가 명퇴하면서 비로소 끝이 났다.

돌이켜보면 나는 이 과정이 엄청 힘들었지만, 사실은 즐겼었던 것 같다. 제대로 된 먹거리를 챙겨 학교로 떠나는 식구들을 보며 자기만족에 빠졌던 것은 아닐까 싶다. 그렇게 챙겨 먹인 덕분인지 몰라도, 우리 가족은 병원에 가는 일이 거의 없었다. 큰아들이 학교에서 농구하다 넘어져 깁스한 일이나, 작은아들이 폐기흉으로 수술받은 것 외엔, 병원 출입이 거의 없이 자라 각자 독립해서 나갔다. 참 감사한 일이다.

가끔 옆지기 혼자 두고 여행을 떠날 때가 있다. 그럴 때 나는 수제 스팸을 만들어, 먹기 좋은 크기로 잘라 이름표 붙여 냉동실에 넣어 둔다. 이런 과정에서 나는 도시락 싸던 시절을 떠올린다. 함께 맞벌이하면서 정말 치열하게도 바쁘고 정신없이 살았던 시절에도 나는 먹는 일에 진심이었다. 그리고 아직도 나는 옆지기를 위한 내 마음의 도시락을 싼다. 입맛이 너무 까탈스러워 가끔 버거운 구석이 있지만, 그래서 내가 더 발전하고 있음은 감사한 일이다. 이번에는 집에 다니러 오는 아들을 위해, 돌아갈 때 주려고 수제 스팸용 돼지고기를 듬뿍 갈아왔다. 색감을 조금 보태고 싶으면 치자가루와 강황가루를 첨가해 색도 내고 향도 품게 하면 좋고, 칼칼한 맛을 넣고 싶으면, 청양고추를 다져 함께 반죽하면 좋다. 때마침 밭자락에 하얀 부추꽃이 만발하고 있어, 부추 양념장을 만들려고 부

갈아온 돼지고기 1kg

양념장 만들기

고기에 양념장 붓기

오래도록 치대어 주기

스텐 그릇에 눌러담기

추와 함께 꽃도 따 왔다. 부추를 다져 양념장을 만들고, 별꽃 같은 부추꽃을 함께 띄웠다. 부추꽃에는 부추 향이 난다. 부추와 함께 전을 부쳐도 좋고, 양념장을 만들어도 좋고, 부추김치에 함께 버무려도 좋다.

남녀노소 없이 너무도 좋아하는 육가공류 제품에는 색감 돋보이는 발그레한 발색제 '아질산나트륨'이란 화학첨가물을 넣는다. '아질산나트륨'은 1g만 먹어도 사람이 사망에 이를 수 있는 독극물인데도 미량으로 사용한다고 제재도 받지 않고, 모든 육가공품의 발색제로 쓰인다. 햄, 스팸, 베이컨, 소시지, 육포, 명란, 훈제오리 등에 입맛을 돋우는 발색제가 우리 몸에 치명적이라는 사실을 알았으면 좋겠다.

#수제 스팸 만들기

1. 돼지고기(주로 앞다릿살) 갈아서 1kg 준비한다.

2. 양념장 만든다. (물 100ml, 토판염 2큰술, 다진 마늘 3큰술, 표고 가루 1큰술, 생강청 1큰술, 청주 2큰술, 원당 1큰술, 치자가루와 강황가루 1작은술씩)

3. 양념장을 골고루 뭉침 없이 풀어 고기와 섞어 치댄다.

4. 치대는 과정을 길게 할수록 스팸이 찰지게 잘 만들어지니 10분 이상 치대어주는 것이 좋다.

5. 스텐동 2개에 나누어, 꼭꼭 눌러가며 빈틈없이 담는다.

6. 찜기에 김 올린 뒤, 통을 올리고, 50분~ 1시간 찐다.

7. 뚜껑 열고 완전히 식힌 다음, 키친타올 위에서 기름 조금 제거하고 적당한 크기로 잘라준다.

8. 한번 먹을 정도로 지퍼백에 넣어 냉동실에 보관하고, 꺼내 먹는다.

9. 1인분에 2조각 정도가 적당하니, 먹을 때는 프라이팬에 기름 없이 노릇하게 구워 기호에 따라 양념장 곁들이면 좋다. (계절에 따라 달래장, 대파장, 부추양념장 등 기호대로 곁들이면 된다.)

10. 부추 양념장은 양조간장, 고춧가루, 참기름, 통깨, 부추를 다져 넣고, 가운데 부추꽃을 소복이 올려준다.

찜기에 찌기

청양고추 넣은 스팸

적당한 크기로 잘라주기

기름 없이 굽기

브루스케타

크리스마스와 연말이 다가오면 이런저런 모임들이 있다. 산골에서는 배달 음식이 어려우니 뭐라도 하나씩 만들어 포틀럭 파티처럼 나눠 먹는 방법이 일상이 되었다. 간단한 홈파티 음식으로는 브루스케타가 시각적으로나 맛으로도 추천할만한 요리다. 대표적인 핑거푸드로 부담 없이 집어먹기에도 적합하다.

지난 연말에도 나는 브루스케타를 여러 번 만들어 나누었다. 팬플룻 종강 수업에도 브루스케타를 선택했다. 문제는 소스 버무린 토핑을 미리 얹어가면 빵이 눅눅해져 맛이 덜할 수 있기에, 구운 빵과 소스, 토핑 재료를 따로 그릇에 담아갔다. 현장에서 바로 만들어 식탁에 올리려는 생각이었다. 그런데 재료를 들고 들어오던 옆지기가 문지방에 발이 걸려 소스병을 깨뜨려버렸다. 소스가 없어지면 브루스케타는 제대로 된 맛을 못 낸다. 하는 수 없이 남의 집 주방을 뒤적여, 비슷한 맛을 낼 재료들을 조합해 대충 만들어 먹었다. 진땀이 나고, 아쉬움이 남았지만 비슷한 맛이라

복음 재료들

볶아서 굴소스 간하기

2차 토핑용 생채소들

잘게 자르기

된장소스

도 나누었으니 다행이었다. 이처럼 브루스케타는 기본 재료만 준비되면 어디에서든 쉽게 만들 수 있는 파티 요리다. 붉은색을 담당하는 방울토마토와 초록색을 담당하는 바질잎만 있어도 색감이 확 살아난다. 바질이 없으면 브로컬리도 좋고, 애플민트나 박하잎도 좋다. 하지만 바질의 맛과 향을 첨가하지 못하는 아쉬움은 있을 것이다. 내가 선택한 토핑 방법은 볶은 재료를 일차로 올려주고, 색을 내는 재료를 이차로 올려 토핑이 풍성하게 보이는 방법을 택했다. 맛이 훨씬 깊고, 보기에도 먹음직스럽게 완성되어 만족스러웠다.

브루스케타는 이탈리아의 대표적인 전채요리인데 간식으로도 괜찮은 메뉴이다. 스페인의 타파스처럼 빵이나 쿠키 위에 여러 가지 재료를 토핑해서 먹는 간단한 음식이다. 가장 보편적인 토핑이 토마토와 바질을 올리는 것이고, 조금 응용하면, 아보카도, 얄팍한 햄, 리코타 치즈나 모짜렐라 치즈, 버섯이나 훈제연어, 앤초비 등을 올려 먹는다. 이탈리아를 여행하다 맥주 한 잔이나 차 한 잔과 같이 곁들일 수 있는 간편한 메뉴가 브루스케타인데, 기본 세팅이 작은 빵 네 개 위에 각기 다른 토핑을 해서 나온다. 토핑마다 맛이 다르니 하나씩 음미하며 먹는 즐거움도 괜찮다.

아들들이 각자 짝을 데리고 온 날은, 모두 함께 앉아 와인 안주로 브루스케타를 만들었다. 한 팀이 빵 위에 올리브오일과 마늘을 발라 에어프라이어기에 구우면 다음 팀은 1차 토핑과 2차 토핑을 조심스레 올리고, 나는 데코 도마에 예쁘게 플레이팅해서 식탁에 올렸다. 재미있는 요리 교실이 순식간에 벌어졌다. 손자 손녀가 있는 댁에서는 아이들과 만들면 즐거운 놀이 시간이 될 것 같다. 참고로 나는 올리브오일 대신 들기름을 발라봤는데 나름 한국인의 입맛에는 구수하니 더 어울리는 느낌이었다. 이것도 취향 따라 해보면 좋고, 기름 바르지 않고 다진 마늘만 발라 마늘 향을 진하게 내는 것도 한 방법이다.

1. 가지 1개, 양송이 4개, 양파 1/2개 준비해 잘게 자른다.

2. 현미유 두르고 프라이팬에 볶아 굴소스로 간을 맞춰 불을 끈다.

3. 생채소는 있는 대로 몇 가지 준비하는데 방울토마토와 바질은 필수이고 나머지는 취향대로 색상 맞춰 준비 (방울토마토 15개, 데친 브로콜리 5조각, 사과 1/2개, 적양배추 조금, 바질 10g, 깻잎도 좋음)해 모두 잘게 자른다.

4. 샐러드 소스 준비한다. (이것도 취향대로 하면 되는데 나는 된장소스 준비함)

5. 바케트빵을 1cm 두께로 자른다.

7. 올리브오일에 다진 마늘을 섞어 빵 가운데로 발라준다.

8. 에프기에 180도 맞춰 90초간 돌려 바싹하게 만든다.

9. 볶아 놓은 재료들로 1차 토핑한다.

10. 잘라둔 생채소에 된장소스 버무려 2차 토핑한다.

11. 데코 도마에 올린다.

● 된장소스 : 키위청 3큰술, 된장 1큰술, 고춧가루 1/2큰술, 다진 마늘 1/2큰술, 야생화식초 3큰술, 참기름 1큰술, 통깨(고춧가루 빼도 좋고, 야생화식초 대신 마트용 사과식초는 2큰술)

바께뜨빵 자르기

마늘 넣은 올리브오일 바르기

에프기에 굽기

구운 빵에 1차 토핑

2차 토핑 올리기

새우버거

어설픈 농부도 여름 한 철은 정신없이 바쁘게 일을 해야 할 때가 있다. 오죽하면 부지깽이도 일한다는 얘기가 있을까~! 몇 해를 지나면서 그것도 정리하는 요령을 터득했다. 꼭 우리가 생산해야 하는 것이 아니면 사 먹기로 마음을 바꾸니 조금 숨통이 트였다. 땀을 흘리며 바쁘게 일을 마치면 진이 다 빠져 손가락도 까딱하기 싫어진다. 그럴 때는 누가 밥을 해서 좀 갖다주면 좋겠다는 생각을 자주 했고 배달 음식이 그리웠다.

후쿠시마 원전 사고가 난 이후에 방사성 물질 유출로 바다 오염이 문제가 되었고, 우리나라 소금을 생산하는 염전에도 비상이 걸렸다. 오염수가 염전이 있는 서남해 쪽 바다까지 오기 전에 다들 소금을 비축해 두고 쓴다고 소금값이 급등하더니, 품귀현상까지 빚어졌다. 그런 연쇄 현상으로 염전의 운영자들은 소금 택배 과부하에 걸려 쉬지도 못하고 중노동을 해야 하는 상황이 펼쳐졌다. 지인 중의 한 분도 소금 택배 포장으로 일주일째 식사도 제대로 못 한 채 일하다가 링거

를 맞고 누웠다고 했다. 사람이 일에 지쳐 손가락도 꼼짝하기 싫은 상황을 아는 나는, 할머니들에게 반찬 나눔하려고 준비하던 반찬을 주섬주섬 챙겨 택배를 보냈다. 밥 먹고 기운 차려 일어나라고, 사람이 밥심으로 움직이는데 밥 먼저 든든하게 먹고 일하라고 문자를 보냈다. 그게 고마웠던 것인지, 조금 바쁜 시기가 지나자 크고 튼실한 활새우를 한 상자나 보냈다. 나는 언제나 되로 주고 말로 받는다. 제철 맞은 새우가 얼마나 싱싱하고 달짝하든지, 새우회로 먹고, 장작 피워 구워 먹고, 새우장도 담그고, 그리고도 남은 새우 몇 마리로 새우버거를 만들어 옆지기랑 특별 점심을 즐겼다.

고기 넣은 버거보다 싱싱한 새우가 들어간 새우버거가 얼마나 깔끔한 맛을 주던지, 나는 그 뒤로 팬플릇 간식 당번이 되면 새우버거를 만들어 가져갔다. 새우가 제맛을 내는 가을 한 철, 아들이 와도 새우버거를 만들어 주고, 간단한 점심으로도 새우버거를 즐기면서, 그해 가을은 그렇게 깊어 갔다.

#새우버거 만들기

1. 새우 6마리 껍질 벗겨, 소금물에 잠시 담가둔다.

2. 함께 넣을, 채소 몇 가지 다져둔다. (애호박, 양파, 대파, 홍파프리카)

3. 새우는 물에 헹궈 건져, 키친타올에 물기 제거한다.

4. 도마 위에 올려 대충 다진다. (너무 잘게 다지면 씹히는 맛이 없다.)

5. 새우살을 보올에 담고(150g), 다진 채소들 함께 넣고, 감자전분 2큰술, 함초소금 1작은술, 다진 마늘 1/2큰술, 청주 1/2큰술 후추 조금, 그리고 매운 맛을 보태고 싶으면 청양고추 1/2개만 다져 넣고 골고루 잘 치댄다.

6. 반죽을 3등분 나누어 패티를 만든다.

7. 프라이팬에 앞뒤로 노릇하게 구워준다.

8. 햄버거빵이나 모닝빵을 준비해 가운데를 갈라놓는다. (햄버거빵

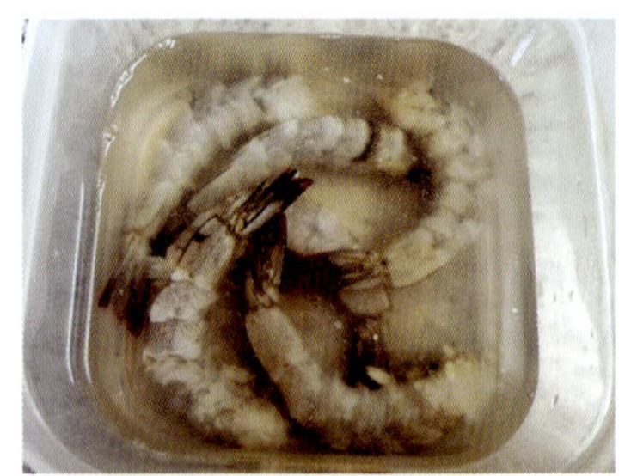

껍질 벗겨 소금물에 담그기

함께 넣을 다진 채소

새우 다진 후 밑간하기

채소와 섞어주기

3등분 나눠 굽기

이 없어 냉동실 모닝빵으로 준비했다.)

9. 함께 넣을 채소들 몇 가지 준비한다. (오이, 상추, 자소엽, 방울토마토, 파프리카)

10. 빵에 상추 올리고, 패티 올리고, 패티 위에 토마토소스 올리고, 오이, 파프리카, 올리면서 사이에 마요네즈 한 바퀴 돌려주고, 방울토마토는 가운데 넣는다. (일반 토마토는 얄팍하게 썰어 올리면 좋다.)

빵 잘라 준비하기

상추와 패티 올리기

채소, 마요네즈 첨가

토마토 팍시

　손님을 한 번씩 치르고 나면 반드시 음식이 남는다. 한국 사람들의 식습관은 음식을 딱 맞게 하는 것이 참 어렵다. 모자라는 듯이 먹는 것은, 손님들에게 실례가 되는 느낌이고 뭔가 인색한 느낌이라 먹고 남아야 흡족한 것은 사실이다. 그래서 남은 음식 처리용 요리가 또 등장하게 되는데, 이번엔 남은 잡채와 오리 안심 튀김으로 '토마토 팍시'를 만들었다. 제사 지내고 남는 전을 한꺼번에 처리하는 방법으로는 '밀푀유나베'를 만드는 것이 멋진 아이디어였다. 불고기나 치킨 요리가 남으면 또르띠아에 채소랑 버섯볶음이랑 치즈랑 구워 미니 피자처럼 먹는 '케사디야'도 괜찮다. 요리도 자꾸 하다 보면 문리가 트이고, 자꾸 만들다 보면 요령도 생기고, 응용력도 생긴다.

　토마토 팍시를 만들어 성탄절 아침 식사로 간단하게 먹고, 우리 부부는 보현골에 있는 작은 교회 성탄절 축하 팬플룻 연주해 주러 갔다. 산골 교회는 산골에 있는 절집처럼 십여 명 신도들이 가족처럼 모여서 예배드리고 있었다. 피아노 연주도 없는 교회는 조용하고 경건하게 성탄 축하

토마토 꼭지 자르고 속 파내기

대파, 양파 다지기

잡채, 오리고기 다지기

대파와 양파부터 볶기

다진 고기와 잡채 합방

예배를 진행하고, 함께 모인 팬플룻 식구들과 합동 공연, 부부곡, 개인곡 등을 연주하며 분위기를 살려주었다. 연로한 할머니들이 대부분인 교회에서 모처럼 울려 퍼지는 팬플룻 소리에 다들 박수를 치며 아이들처럼 즐거워하셨다. 작은 행복 전도사가 된 기분이었다고나 할까~! 소소한 봉사의 시간이 의외의 기쁨이었다.

팬플룻을 배워 어느 정도 연주를 하게 되면서 우리는, 가을 산신제가 열리면 절마당에 가서 연주했다. 산골 마을 많지도 않은 주민들은 종교를 따지지 않고, 절에서 행사하면 절마당에 모여 즐겼고, 또 교회에서 행사하면 교회에서 모여 함께 음식을 나누며 즐거워했다. 도시에서는 접할 수 없었던 분위기라 나는 이런 어울림이 좋았다. 산골 마을에서는 보기 어려운 악기인 까닭에 우리는 어느 정도의 수준이 되자 부르는 곳이 많았다. 영천시 문화예술제에도 자양면의 대표로 연주했고, 집안 화수계에도 불려가 연주했다. 마을 어르신들 경로잔치에도, 그리고 5월 어버이날 행사로도 여기저기서 불러준다. 봉사활동인 경우가 많지만, 가끔 출연료를 받아오면 우리는 단체복을 하나씩 마련해서 다음 연주를 준비하고는 했다. 재능도 없고, 악기 배울 여유도 없었던 내가, 산골에 와서야 오히려 발전하고 있다는 아이러니한 현실은 스스로를 다잡는 채찍이 되었다. 그렇게 요리도 봉사도 취미도 조금씩 발전하는 즐거움을 누리는 나는 행복한 보현댁이다.

토마토 팍시는 다진 고기랑 채소를 볶아 토마토 속을 채워 먹는 프랑스의 가정식 요리인데 파티 요리로도 손색이 없다. 쇠고기나 돼지고기, 양고기, 닭고기 등을 갈아 밑간하고, 채소는 양파는 필수이고 나머지는 취향대로 준비하면 되고, 치즈는 필수다. 고기 대신 베이컨을 다져 넣어도 좋고, 파낸 토마토 속은 물기를 빼고 다져서 함께 섞어주는 것이 좋다.

#토마토 팍시 만들기

1. 남은 잡채와 안심 튀김 조금씩 준비한다.

2. 모두 총총 다져 접시에 담아둔다.

3. 토마토 3개 준비해 깨끗이 씻어준다.

4. 토마토 꼭지 부분을 뚜껑처럼 잘라내고, 속을 파내어 물기 빼둔다.

5. 대파 1대, 양파 1/2개 다져둔다.

6. 물기 뺀 토마토 속을 다져둔다.

7. 프라이팬에 현미유 두르고 대파랑 양파를 먼저 볶는다.

8. 다진 잡채와 고기를 넣고 볶는다.

9. 다진 토마토 속을 함께 넣어 볶다가 소금으로 간을 맞춘다.

10. 구지뽕가루 1/2큰술(생략가능), 표고가루 1큰술, 감자전분 1큰술 뿌려(가루 3가지 대신 빵가루 3큰술도 대체가능) 골고루 섞어가며 볶는다.

11. 수분이 거의 없어지면 불을 끈다.

12. 파낸 토마토 속을 채운다.

13. 모짜렐라 치즈를 소복하게 올리고, 에프기에 180도 2~3분 정도 돌려 치즈가 녹을 정도면 완성이다.

다진 토마토 속 합방

3가지 가루 넣고 밑간

수분이 없어지면 완성

토마토 속 채우기

모짜렐라 치즈 올리기

빠에야

　스페인에서 한국 사람들이 가장 좋아하는 요리가 있다면 아마도 '빠에야'가 아닐까 싶다. 스페인 갈리시아 지역은 대서양과 맞닿은 긴 해안을 따라 형성되어 신선한 해산물이 풍부한 곳으로, 유럽 최고 수준의 해산물 요리를 맛볼 수 있다. 삶은 대왕 문어를 올리브오일과 파프리카로 버무린 '폴포 아 페이라'나 대서양 가리비를 버터나 와인 소스에 조린 '삼부리냐스'와 함께 해산물 빠에야가 인기 있는 쌀 요리다. 원래 '빠에야'는 요리를 만드는 데 사용하는 넓고 얕은 철판 냄비의 이름인데, 지금은 그 냄비에 하는 요리 이름으로 사용되고 있다. 스페인의 빠에야는 한 마디로 얘기하면 일종의 '철판 볶음밥'이다. 그런데 밥을 볶는 것이 아니라, 고기에 물을 붓고 푹 끓인 다음, 쌀을 부어 끓여서 만드는 볶음밥이다. 문제는 스페인 사람들이 즐기는 빠에야의 밥이 생쌀이 씹힐 정도로 설익혀 주는 것인데, 밥을 푹 익혀 달라고 부탁하면 바로 거절한다. 완전한 밥이 아닌 설익은 밥이 포인트인데 그걸 맘대로 바꿀 수 없다고 완강하게 거부하는 것을 몇 번 경험하고 난

뒤로는 스페인식 빠에야를 받아들이기로 했다.

스페인에서는 큰 행사가 있을 때는 반드시 빠에야를 만든다. 마을 축제가 열리거나 결혼식이 있을 때도, 대형 빠에야 냄비에 500인분의 빠에야를 만들어 지나가는 사람들도 모두 나누어 준다. 스페인을 여행하는 동안에 결혼식을 여러 번 만났는데, 하객들의 옷차림이 정말 화려하다. 한국에서는 신랑과 신부가 주인공이라 그보다 화려하게 입고 가는 일이 실례라고 생각하는데 스페인 사람들은 그렇지 않았다. 집에 있는 가장 화려한 드레스를 입고, 가장 화려한 모자를 쓰고, 가장 빛나는 구두를 신고 참석한다. 온갖 원색의 드레스를 입고 모인, 많은 하객들을 보노라면 화려한 무도회장을 연상시킨다. 스페인의 결혼식은 가톨릭 전통과 가족 중심의 축제 분위기가 강하게 어우러진 특징을 가지고 있다. 예식은 종교적으로 치르고, 이어지는 화려한 피로연은 거의 1박 2일 규모로 음식과 함께 춤을 즐긴다. 주로 플라멩코와 왈츠를 즐기며 밤샘 파티를 열정적으로 이어간다.

스페인을 대표하는 두 가지 문화는 '투우'와 '플라멩코'라 할 수 있는데, 투우로 유명한 '론다'는 절벽 위의 요새 도시다. 해발 700m의 높은 언덕 위에서 내려다보는 풍경은 오래 묵은 아름다움을 품고 있었다. 플라멩코의 도시 '세비야'는 곳곳에서 플라멩코를 추는 무희들을 만날 수 있다. 스페인 광장의 회랑에서도 플라멩코를 추고 있었고, 세비야 대성당 앞의 광장이나 조금 넓은 공간이 있으면 어김없이 플라멩코를 추는 여인들이 있었다. 물론 가장 아름다운 공연은 저녁 식사와 함께 예약한 공연장에서의 공연이었다. 그리고 잊을 수 없는 알함브라 궁전의 아름다운 정원과 분수, 담장이 되기도 하고 벽을 이루기도 하던 예술적인 사이프러스 나무들, 아쉬워 밤에 다시 찾아간 궁전의 야경.

한국으로 돌아와 만드는 빠에야는 한식이 결합된 퓨전이다. 고기를 안 좋아하니 해물을 넣었고, 토마토소스 대신 고

해물 3가지 준비

토마토 살짝 삶아주기

표고버섯 불리기

올리브오일로 다진 마늘과 양파 볶기

토마토 넣고 볶기

추장을 넣어 칼칼한 맛을 더했다. 물론 쌀은 잘 익혀 입맛에 맞게 뜸을 들였고, 소금 대신 약선 간장으로 간을 맞춰 풍미를 더했다. 아쉬운 것이 있다면 빠에야 냄비가 없어 전골냄비에 안친 까닭에 빠에야의 분위기가 부족했다는 것이다. 스페인에서 돌아올 때, 빠에야 냄비 하나를 사 오고 싶은 마음이 굴뚝 같았지만, 가방에 넣어 오기도 어려웠고, 그리 자주 쓰일 것 같지 않아 참았다.

#해물 빠에야 만들기

1. 토마토와 양파 2개씩 준비한다.

2. 해물 몇 가지 준비한다. (오징어, 홍합, 새우를 준비했지만, 굴이나 소라, 전복 등도 좋다.)

3. 4인분 기준으로 쌀 2컵 불려둔다.

4. 말린 표고버섯 한 컵 불려둔다.

5. 끓는 물에 토마토에 열십자로 칼집을 넣어 살짝 데쳐 껍질 벗기고, 양파와 함께 다져둔다.

6. 냄비에 열을 가한 뒤, 올리브오일 1/2컵을 붓고 다진 마늘 2큰술 볶는다.

7. 다진 양파를 넣어 볶다가, 다진 토마토를 넣어 계속 볶는다. (토마토를 넣은 뒤로는 물이 많이 생긴다.)

8. 다진 표고버섯을 넣은 뒤, 밑간(약선 간장 1큰술, 야생화식초 1큰술, 고추장 2큰술)해서 골고루 잘 섞어준다.

9. 불린 쌀을 넣고, 맛국물 2컵을 붓는다.

10. 오징어를 링 모양으로 잘라, 해물 3가지를 넣는다. (장식용 해물 조금 남김)

11. 뚜껑 덮어 센불로 5분, 중불로 5분 끓이면서 가끔 저어준다.

12. 남겨둔 해물을 무늬 맞춰 올리고, 파프리카와 브로콜리도 함께 올린다.

13. 뚜껑 덮어 아주 낮은 불로 5분 뜸을 들인 뒤에 불 끈다.

14. 냄비째로 식탁에 올리고 각자 개인 그릇에 덜어 먹는다.

표고버섯 넣고 끓이기

밑간하기

불린 쌀 넣기

해물들 넣기

토핑용 해물과 채소 올리기

V

별미 밥

밥을 주식으로 먹는 한국 사람들에게 쌀밥 위주의 식사는, 영양의 불균형을 초래하고 섬유질과 단백질 부족으로 건강에 문제점을 유발한다고 경고한다. 그래서 요즘엔 대체로 밥의 양을 줄이고 반찬과 다른 요리 중심의 식사를 하게 되는 경우가 많은데, 그러면 식사 때마다 주부들의 노동 시간이 증가하는 문제점이 생긴다. 그래서 이 코너에서는 한 접시의 요리로 모든 영양을 챙겨 먹을 수 있는 별미 밥과 몇 가지의 면 요리를 소개한다. 바쁜 주부들이나 화려한 싱글을 즐기는 분들에게 도움이 되었으면 한다.

충무김밥

　요리 에세이를 출판한 뒤, 요리 배우고 싶다는 분들이 생겼다. 그것도 다들 멀리서 사는 분들이 꼭 배우고 싶다고 간청하기에 별관을 개조해 요리 공방을 만들었다. 나 또한 보현골에 와서 재능기부로 받은 것들이 많기에, 수업료는 재능 기부로 하고, 재료비만 받기로 하고 시작했다.

　그렇게 시작된 인연 중의 한 분이었다. 직장에 다니면서 그것도 포항에서 매달 빠지지 않고 와서, 열심히 요리를 배우고, 만든 요리와 함께 점심을 먹고 헤어지는 일을 아주 행복해했다. 건강한 식재료를 사용해 함께 요리하고, 또 점심을 나누는 일이 매달의 힐링 시간이라고, 참 고맙다는 인사를 빠지지 않고 해주는, 인성이 반듯한 분이었다. 평소의 말씨도 차분하고 고운 사람이라, 언제나 누구를 칭찬해 주고, 무엇이든 긍정적으로 받아들이고, 매사 좋은 면을 이야기하는 사람이었다. 여자들이 모이면 흔히 의기투합하는 남편 흉보는 일도 없었고, 누구를 나쁘게 말하는 일도 없었다. 말투는 다정했고, 행동은 겸손했고, 하나 버릴 것 없는 사람이었다. 그런데 직장 생활

칼집 넣어 한 입 크기로 자르기

함께 볶을 채소들 준비

현미유에 편마늘 볶아 향내기

채소 넣고 볶기

갑오징어 합방

을 하는 사람이 너무 스스로 가꾸는 것에는 소홀한 것 같아, 피부관리에 대해 조언도 해주고, 내가 직접 천연재료를 이용해 팩을 해준 적이 있었다. 그게 고맙다고 다음엔 반드시 뭔가를 들고 오는 사람이었다.

지난여름, 내가 40일간의 긴 북유럽 여행을 떠나게 되어 두 달간 요리 수업을 쉬었다. 평소 피부가 조금 안 좋았고, 기관지 계통이 약해 스스로 약을 챙겨 먹는 외엔 특별하게 아픈 곳도 없는 사람이었다. 그런데 여행에서 돌아와 수업을 다시 하려고 문자를 넣었더니 보지도 않고 답도 없다. 어디가 아픈가 싶어, 늘 함께 다니던 분에게 전화를 넣었더니, 몸이 안 좋아 입원 중이란다. 기침이 너무 심해 대화를 할 수 없는 정도라 단어 몇 개로 소통하고 전화를 끊었단다. 병문안도 전화도 안 되는 상황이라 조금 기다려보기로 했다.

이틀 뒤에 부고가 왔다. 너무 황망하고 믿을 수가 없었다. 복잡하게 끓어오르는 마음을 진정시키기가 어려웠다. 세상에 꼭 필요하고 요긴한 사람은 천상에서도 필요했을까? 든 자리는 몰라도 난 자리는 안다는 말이 마음을 더 휑하게 만들었다. 함께 수업하던 사람들과 문상을 다녀와서 우리는 모두 말을 잃었다. 충격과 무기력증에 빠져 한 달 수업을 쉬기로 했다. 문상하러 가서야 알게 된 사실이 그녀가 유방암 환자였다는 것과, 평소에 너무 참고 살았던 것이 많았다는 것이다. 그녀와 함께 만들었던 마지막 요리가 충무김밥이었다. 차분하게 만들어 장 국물과 함께 맛있게 먹던 모습이 떠올라 나는 그녀가 생각나면 가끔 충무김밥을 만든다.

충무김밥은 통영의 향토 음식이다. 예전 뱃일을 나가던 어부들이 김밥을 싸서 가면 더운 날씨엔 밥이 쉽게 상하곤 해서, 김밥과 반찬을 따로 가져갔던 것이 충무김밥의 시초라고 한다. 그래서 충무김밥은 단순한 지역 별식이기 이전에 어민들의 생존과 연결되었고, 실용성이 반영된 음식이었다. 지금은 전국적으로 유명한 지역 대표 음식이 되었다. 그러나 사

먹는 음식이 집에서 직접 만들어 먹는 음식에 비할 수는 없는
일, 갑오징어가 제철이 되면 나는 그 도톰한 오징어를 매콤하
게 볶거나 무침을 하고, 쌀가루를 넣고 만든 질이 좋은 어묵
을 볶고, 잘 익은 무김치를 곁들여 충무김밥 한 상을 차린다.

밑간하고 참기름 둘러 볶음 완성

#충무김밥 만들기 (3~4인분 기준)

재료 : 갑오징어 2마리, 대파 1대, 양파 1/2개, 피망 1/4개, 홍고추
      2개

▶갑오징어 볶음

1. 갑오징어(오징어도 괜찮음)는 등뼈 잘라내고, 내장 빼고, 깨끗이
   씻어 몸통에 칼집을 넣어 먹기 좋은 크기로 자른다.

2. 함께 볶을 채소들 준비해 모두 한입 크기로 자른다.
   (대파, 양파, 피망, 홍고추)

3. 마늘 5쪽 편 썰기, 프라이팬에 현미유 3큰술 두르고 마늘을 볶아
   향을 낸다

4. 마늘이 노릇해지면, 대파 빼고 나머지 채소들을 함께 볶는다.

5. 채소가 나른해지면 갑오징어를 넣고 볶아준다.

6. 오징어가 오그라들면 고춧가루 2큰술 넣어 색도 내고, 수분도 없
   애준다.

7. 맛간장 2큰술, 수제굴소스 1큰술, 청주 1큰술, 생강청 1큰술, 원당
   1/2큰술 넣어 골고루 잘 섞어준다

8. 간이 맞고 재료가 서로 잘 어우러지면, 마지막으로 대파를 넣고
   재빨리 섞어준 다음, 참기름 1큰술 둘러 마무리한다.

★갑오징어나 오징어를 볶지 않고, 살짝 데쳐서 새콤달콤하게 무침
   도 좋다.

▶김밥 만들기

1. 쌀 2컵을 불려, 토판염 1/3큰술, 원당 1큰술 넣고 잘 녹여서 밑간

김밥용 김 4등분

쌀 2컵 고슬하게 밥짓기

참기름, 흑임자 넣기

골고루 섞어 비벼주기

밥 한 숟갈씩 펴주기

도르륵 말아주기

하고, 고슬고슬하게 밥을 짓는다.

2. 뜸을 충분히 들인 뒤, 밥을 양푼에 퍼내어 참기름과 흑임자를 뿌려 골고루 섞어준다.

3. 김밥용 김을 4등분 해, 밥을 한 숟갈씩 펼쳐 또르르 말아준다.

● 이렇게 만들면, 김밥 길이가 길어 6~8개가 1인분으로 충분하다.

● 어묵조림은 주부들이 누구나 잘하는 반찬이라 레시피 생략하고, 무김치는 섞박지도 좋고, 총각무 김치도 좋고, 솎음 무김치나 깍두기도 괜찮다.

● 곁들일 국물로 계란국이나 맑은장국, 무콩나물국도 좋다.

냉이 볶음밥

　3월이 되면 남녘에서부터 꽃소식이 올라온다. 제주의 곶자왈에서는 2월이면 벌써 복수초가 피었다고 사진을 보내준다. 그것도 백만 송이의 복수초다. 곶자왈의 묵은 나무 그루터기와 이끼들 틈새를 뚫고 샛노란 복수초들이 줄지어 피는 모습은 사진으로만 봐도 장관이다. 하지만 꽃구경하려고 제주까지 가기는 어렵다. 가까운 곳에 숨어있는 비밀의 정원으로 도시락을 들고 나선다. 집에서 1시간 정도 걸리는 가까운 곳에 귀한 변산바람꽃이 무리 지어 피는 곳이 있다. 중간중간 핑크색의 노루귀도 솜털 오소소 달고 가녀린 줄기를 세우고 꽃을 피운 군락은 장관을 이룬다. 아는 사람만 오는 비밀의 정원이지만, 평일에 가도 벌써 대여섯 명의 사진작가들이 삼각대를 세우고 초점을 맞추느라 집중하고 있다. 아무도 모르는 산골짝에 피는 꽃은 생명을 유지하지만, 사람의 발길이 닿는 순간부터 개체수가 줄어들기 시작한다. 귀한 꽃일수록 그렇다.

　변산바람꽃은 전북 변산반도에서 처음 발견되어 희귀 보호식물로 지정되었는데 '비밀스러운

냉이 씻어 준비

총총 다져 밑간하기

함께 볶을 채소들

당근과 방울양배추 볶기

나머지 채소들 넣고 볶기

사랑'이란 꽃말처럼 사람의 발길이 거의 닿지 않는 계곡이나 너덜겅 사이에서 피어난다. 한때는 나도 변산바람꽃을 보려고 변산반도 청림마을까지 달려가는 열정이 있었지만, 산골에 오고부터는 그만두었다. 꼭 변산바람꽃이 아니라도 보현산 자락에 피는 바람꽃의 종류가 많았기 때문이다. 꿩의바람꽃, 너도바람꽃, 나도바람꽃, 민주바람꽃, 홀아비바람꽃 등을 만났으니 굳이 변산바람꽃을 만나러 먼 길을 나서는 열정이 식어버렸다고 할까~! 그러던 차에 우연히 가까운 곳의 변산바람꽃 군락지를 알게 된 것이다. 도시락 싸서 나서면 햇살 좋은 한나절 꽃아씨들과 마음껏 놀고 올 수가 있으니 얼마나 호사스런 소풍인가. 자동차를 산길에 세우고 호젓한 오솔길을 20분쯤 걸어 올라가면 너덜겅 사이사이 작은 아씨들이 수도 없이 흔들리며 피어있다. 어쩌면 이곳은 너덜겅 사이에 피는 아이들이라 여전히 개체수를 유지하고 있는지도 모른다. 홀로 고고하게 피는 변산바람꽃부터 두 송이 다정하게, 세 송이 정겹게, 네 송이 나란히, 다섯 송이, 여섯 송이, 줄지어 북두칠성처럼 핀 아이들도 있고, 둥글게 원을 그리며 핀 아이들도 있다. 너무 작은 아이들이라 발밑에 밟힐까 봐 조심조심 올라가면 점점 코가 바닥에 닿도록 내려가며 나는 황홀경에 빠진다. 변산바람꽃이 거의 끝나는 지점부터 노루귀가 군락을 이룬다. 노루귀도 너무 여리고 작은 아이라 자세히 보지 않으면 지나칠 정도이다. 하얀 노루귀부터 연분홍, 그리고 진분홍까지, 솜털이 돋아난 가냘픈 줄기를 세우고 약한 바람에도 쉽게 흔들리며 꽃을 피운다. 생명의 경이로움을 느끼며, 꽃아씨들과 놀고 돌아온 저녁에 나는 밭 자락에서 냉이를 캐다 냉이 볶음밥을 준비했다. 밥이 둘이 먹기에 어중간할 때는 볶음밥이 답이다. 밥 한 공기로 넉넉하고 향기로운 냉이 볶음밥 두 그릇이 된다. 연한 된장국이나, 계란국을 곁들이면 다른 반찬도 필요 없다. 영양적으로 보충하고 싶으면 모짜렐라 치즈를 올려 녹이거나, 계란프라이를 곁들여도 좋다.

밑간한 냉이 함께 볶기

밥 한 공기 올리기

굴소스로 간 맞추기

참기름으로 마무리

#냉이 볶음밥 만들기

1. 냉이 한 바구니 캐다 씻어 건진다.

2. 냄비에 물 끓여, 소금 조금 넣고 냉이를 살짝 삶아 찬물에 헹궈 건진다.

3. 총총 다져서 표고맛간장과 들기름을 넣고 조물조물 무쳐둔다.

4. 함께 볶을 채소들 냉장고 있는 대로 색상 맞춰 준비한다(당근, 양파, 방울양배추, 표고버섯, 컬리플라워, 방울토마토 몇 개)

5. 방울토마토는 절반씩 자르고, 나머지 채소들은 모두 총총 썰어준다.

6. 궁중팬에 들기름과 현미유 2큰술씩 넣고 당근이랑 방울양배추부터 볶는다.

7. 나머지 채소들 모두 넣고 볶다가, 밑간해 둔 냉이를 함께 넣고 볶는다.

8. 밥 한 공기를 넣고 불을 낮추고 함께 섞어준다.

9. 굴소스로 모자라는 간을 하고, 참기름 둘러 마무리한다.

10. 밥공기에 볶음밥을 눌러 담았다가, 접시에 올리면 모양이 둥글고 예쁘게 나온다. 가운데 잘라둔 방울토마토와 무친 냉이를 올린다.

갓김치 주먹밥

　　냉동실에 저장해두고 갑자기 손님이 오셨을 때, 바로 쪄서 내놓을 수 있는 밥이 연잎밥이라면, 그다음으로 쉽게 만들어 나눌 수 있는 별미 밥이 갓김치 잎으로 만든 주먹밥이다. 김치 중에서 신맛이 강해도 끝까지 다 먹을 수 있는 김치가 바로 갓김치다. 갓김치 특유의 톡 쏘는 맛 때문에, 익힐수록 맛이 깊어지고, 너무 시어서 먹을 수 없을 정도가 되면, 잎을 물에 헹궈 밥을 싸 먹으면 된다. 별미로 한 끼 맛있게 먹게 되는 마법 같은 갓김치의 변신~! 도시락으로 싸기도 정말 편하고 쉽다. 도반들과 봉사활동 갈 때도, 인천공항으로 올라가는 버스 안에서 먹을 아침 도시락으로도, 그리고 점심 먹기가 어려운 산골 쪽으로 여행을 떠날 때도 갓김치 주먹밥은 단골 메뉴다.

　　가을이 깊어지는 어느 날, 영양 수비면에 있는 자작나무의 단풍이 보고 싶었다. 자작나무는 추운 고랭지에서 자라는 나무라 남방 한계선이 금강산이라고 한다. 정비석의 수필 「산정무한」에 나오는 '여인네의 살결보다도 흰 자작나무의 수해樹海'라는 표현이 금강산 비로봉에서 만난 자작

나무 숲을 비유한 것이다. 그런데 강원도 인제군 원대리에 산림청에서 대규모의 자작나무 숲을 조성해 '한국 명품 숲'을 만들었다. 거리가 너무 멀어 설악산 가는 길에 두 번 들렀던 추억이 있지만, 쉽게 갈 수 있는 거리가 아니다. 우연히 경북 영양군 수비면에도 30h에 달하는 자작나무 숲이 조성되어 있다는 사실을 알게 되었다. 검마산 자락, 죽파리 산 일대에 30년에 걸쳐 만든 비밀의 숲을 마침내 일반인들에게 공개한다는 것이다. 강원도의 원대리까지 가지 않아도 그 멋진 자작나무 숲을 만날 수가 있다는데 망설일 이유가 없었다. 아직 산책로가 제대로 만들어지지 않은 초여름에 달려가서 만났던, 초록의 싱그러운 숲과 여인네의 살결 같은 하얀 나무의 품격을 잊을 수가 없다. 그 잎사귀들이 모두 단풍 든 모습을 상상만 할 수가 없어 도시락을 싸서 나섰다. 마침 페북에서 만난 갑장 친구가 숲 해설사로 있어, 자작 숲의 풍경을 수시로 보내주니 늦가을의 자작나무가 잎사귀를 다 떨구기 전에 만나고 싶었다.

야생화를 사랑하고, 숲의 생명들을 존중하는 갑장 친구는 자작 숲을 만나러 온 사람들에게 진심으로 숲의 아름다움을 느끼게 해주려고 했다. 거울을 콧등에 올리고 나무 사이를 지나가면 단풍 동굴을 체험하는 것 같았다. 사진도 얼마나 성심을 다해 찍어주는지 숏다리를 롱다리로 만들어 주고, 자작 숲과 청명한 하늘과 적당한 구름을 배치해 함께 아름다운 작품을 만들어 주었다. 순간 포착도 선수 같았다.

약 50년 전에 검마산 일대에 큰 산불이 났다. 다 타버린 황폐한 산을 살리기 위해 공무원들이 자작나무를 심었지만, 기후가 안 맞아 대부분 죽었다. 산림청에서는 종자 개량을 한 자작나무를 지금의 수비면 일대 산, 약 40만 평에 대대적으로 식재하고 가꾸어 지금의 자작 숲이 만들어졌다고 한다. 지금은 영양의 천연 숲 관광 명소로 급부상하고 있다. 위기를 기회로 만들었지만 오랜 시간과 노력과 연구가 더해진 결과물이다. 하지만 자작나무의 수명이 거의 50년이라니, 몇백 년씩 사는 나무가 아니라 지속적인 식재가 이루어지고 관리가 되어야 숲이 유지된다고 하니 쉽지 않은 일이다.

유부와 갓김치 잎

갓김치 주먹밥은, 만드는 방법이 정해진 것이 없다. 갓김치 잎을 물에 헹궈 양념을 씻어버리고 싸도 좋고, 양념을 꼭 짜고 그냥 말아도 좋다. 고슬밥을 새로 지어 만들어도 좋고, 남은 밥을 활용해도 좋다. 새로 밥을 지을 때는 쌀 2컵에 토판염 1/2큰술과 원당 1큰술로 밑간하면 밥이 더 맛있다. 밥에 우엉조림을 다져 넣으면 아삭하니 씹히는 맛이 있어 좋고, 봄

고슬밥에 흑임자 뿌리기

고슬밥에 다진 우엉 넣기

갓잎에 밥 올리기

동글하게 말아주기

유부에 밥 넣기

갓김치 주먹밥과 유부초밥

엔 봄나물을 총총 다져 보리쌈장에 무쳐 넣어도 별미다. 넣을 재료가 없으면, 밥에 밑간만 하고 흑임자를 뿌려 갓김치 잎에 말아도 괜찮다. 남은 밥을 활용할 때는, 대파와 다진 마늘을 기름에 볶아 향을 낸 후에 밥을 함께 볶으면서 굴소스로 간을 해서 만들면 깊은 맛이 있다. 계란국을 곁들여도 좋고, 연한 된장국이나 나박김치를 함께 먹어도 좋다. 갓김치 주먹밥만 먹는 것보다 유부 껍질을 준비해 유부초밥을 함께 만들면 골라 먹는 재미가 있다.

#갓김치 주먹밥 만들기

1. 쌀 2컵을 10분 정도 불려, 토판염 1/2큰술과 원당 1큰술을 잘 녹여 밥을 짓는다.

2. 갓김치 잎을 꺼내 양념을 씻어도 좋고, 국물을 꼭 짜고 그냥 말아도 좋은데, 밥을 말아주기 적당한 크기로 잘라둔다.

3. 밥이 지어지면 유리그릇에 담고 야생화 식초 5〜6큰술, 흑임자 2큰술 골고루 섞어주고, 한입 크기로 동글동글 만든다. (우엉조림 다져서 넣어도 좋고, 봄나물 무침을 다져서 넣어도 좋다.)

4. 갓김치 잎으로 밥을 싸준다.

5. 접시에 담고, 곁들일 국물과 함께 준비한다.

● 유부 껍질을 준비하려면 유부 10개 끓는 물에 삶아 건져, 물기 꼭 짜고 대각선으로 잘라준 다음, 물 2컵. 양조간장 2큰술. 원당 1큰술을 풀어 1시간 이상 담갔다 건져서 쓰면 된다.

홍합(섭)밥

울릉도를 세 번 다녀왔었다. 첫 번째는 한창 트레킹 다니는 재미에 빠졌을 때, 멤버였던 다섯 여인과 함께 울릉도의 옛길을 걷고, 성인봉까지 산행했다. 도착하던 날, 내수전에서 석포 옛길까지 걷는 길은 비가 추적이며 내렸지만 한적한 산길은 정말 군더더기 없이 아름다웠다. 울릉도의 신비 중의 하나는 작은 섬에 우리나라 백두산에서 마라도까지 자생하는, 초목들 대부분을 볼 수 있다는 것이다. 울릉도에서 자작나무를 보았고, 동백나무, 너도밤나무, 섬댕강나무 군락을 만났고, 까마득한 벼랑 아래로 무리 지어 피던 해국은 또 얼마나 황홀하던지.

성인봉으로 올라가는 가팔진 산길에서 만난 울릉도의 원시림은 참으로 이국적이었고, 많은 귀한 나무들의 군락들을 만났다. 성인봉에서 바라본 바다를 향해 펼쳐진 능선은 여인이 누운 형상이었다. 여인의 얼굴 형상에 봉긋하게 솟은 두 가슴의 윤곽이 선명해서 울릉도는 음기가 센 섬이라고들 한다. 점심 먹을 곳이 마땅찮아, 간식으로 버티며 5시간 넘는 산행에서 내려오니 얼마

자연산 홍합(섭) 청주 넣고 삶기

삶은 물 걸러놓기

홍합 잘라놓기

함께 넣을 재료들

뚝배기에 밥 안치기

나 허기가 지던지, 함께 기대감 품고 홍합밥을 먹으러 갔다.

　울릉도의 식당은 대부분 맛이 없고, 비싸고, 불친절하다. 11월이면 눈이 내리기 시작해, 다음 해 5월이 되어야 비로소 눈이 녹아 관광객들이 들어오니, 6개월 벌어 1년을 살아야 하기 때문 만은 아닐 것이다. 경상도 특유의 무뚝뚝함에 식당과 숙소의 숫자보다 많이 들어오는 관광객 때문에 생긴 문제점이 아닐까 싶다. 물론 생산 시설이 없어 공산품들은 모두 육지에서 배로 들어오니 당연히 비싸지만, 울릉도에서 잡히는 오징어나 해산물도 엄청 비싸다. 관광객들 덕분에 생활을 유지하는 사람들이 친절하기라도 하면 좋으련만, 대부분이 불친절하고 무뚝뚝하다. 맛집이라고 검색해서 찾아간 식당은 그런대로 반찬들이 괜찮았고, 홍합밥에 바지락 미역국을 맛있게 잘 먹었다. 한 가지 아쉬운 점은 홍합밥의 가격에 비해 홍합이 너무 적게 들었다는 것~!

　두 번째는 봉사활동 함께 했던 도반들과 울릉도에 갔다. 이때는 때마침 독도까지 들어갈 수 있어, 삼대가 덕을 쌓아야만 들어갈 수 있다는 독도에 무사히 입도했다. 태극기를 들고 '독도는 우리 땅'을 부르며 주어진 20분 안에 하나라도 더 보려고 재빠르게 움직였던 발길이 '대한민국 동쪽 땅끝'이라 쓴 표지석 앞에 이르자 격한 감정에 왈칵 눈물이 솟았다.

　세 번째는 옆지기랑 함께 다녀왔다. 그것도 풍랑주의보로 배가 뜨지 않아 두 번은 실패하고 세 번째 시도 끝에 울릉도로 들어갔다. 이때 비로소 2,000년을 살았다는 도동 산 위의 향나무들을 만났고, 3,000년 묵은 우리나라 최고령 나무였다는 향나무는 고사했다는 것을 알았다. 다시 성인봉을 오르면서 비로소 눈에 들어오던 섬쑥부쟁이 군락을 만나고, 섬노루귀 군락, 참취 군락, 보라색 아름다운 좀작살나무 열매들도 만나며 여유롭게 산행을 마치고 내려왔다. 불친절하고, 너무 비싼 바가지요금에 맛조차 만족하지 못했던 울릉도에서의 속상한 기억들은, 아름다운 풍경과 맑고 황홀했던 바다 덕분에

다 용서하기로 했다.

홍합전이 제법 비싼 값이었는데 홍합이 열 조각도 없었다는 것, 홍합밥에 홍합이 드문드문 들어있던 것이 속상해 돌아와서는 자연산 섭을 주문해 홍합 듬뿍 넣은 밥을 지어 먹었다. 홍합 삶은 물에 간이 조금 있어 양념장 넣지 않아도 간이 맞지만, 그래도 반찬 대신 양념장으로 비벼 먹으면 좋다. 함께 넣는 재료들은 개인적 취향대로 넣어도 좋고, 양념장은 계절에 따라 재료를 달리해도 좋다. 봄에는 달래나 미나리 양념장도 좋다.

재료들 올리기

#홍합(섭)밥 짓기

1. 자연산 홍합(섭) 2kg 준비해, 껍질에 붙은 이물질 떼어내고, 깨끗이 씻어 건져둔다.
2. 쌀 1컵, 찹쌀 1/2컵 씻어 10분 불려둔다.
3. 냄비에 물을 끓여, 섭을 넣고 청주 3큰술 넣고 삶는다.
4. 8분 뒤, 홍합이 입을 벌리기 시작하면, 불을 끄고 식힌다.
5. 국물은 체에 찌꺼기 걸러 따로 받아둔다.
6. 홍합 알맹이를 까서 수염 떼어내고 총총 썰어둔다.
7. 밥에 같이 넣은 재료 몇 가지(표고버섯, 당근, 무, 밤, 완두콩) 자잘하게 잘라둔다.
8. 뚝배기에 불린 쌀과 찹쌀 넣고, 7번 재료(완두콩 빼고) 올리고, 위에 6번 홍합 올리고, 홍합 삶은 물 1.5컵 붓고 밥을 한다.
9. 10분 뒤 밥이 끓기 시작하면, 주걱으로 아래쪽을 저어준 다음, 완두콩을 올리고, 불을 아주 낮춰 5~6분 더 끓인다.
10. 불 끄고 뚜껑 덮은 채로 10분간 뜸을 들인다.
11. 양념장 준비(맛간장, 쪽파, 청양고추, 양조간장, 참기름, 고춧가루, 통깨)
12. 뜸 들인 홍합밥을 대접에 담고, 양념장을 곁들여 먹는다.

끓기 시작하면 저어주기

완두콩 올리기

양념장 만들기

홍합밥 완성

문어 대가리 톳밥

2월은 걷기에 참 좋은 시기다. 너무 추운 계절은 지나고, 코끝이 싸한 상쾌함과 공기 중에 떠다니는 봄 내음을 느끼며 걷는 일은 정신적, 신체적 힐링이 된다. 이른 봄날은 아무래도 남쪽의 따스한 섬으로 내려가면 납매라도 만날 수 있을 거라는 생각으로 대매물도 해품길을 걸었다. 거제에서 배를 타고 당금항에서 내려, 바다를 낀 좁은 벼랑길을 따라 섬을 한 바퀴 도는 동안 사람 하나 만나지 못했던 호젓한 길은 정말 명품 길이었다. 둘만 보기엔 아까운 풍경들이 파노라마처럼 펼쳐졌다. 벌써 싹을 틔운 두릅도 만나고, 언덕배기엔 쑥과 냉이가 지천이었고, 까마득한 벼랑 아래로 펼쳐진 동백군락은 저들끼리 절경을 이루었다. 장군봉 근처의 동백나무 터널을 지날 때는 떨어진 동백꽃의 붉은빛과 벼랑 아래 출렁이던 푸른 바다 빛의 절묘한 조화에 눈이 부셨다.

거제항에서 포장해 온 도시락을 먹다가 너무 행복해서 눈물이 났다. 아직 온기가 남은 된장국을 마시다가 옆지기는 배낭에 넣어온 막걸리 한 병을 꺼냈다. 동백꽃이 지천으로 흩날리고, 눈 아

함께 넣을 재료들

재료들 다지기

뚝배기 밥 안치기

재료들 모두 넣기

주걱으로 뒤집어주기

래로 다도해가 펼쳐지고, 동백새, 직박구리, 섬휘파람새가 차례로 노래를 불러주며 날아가는 이른 봄날, 외딴섬에서의 야외 만찬은 세상의 어떤 화려한 식탁도 부럽지 않았다.

장군봉의 전망대에 올라 욕지도, 사량도, 선유도를 조망하고, 손에 잡힐 듯 가까이 보이는 소매물도도 한눈에 내려다보다가, 꼬돌개로 내려오는 길 또한 장관이었다. 하지만 '꼬돌개'란 이름은 초기 정착민들이 흉년과 괴질로 '꼬꾸라져 죽었다'라는 말에서 유래되었다고 하니, 척박한 섬 생활의 고된 정착 과정이 짐작되는 부분이다. 삶의 고달픔과 절실함에 힘겨웠을 그분들에게도, 가끔 허리 펴며 바라본 풍광들이 피로감을 날려주는 활력소가 되었을 거라는 위로를 건네 본다.

걷는 동안엔 사람 그림자 하나 만나지 못했지만, 선착장으로 내려오니, 마을 구판장에 할머니들이 보였다. 매물도의 돌미역이 맛있기로 소문이 나서, 돌미역 몇 봉과 톳 한 봉을 구입했다. 옆지기 막걸리 안주로 텃밭에 나가 방풍나물을 캐온 할머니가 금방 부침개를 부쳐 주시는데, 해풍 맞으며 자란 방풍의 향이 얼마나 진하던지. 부침개 맛이 일품이었다. 그렇게 내 가방에 딸려온 톳으로 집에 돌아와 문어 대가리 다져 넣은 톳밥을 만들었다. 문어로 숙회를 만들면 다들 문어 대가리가 제일 맛나다고 하는데, 우리 식구들은 문어 대가리를 먹지 않아 자꾸 젓가락에 밀려난다. 버리기는 아까워 냉동실에 넣었다가, 이럴 때 총총 다져 톳과 함께 밥을 지었더니 별미였다. 문어 대가리에서 우러나온 육수도 밥맛을 풍미 있게 했고, 밭에서 캐 온 한 줌의 달래로 만든 양념장이 화룡점정이었다.

밥 안칠 때 함께 넣은 재료 중, 문어 대가리는 자잘한 것으로 2개 준비했고, 다시마 우린 물을 만들어 밥물로 사용했다. 말린 표고를 사용할 때는 표고 불린 물을 밥물로 쓰면 좋다. 냉동실에 얼려둔 죽순이 있으면 해동시켜 함께 다져 넣어도 좋다. 달래가 없는 계절에는 대파나 쪽파를 다져 양념

낮은 불로 익히기

달래장 만들기

밭미나리 다져 놓기

문어 대가리 톳밥 완성

대접에 담기

장을 만들어도 좋고, 부추가 흔한 계절에는 부추 양념장도 어울린다. 부재료는 정해진 것이 아니므로 냉장고 있는 것이나, 가족 취향대로 쓰면 된다. 때마침 보현골엔 밭미나리가 한창 출하되는 시즌이라 상큼한 미나리를 곁들인 것도 톳이랑 잘 어울렸다.

#문어 대가리 톳밥 만들기

1. 쌀 1컵, 찹쌀 1/2컵을 씻어 10분 정도 불린다.

2. 함께 밥할 재료(문어 대가리 150g, 표고버섯 3개, 톳 200g) 준비해, 모두 총총 썰어둔다.

3. 뚝배기에 불린 쌀과 찹쌀 넣고, 다시마 우린 물 1.5컵 붓고, 2번 재료를 모두 섞어 올려 센불로 10분 끓인다.

4. 10분 뒤에 밥이 끓어오르면, 주걱으로 바닥을 골고루 긁어주면서, 뚝배기 가운데로 봉긋하게 밥을 세우고, 낮은 불로 10분 더 은근하게 끓인다.

5. 10분 뒤에 불 끄고, 뚜껑 덮은 채로 다시 10분간 뜸 들인다.

6. 달래를 손질해, 양조간장과 맛간장 절반씩 넣고, 고춧가루, 참기름, 통깨 넣고 양념장을 만든다.

7. 밭미나리 한 줌, 총총 썰어둔다.

8. 뜸 들인 밥을 대접에 담고, 미나리 올리고, 양념장과 함께 상에 올린다.

홍삼 영양밥

　　봄날의 꽃소식은 언제나 남도에서 먼저 올라온다. 해마다 만나도 봄이 되면 다시 궁금한 것이 매화 소식이다. 이번에는 마음먹고, 친구 부부랑 명품 매화를 만나러 나섰다. 이름하여 '호남 5매.' 첫 번째 명품 매화는 때를 맞춰 떠난 화엄사 각황전 앞의 '흑매'다. 유난히 색이 진한 홍매인데, 언제부턴가 사람들은 '흑매'라고 불렀다. 정유재란 때 화엄사 스님들은 승군을 조직하여 석주관 전투에서 의병들과 함께 용감하게 싸웠다. 그러나 소서행장이 이끄는 압도적인 병력과 조총부대에 의해 승군과 의병들은 전멸했고, 이후로 봄이면 붉은 꽃잎을 펼치는 화엄사 홍매는 승군들이 흘린 검붉은 피가 매화꽃으로 다시 피어난다고 믿었다. 처연한 이야기를 품고 피어나는 홍매는 고혹적으로 아름다웠다. 올해는 그야말로 개화 70%, 가장 아름다운 시기에 화엄사 홍매를 만났다. 홍매가 알맞게 피어나면 전국에서 매화보살을 만나러 엄청난 사람들이 몰려온다. 주말이면 매화 아래 산사음악회도 열리지만 그야말로 인산인해를 이루니, 평일에 날을 잡는 것이 그나마

조금 여유롭게 관람할 수 있는 포인트다. 수령 320년 정도로 평가하는 매화나무는 묘한 곡선을 이루며 각황전 기와 위쪽으로 가지를 뻗어 무수한 꽃송이를 피우고 있었다. 흑매의 황홀함에 넋을 놓고 빠져 있던 내게 찰나의 깨달음처럼 정오를 알리는 범종소리가 울려 퍼졌다.

두 번째 선암사의 선암매는 수령 650년으로 추정하는 백매다. 최고의 명품으로 찬사받는 선암매는 거대한 나뭇가지를 사방팔방으로 뻗어 하얀 꽃을 피운 모습이 마치 눈이 흩날리는 듯하다. 고고한 꽃들이 목화송이 흩어지는 것 같기도 한데, 꽃들이 품어내는 향기에 숨이 멎을 것만 같았다. 고찰의 담장과 기와를 배경으로 고운 가지를 뻗어 팝콘처럼 터지던 매화 송이들~! 선암매도 가장 아름다운 시기에 만날 수 있어 정말 행복했다. 선암사에는 선암매 외에도 크고 작은 매화나무들이 줄지어 꽃을 피우고 있었고, 사찰 전체가 매화 향기에 묻혀 있는 신선의 세계 같았다. 선암사엔 또 하나 유명한 것이 100년 넘은 전통 화장실 '뒤깐'이다. 아마도 한국에서 가장 아름다운 전통 화장실이자, 바람 소리와 새소리를 들으며 명상하듯 앉아 볼일을 보는 자연친화적 공간이 아닐까 싶다.

세 번째 담양의 지실마을 '계당매'는 보살피는 사람이 없어선지 거의 고사 상태였다. 가사문학의 대가, 송강 정철의 넷째 아들 정홍명의 살림집 당호가 '계당溪堂'이라 집 곁에 개울이 흐르고 있고, 개울가에 매화나무 세 그루 나란히 자리한다. 맨 앞에 있는 나뭇가지 끝에 매화 몇 송이 피는 듯 마는 듯 백매가 움츠리듯 핀 것이, 많이 아픈 느낌이었다. 앞으로 호남 5매에서 계당매는 빠져야 할 것 같은 아쉬운 마음을 안고 내려왔다. 담양에서 떡갈비 정식으로 저녁을 먹고, 광주로 넘어가서 예약한 숙소에서 하룻밤 묵었다. 다음 날, 아침 식사 전에 학교 안에 있는 매화를 만나고 나와 아침을 먹으려고 서둘렀다. 학생들이 등교하기 전에 호젓하게 만나고 싶었기 때문이다.

화엄사 흑매

화엄사 흑매

선암사 선암매

선암사 선암매

전남대 대명매

　네 번째 명품 매화는 광주 전남대학교 교정, 대강당 민주마루 앞에 자리하는 '대명매'로 고고하면서도 도발적이다. 담양의 고부천 선생이 1621년 명나라 특사로 갔을 때, 희종 황제에게 하사받은 매화 한 그루를 고향에 가져와 심고 '대명매'라 불렀다. 이후 선생의 11대 후손인 고재천 박사가 대명매 가지를 휘묻이하여 포기나누기한 매화를 전남대에 기증하여 72년도 여기에 심은 것이 지금에 이른다. 이 홍매는 특이하게도 겹겹이 말린 꽃잎을 펼쳐내는 미니 장미처럼 피고 있었다. 개화 상태는 60% 정도, 고혹적인 향기, 아리따운 색감, 겹겹의 비밀을 펼치는 듯한 꽃잎, 코끝이 싸한 아침나절에 매화 향기에 취해 몇 바퀴를 돌고 도는 사이, 학생들이 줄줄이 등교하기 시작했다. 매화나무 아래 앉아 향기를 전하고픈 친구에게 엽서라도 한 장 쓰고 싶었지만, 아쉬움을 안고 내려왔다. 봄꽃으로 우리에게 다시 오신다던 법정 스님 생각이 나서 잠시 코끝이 찡하고 눈앞이 흐려졌다. 매화 향기로 다시 오셨겠지~!

　다섯 번째 명품 매화는 백양사의 '고불매'로 홍매다. 백양사는 위치적으로 한참 서북쪽으로 올라가야 하는 곳이라 매년 매화는 늦게 피는 편이다. 먼 길 달려가서 헛걸음하지 않으려고 종무소에 전화를 걸었다. 아니나 다를까~~ 이제 꽃망울 맺히기 시작했다고 다음 주에나 오라는 종무소 보살님 말씀에 발길을 돌려 선운사 동백꽃을 만나러 갔다. 내년에는 조금 늦게 나서서 올해 보지 못한 담양의 소쇄원 매화와 백양사 고불매를 제대로 만나야지 하는 숙제를 마음에 품었다.

　선운사의 법당 뒤 산자락으로 3,000그루나 된다는 동백나무 군락지가 있다. 여기가 남한의 동백나무 북방한계선이다. 동백나무는 따스한 남쪽 해안을 따라 자생하는 나무라 추운 지역에서는 보기가 어렵다. 보현골에서도 동백을 심으면 얼어 죽는다. 우리가 흔히 통칭으로 동백冬柏이라고 부르지만, 사실은 가을에 피는 추백秋柏, 겨울에 피는 동백冬柏, 그리

선물 받은 홍삼

홍삼 불리기

쌀, 찹쌀 불리기

함께 넣을 재료들

고사리 준비

고사리 볶아주기

뚝배기 밥 안치기

나머지 재료 올리기

끓기 시작하는 영양밥

대파 양념장

고 3~4월 봄에 피는 것은 춘백春柏이라 불러야 정확한 이름이다. 그러니까 선운사의 동백은 춘백이다. 3월 말에서 4월 초쯤 동백꽃들이 절정을 이루니, 시기적으로 춘백이 틀림없다. 동백나무는 또한 둥치가 쉽게 굵어지는 수종이 아니라, 적어도 몇백 년은 묵어야 선운사의 동백나무 정도가 된다. 동백나무 군락으로는 우리나라에서 가장 오래된 곳이 아닐까 싶다. 동백꽃도 홑동백이 있고 겹동백이 있는데 선운사의 동백나무들은 모두 홑동백나무로 '산다화'라 불리는 꽃이 핀다. '애기동백'이라고도 불리는데 일종의 차나무다. 스님들이 잎으로 차를 만들어 드시려고 대량으로 심은 것이 오늘에까지 이른 것이라는 생각이 든다. 춘백이 필 무렵 연한 잎을 따다 찹쌀가루를 묻혀 튀김을 하면, 고소한 사찰식 다식도 되고 간식도 된다.

봄꽃 나들이를 마치고 돌아오니, 선물이 도착해있다. 여독으로 과로한 것을 어찌 알고, 말린 홍삼을 보내셨을까? 감사한 마음으로 상자를 열어 홍삼을 풀면서, 잔가지와 부스러기를 모아 분쇄기 돌려 홍삼라떼부터 한 잔 만들어 마셨다. 쌉싸름한 맛이 입맛도 살리고 피로도 풀어주는 느낌이었다. 튼실한 홍삼 두 개를 불려 두고 다른 재료를 준비해 홍삼 영양밥을 지어 먹었다. 며칠 떠돌다 돌아온 여독이 확 풀리는 따스하고 풍미 있는 밥이었다. 함께 넣는 재료는 밤, 대추, 은행 등을 넣어주면 좋고, 다른 재료를 넣어도 좋다. 나는 여기에도 남은 문어 대가리를 넣었고, 새우와 고사리를 볶아서 넣었다. 달래를 캐다 손질하는 것이 시간이 걸려, 대파를 다져 양념장을 만들었다. 부재료는 정해진 것이 없으니 가족들 취향대로 넣으면 되는데 향이 너무 강한 나물은 넣지 않는 것이 좋다. 홍삼의 향을 넘어서는 나물은 영양밥의 조화로움을 해친다. 밥 짓는 물은 홍삼 불린 물로 지었다.

홍삼 영양밥

대접에 덜어 비벼먹기

#홍삼 영양밥 짓기

1. 홍삼 두 뿌리 불려둔다.

2. 쌀 1컵, 찹쌀 1/2컵 10분 불린다

3. 함께 넣은 재료들(문어 대가리 2개, 새우 4마리, 은행 10개, 고사리 140g, 대추 5알) 준비한다.

4. 문어 대가리랑 새우는 총총 썰어둔다.

5. 고사리는 들기름에 볶으면서 약선 간장과 다진 마늘, 통깨 넣고 마무리.

6. 불린 홍삼은 총총 다져 놓는다.

7. 뚝배기에 불린 쌀과 찹쌀, 홍삼 불린 물 1.5컵을 넣고, 볶은 고사리 올리고, 다진 문어와 새우살, 은행 올리고, 맨 위에 홍삼을 올려 센불로 8분 끓인다.

8. 가장자리가 끓어오르면 주걱으로 가장자리 쪽으로 저어준 다음, 중불로 낮춰 5분 더 끓인다.

9. 5분 뒤 대추 5알 올리고, 뚜껑 덮고 10분간 약불로 뜸 들인다.

10. 양념장(대파 1대 다지기, 양조간장, 고춧가루, 참기름, 통깨) 만든다.

11. 대접에 밥을 덜어내고 양념장 끼얹어 비벼 먹는다.

참치 마요 주먹밥

새해맞이 일출은 산골에 와서도 포기할 수 없는 중요한 의식이다. 부산에서 살 때는 바다의 일출도 보고, 산성으로 올라가 산에서의 일출도 보고, 산꼭대기 암자에서도 일출을 만났다. 해마다 새해 첫날의 신성하고 장엄한 에너지를 받아 한 해를 시작하는 느낌이라 항상 경건한 설렘으로 기다리는 일이었다. 산골에 와서 알게 된 사실 중의 하나는, 추운 겨울 아침일수록 해돋이가 선명하고 아름답다는 것이다. 그것은 대기 상태가 맑고 안정되기 때문이라는 과학적 근거를 알기 전에 매일 아침, 내가 눈으로 확인하는 사실이다. 적막하고 단조로운 산골 생활이 외롭거나 힘들지 않으냐고 묻는 사람들이 더러 있지만, 천만의 말씀이다. 혼자 있어도 외로울 틈이 없고, 전혀 단조롭지 않게 시시각각 다른 모습으로 펼쳐지는 풍경을 매일 만나며 사는 즐거움은 말로 표현하기 어렵다. 아니 말로 표현이 안 되는 놀라운 감동을 준다. 새벽에 일어나 하루를 시작하는 시간에 깔끔하고 선명한 일출을 만난 날은 그것만으로도 충분히 행복한 하루를 보낸다.

그리이스 여행을 마치고 터키로 건너가기 위해 밤새 배를 타고 간 적이 있었다. 이른 새벽, 히오스 섬에 도착해 비자 문제로 3~4시간 기다리는 동안 일출을 만났다. 내 생애 최대의 인생 일출이었던 것 같다. 하늘과 바다를 온통 용광로처럼 붉게 타오르게 만들던 장엄한 일출은, 평생 잊을 수 없는 풍경이었다. 그리고 터키로 건너가 카파도키아에서 새해를 맞으며 열기구를 타고 하늘에서 본 일출 또한 오랫동안 가슴에 남을 특별한 경험이었다. 세월이 흘러도 어제 만난 것처럼 선명하게 남은 기억을 품고 사는 일은, 그것 자체로 인생이 풍요롭다.

새해를 함께 보내기 위해 아들들이 왔다. 늦잠 자고 싶어 하는 아들을 깨워 영천댐으로 일출을 보러 나섰다. 영천에서도 일출 포인트가 몇 군데 있지만, 너무 고생하지 않고 일출을 볼 수 있는 우리 가족들의 숨은 일출 명소를 정해 두었다. 일출의 순간은 아무래도 산에서 솟아오르는 해보다는, 바다나 호수를 배경으로 떠오르는 해가 아름답다. 보현산 천문대로 일출을 보러 간 때는, 좁은 도로에 양쪽으로 차를 주차해 두는 바람에 길이 막혀, 내려오는 시간이 너무 지체되어 진이 빠졌다. 백암산 꼭대기에서 일출을 보는 것 또한 매력적이지만, 추운 날은 헤드랜턴 켜고 한참을 걸어 오르는 일이 쉽지 않았다. 영천에서 강릉까지 가는 기차가 개통된 뒤, 기차를 차고 정동진으로 해돋이 여행을 가기도 했다. 추우면 추운 대로, 포근하면 또 포근한 대로, 날이 맑거나 흐리거나 탓하지 않고, 편하게 일출을 만나고 돌아올 수 있는 일출 명소에서 올해도 새해 첫 일출을 만나고 돌아온 아침, 떡국 대신 참치 마요 주먹밥을 만들어 상에 올렸다. 참치 좋아하는 아들이 너무 맛있다며 계란국 곁들여 먹는 모습에, 나는 열심히 만들어 접시에 올려주며 해돋이 풍경의 여운을 음미했다. 간단하고도 포만감 있게 먹었던 새해 첫 한 끼가 나름 별미였다. 참치 좋아하지 않는 나는 느끼함을 보완하려고 묵은지로 말았지만, 커피 한 잔을 곁들이지 않을 수 없었다.

묵은지 씻어 준비

참기 기름 빼기

고슬밥에 참기름과 깨 섞기

마요소스 만들기

마요소스와 참치 섞기

#참치 마요 주먹밥 만들기

1. 묵은지 한쪽을 양념 씻어 꼭지 자르고 준비한다.

2. 참치 한 캔 따서, 기름 빼고 준비한다.

3. 쌀 2컵 고슬밥을 지어, 참기름 2큰술, 통깨 1큰술, 흑임자 1큰술
   넣고 골고루 잘 섞어준다.

4. 마요소스(마요네즈 3큰술, 다진 양파 3큰술, 다진 마늘 1/2큰술,
   야생화 식초 1큰술, 원당 1/2큰술, 소금 한 꼬집) 만든다.

5. 마요소스에 기름 뺀 참치를 넣고 섞어둔다.

6. 3번의 밥을, 한입 크기로 갸름하게 만들어 묵은지를 돌려 감아
   준다.

7. 꼭대기에 참치마요를 티스푼으로 올려주고, 흑임자 몇 알씩 뿌려
   접시에 나란히 담는다.

8. 계란국이나 연한 된장국을 곁들여 먹는다.

밥에 묵은지 감기

마요소스 올리기

두릅 초밥, 새우장 초밥

가시투성이 두릅나무에 두릅 순이 뾰족 나오면 부지런을 떨어야 한다. 며칠 사이로 적당히 자란 것들을 제때 채취하지 않으면 금방 늙어버리기 때문이다. 오래전에 심마니 지인을 따라 산나물 채취하러 갔다가, 야산 중턱에 엉켜 있던 묵은 두릅나무에서 두릅 새순을 처음 따던 날의 경이로움이 떠오른다. 높은 가지를 작은 곡괭이로 당겨, 꼭대기에 살짝 퍼진 순을 따면 '톡' 잘리던 그 소리를 잊을 수가 없다. 첫 경험들은 모두 오래 남는 법이다. 산골로 들어오고 난 뒤 처음 맞은 봄날, 마을의 집들마다 두릅나무 몇 그루는 모두 있는 것을 발견하고는 내심 부러웠다. 그런데 우리 집도 울타리 바깥으로 산비탈을 타고 두릅나무가 늘어서 있는 것을 알고는 부자가 된 기분이었다. 아마도 전 주인이 심어둔 것이지 싶었다.

보현산과 기룡산 자락에도 말할 것도 없이 두릅나무가 많았다. 그런데 해가 갈수록 두릅 순을 싹쓸이 채취해 가는 양심 불량 산꾼들이 늘었다. 너무 어린 새순이 꼭지를 겨우 내민 경우는 아예

두릅과 엄순 데쳐서 준비

총총 다져주기

양념 넣기

조물조물 무치기

고두밥에 식초와 흑임자 뿌리기

두릅 우듬지를 낫으로 잘라가 버린 흔적도 많이 만났다. 그렇게 가지고 가서 나무를 물에 담가두면 며칠 이내로 어린 순이 핀다는 것이다. 그걸 돈으로 계산해도 그리 많은 것도 아닌데, 저렇게까지 무자비하게 채취하는 심보는 자연이 내어주는 선물에 대한 예의를 모르는 사람이다. 심지어 손이 닿는 곳은 남의 집 울타리 안에 있는 것을 잘라 가는 사람도 있다. 욕심에 눈이 먼 사람들이라, 견물생심으로 이해하기엔 화가 먼저 난다.

두릅 순이 특등급으로 이쁜 것들은 새벽에 돌아보며 먼저 따 온다. 시기를 놓쳐 버리면 금방 늙기도 하거니와 어느 낯모를 손이 채어갈지 모르기 때문이다. 어린 순은 숙회로 먹고, 조금 자란 것은 전으로 먹고, 억세다 싶은 것은 튀김으로 먹으면 순차적인 향을 즐길 수 있다. 한 번에 수확이 많은 날은 장아찌를 넣기도 하고, 늙어버린 것들은 산야초 항아리에 재어 넣었다가, 나중에 식초를 만들거나, 조청 고우는 재료로도 쓴다. 가끔은 특식으로 탄생하는데, 지난해 봄부터는 도시락 쌀 일이 있는 날엔, 색이 아주 곱고 맛도 좋은 도시락을 만들 수 있어 두릅 나오는 시기에 호사를 누리기도 했다. 두릅 도시락 싸서 봉사도 가고, 산나물 캐러 가는 것도 얼마나 즐거운 일인지 모른다. 두릅 초밥만 만드는 것이 재미없으면, 유부에도 넣고, 갓김치에도 말고, 주먹밥으로 만들어 김으로 띠를 두르는 것도 별미다. 봄이 주는 향기로운 봄나물들은 어떻게 먹어도 감탄이 나오는 맛이지만, 잠시면 지나가는 것이라 아쉬울 뿐이다.

새우장 초밥 만드는 과정은 위에 덮은 재료만 다를 뿐, 밥을 장만하는 과정이나, 만드는 과정이 비슷한 까닭에 함께 올린다. 새우는 가을이 제철이라 옆지기 좋아하는 새우장을 해마다 담근다. 주로 추석 전후로 만들어 가족들이 모이는 날, 한 번에 나눠 먹는 방법이 제일 맛이 좋을 때 먹는 방법이다.

그렇게 먹고도 남는 것이 있을 때, 새우장 초밥을 만들어 특식으로 즐기는 것이 맛의 변화 없이 끝까지 맛있게 먹는 멋진 선택이었다. 새우를 살짝 데쳐 새우 초밥을 만드는 것은, 초밥 전문 식당이나 뷔페에서 자주 먹을 수 있지만, 새우장 초밥은 그렇게 먹을 수 있는 메뉴가 아니다. 정말 특별한 맛이다. 하지만 새우는 고단백 식품으로 콜레스테롤을 높일 수 있어 한 번에 많이 먹는 것은 권장할 만한 일이 아니므로 새우장 초밥을 만들 때도, 몇 가지 재료를 준비해 만들면, 골라 먹는 재미도 누릴 수 있다.

이 두 가지 외에도 초밥용 재료는 얼마든지 다양하다. 회 먹고 남은 것으로 만든 회 초밥은 말할 것도 없거니와, 표고버섯 초밥도 좋고, 문어숙회로도 쫀득한 초밥을 즐길 수 있다. 계란말이 초밥, 한우구이 초밥, 더덕 초밥, 식용 꽃으로 만든 꽃 초밥도 일품이다. 가끔 입맛이 떨어지고 몸이 나른해지면, 새콤달콤한 초밥으로 입맛을 살리는 것도 주부들의 감각이 아닐까 싶다.

골고루 섞어주기

다양한 초밥들

고두밥에 천연식초, 흑임자 뿌리기

#두릅 초밥 만들기

1. 살짝 늙은 두릅이랑 엄나무 순을 끓는 물에 데쳐 준비한다.
2. 손가락 길이의 짧은 두릅은 따로 골라내고, 물기 꼭 짜고 총총 다져 둔다.
3. 보리쌈장, 참기름, 통깨 넣고 조물조물 무쳐둔다.
4. 쌀 2컵 10분 정도 불려, 토판염 1/2큰술, 원당 1큰술 넣고 밑간해서 고두밥을 짓는다.
5. 밥이 지어지는 동안 유부껍질 10개 밑간해, 대각선으로 잘라 물기 짜 둔다.
6. 고슬밥이 뜸이 잘 들면, 3번과 합방하고, 천연식초 3큰술, 흑임자 2큰술 뿌려, 골고루 잘 섞어준다.
7. 한입 크기로 갸름하게 주먹밥을 만들어, 따로 골라놓은 짧은 두릅을 올리고 김 띠로 말아준다.

새우장 준비

새우장 저며주기

8. 두릅 위에 초고추장을 조금씩 올려준다.

9. 유부 껍질에도 남은 주먹밥을 넣고, 함께 접시에 담는다.

주먹밥 만들기

#새우장 초밥 만들기

1. 쌀 2컵을 씻어, 10분간 불려, 토판염 1/2큰술, 원당 1큰술 넣고 골고루 잘 녹여 고두밥을 짓는다.

2. 양푼에 밥을 퍼내어 천연식초 3큰술, 흑임자 2큰술을 넣고 골고루 잘 섞어준다.

3. 새우장을 꺼내 꼬리 떼어내고, 3등분으로 얄팍하게 저며, 장 국물에 잠시 담가둔다.

4. 밥을 한입 크기로 갸름하게 동글동글 뭉쳐 접시에 나란히 놓는다.

5. 밥 중간에 고추냉이 조금씩 올리고, 새우장 잘라둔 것을 올려준다.

6. 접시에 가지런히 올린다. (1인분에 새우장 초밥 5개, 유부초밥 3~5개)

밥 위에 고추냉이 올리기

새우장 덮어주기

새우장 초밥

날치 알밥

　한여름 폭염暴炎이 이어지는 전국민적 휴가 기간이 되면 산에서 무리 지어 피는 꽃이 있다. 야생 달맞이꽃이다. 달맞이꽃을 따려면 꼭두새벽에 일어나 해가 뜨기 전에 산으로 가야 한다. 밤에 피는 야행성 꽃이라 해가 뜨면 꽃잎을 오므리고 곧 떨어지기 때문이다. 하룻밤 피었다가 지는 꽃이다. 해마다 야생화 식초를 담그기 위해 봄부터 가을까지 산자락에서 70여 종의 야생화들을 채취한다. 그중 가장 중요한 세 가지 꽃이 아카시아, 달맞이, 칡꽃이다. 기준은 효능이 뛰어나고, 향이 좋고, 꽃 모양이 쉽게 흐트러지지 않아야 한다. 가끔은 운이 좋아 산목련이나 야생 등꽃을 만날 때도 있는데 이 꽃들도 식초의 좋은 재료가 된다. 이 꽃들은 군락을 만나면, 대량으로 채취할 수 있어 더 좋다. 하지만 달맞이꽃 따는 일은 여름에 꼭 해야 하는 힘든 일 중 하나다.

　해가 뜨기 전 어둑한 새벽에 움직이는 일도 힘들지만, 꽃 군락 사이를 헤집고 들어가는 일부터 난관이다. 머리 위로는 거미줄을 살펴야 하고, 발밑으로는 뱀을 살펴야 한다. 새벽이슬 머금

날치알 물과 청주에 녹이기

함께 들어갈 재료들 준비

체에 날치알 건지기

묵은지 볶아주기

뚝배기에 참기름 바르기

은 꽃은 물기가 많아 하나하나 따다 보면 온몸이 젖는다. 한 시간 남짓 꽃을 따면 파김치가 되고, 약 4~5일을 반복해야 원하는 만큼의 꽃을 채취한다. 하지만 새벽 산자락의 풍경은 표현하기 어려운 아름다움을 품고 있다. 소나기가 한차례 지나간 뒤의 새벽, 산안개가 파도처럼 출렁이는 배경 너머로 달맞이꽃들이 활짝 핀 모습은 그야말로 한 폭의 수채화 같다.

나는 잠시 일손을 놓고 풍경에 빠져 감탄을 연발하며, 그윽한 꽃향기에 취해 산골에 사는 행복감을 가슴 벅차도록 누린다. 잠시면 흩어지는 풍경이지만, 그 실루엣은 마음속에 오래 남는다. 꽃 속에 묻혀 있을 때, 전신을 휘감는 꽃향기는 나를 잊고 꽃 속으로 침잠하게 만든다.

돌아오면 다시 일이 이어진다. 따 온 꽃들을 얼른 펼쳐놓고, 꽃차용과 식초용으로 분류한 다음, 용도에 맞게 손질하고 나면 허기가 진다. 이럴 때는 밥을 짓고 반찬을 만들 기력이 없어 만들어둔 연잎밥을 쪄 먹는 일이 다반사다. 며칠을 이어 연잎밥을 먹기가 싫을 때, 쉽게 만들면서도 영양분 골고루 챙겨 먹을 수 있는 한 끼가 날치 알밥이다. 냉동실에 넣어둔 날치알만 있으면 나머지는 냉장고나 밭에 있는 재료로 간단하게 만들 수 있다. 날치 알밥은 겨울철에만 먹는 것으로 알고 있지만 꼭 그렇지는 않다.

날치알은 산란기인 4월~10월 사이가 지나고, 신선하고 맛이 좋은 11월~3월 사이에 잡아 냉동 상태로 판매하기 때문에, 신선하게 저장된 냉동 알만 있으면 어느 때라도 쉽게 만들어 먹을 수 있다. 단 냉동 날치알을 녹일 때, 물을 넣고, 청주 1~2큰술을 넣어주면 비린내도 제거할 뿐 아니라, 소독의 역할을 겸하니 추천한다.

한여름에 날치알을 그냥 밥에 비비는 것이 망설여지면, 묵은지와 함께 살짝 볶아 밥에 올리는 것도 하나의 방법이다. 함께 비벼줄 재료는 계절에 따라 다양하게 올려도 좋지만, 묵은지와 양파, 김은 필수다.

밥 적당하게 넣기

뚝배기 달구고 밥위에 토핑

날치알 올리기

1. 냉동실 날치알 소분小分해 둔 것 1봉 꺼내, 잠길 만큼 물을 붓고 청주 2큰술을 넣어준다. (보통 1인분에 50g 정도가 적절)

2. 함께 비벼줄 재료 (양파 1/2개, 자소엽 8장, 꽃맛살 60g, 애플민트 1장, 수제 단무지 50g) 준비해, 애플민트 빼고 모두 다져둔다.

3. 김 1장 바싹하게 구워 잘라둔다.

4. 날치알은 촘촘한 체에 건져둔다.

5. 묵은지 1~2줄기 총총 다져 들기름에 볶는다.

6. 뚝배기에 참기름을 발라주고, 밥을 적당하게 넣고, 불에 올려 밥이 타닥타닥 소리가 날 때까지 데워준다.

7. 뚝배기 안의 밥을 한번 뒤집어주고, 재료들 토핑한다.

8. 가운데 날치알을 올린다.

9. 마지막으로 김을 올리고, 애플민트 꽂아준다.

10. 애플민트잎을 조각조각 뜯어 넣고, 골고루 비벼 먹는다.

꼬막 비빔밥

　연말에 뭐가 그리 바쁜 일이 많은지, 아침만 먹으면 집을 나가 밤중이 되어서야 돌아오던 옆지기가 독감이 단단히 걸렸다. 전 세계가 숨죽여 지냈던 코로나 팬데믹 시기도 무사히 건너온 우리 부부는, 겨울이나 환절기에도 감기나 독감도 모르고 잘 지내 왔다. 며칠 아프다 말겠거니 하고 한 집안에서 조심하며 지내려니 일주일이 넘도록 끙끙거리며 심한 기침을 해댔다.

　중요한 일정들이 기다리고 있는 나는 독감이 전염될까 봐, 밥상을 따로 차리게 시작했다. 식사가 끝나면 설거지 마치면서 바로 수저를 삶았고, 그릇들도 끓는 물에 소독하고, 가능하면 같은 공간에 머물지 않았다. 해가 갈수록 독감도 진화가 되는지, 거의 20 일이 넘도록 심하게 앓다가 겨우 회복되는 것 같았다. 나이 먹으니 면역력이 떨어져 회복도 빠르지 않았고, 입맛을 잃어 뭘 제대로 먹지를 못했다. 안 그래도 초겨울까지 임플란트 때문에 거의 죽이나 수프로 끼니를 해결했으니 기초 체력도 바닥인 상태였다.

"

마트에서 포장해 놓은 꼬막을 한 팩 가져왔다. 아직은 제철이라 삶아 까보니 살이 탱글탱글 바다향이 나서 입맛을 살릴 것 같았다. 냉장고에 있는 채소들 색상 맞춰 준비하고, 밥을 고슬고슬 지어 꼬막 비빔밥으로 한 끼 같이 먹었다. 모처럼 과일이랑 채소도 듬뿍 넣고, 새콤달콤 매콤한 초고추장 알맞게 풀어 콧등에 땀을 흘리며 맛있게 먹었다. 배를 넉넉하게 채우는 만족한 한 끼는, 식탁이 가득 차도록 음식을 차리는 것보다, 입에 맞는 것, 식욕을 돋우는 한 접시로도 충분하다는 것을 다시 한번 깨달았다.

입맛이 유난히 까탈스런 사람이 모처럼 맛있게 먹는 것을 쳐다보다, 독감이 힘들긴 힘들었구나 싶었다. 머리카락이 더 많이 세어진 느낌이고, 얼굴부터 살이 쏙 빠졌다. 겨우내 음식을 잘 챙겨 먹어야겠다는 생각도 들었다. 음식으로 못 고치는 병은 약으로도 고칠 수 없으니 말이다.

#꼬막 비빔밥 만들기

1. 꼬막 1kg, 4% 정도의 소금물을 만들어 담가두고, 검은 비닐을 씌워 하룻밤 해감시킨다.

2. 꼬막을 2~3번 헹궈 건진다.

3. 냄비에 소금 1큰술 넣고 물을 팔팔 끓인 다음, 꼬막을 넣고, 한 방향으로만 저어가며 꼬막이 입 벌릴 때까지 끓인다.

4. 꼬막이 입을 벌리기 시작하면 바로 불을 끄고, 꼬막을 체에 건져 식힌다.

5. 함께 버무릴 채소와 과일 (사과, 당근, 수박무, 깻잎, 양파, 상추, 양배추)을 길이가 비슷하도록 채 썰어 둔다.

6. 꼬막을 까서 볼에 담는다. (입을 다문 꼬막은 엉덩이 쪽을 숟가락으로 비틀면 쉽게 까진다.)

7. 무침 양념 (고추장 1큰술, 고춧가루 2큰술, 맛간장 1큰술, 다진 마늘 1큰술, 원당 1큰술, 매실청 1큰술, 야생화 식초 2큰술, 다진 대파 2큰술, 참기름 1큰술) 만들어 꼬막을 무친다.

꼬막 해감하기

한 방향으로 저어가며 삶기

입 벌리기 시작하면 불 끄고 건져 식힘

함께 비빌 채소들

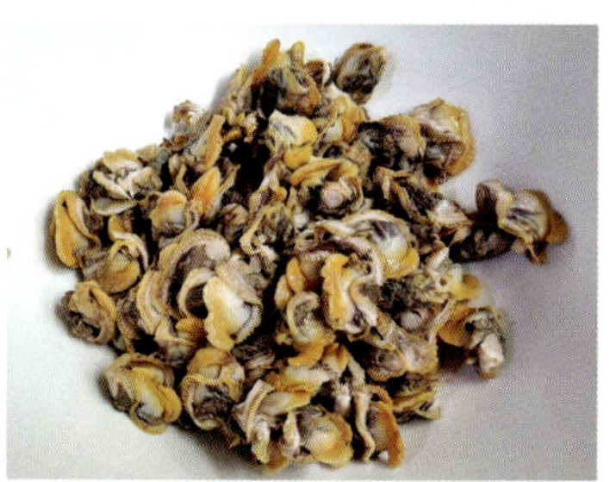

깐 꼬막

꼬막에 양념 넣기

8. 널찍한 접시에 밥 한 주걱 올리고, 채소들 색 맞춰 둘러주고, 가운데 꼬막을 듬뿍 올린다.

9. 꼬막 무침 위에 김 가루와 통깨 뿌리고, 비벼 먹는다.

꼬막 무치기

접시에 밥과 채소들 올리기

가운데 꼬막 올리기

대통밥

아이들 키우던 시절에 우리 가족은 정말 여행을 많이 다녔다. 우리 부부도 여행을 좋아했지만, 아이들이 기억하든 못하든, 세상의 많은 것을 보여주고 경험하게 해주고 싶었다. 부모가 대단한 학자도 아니고, 엄청난 자산가도 아니고, 높은 명예를 가진 것도 아니다. 그렇다면 여행을 통해 세상에 대한 많은 경험과 추억을 남겨주는 것이 가장 좋은 유산이라고 생각했다.

해남 땅끝마을에서 통일 전망대까지, 정동진 해돋이 마을에서 정서진 해넘이 마을까지 가보지 않은 곳이 없을 만큼 다녔다. 여름방학과 겨울방학은 기간을 조금 길게 잡아 떠났고, 봄과 가을에는 주말을 이용해 가볍게 다녔다. 우리 부부가 모두 국어 선생이다 보니 국문학 답사를 겸하는 경우가 많았고, 대부분 유적답사를 중심으로 다녔다. 아이들 교과서에 나오는 곳은 반드시 들렀다. 실제로 보고 느끼고 온 다음에 접하는 교과서 내용은, 아이들 마음속에 깊이 각인된다는 것을 느꼈기 때문이다.

땅거미가 내리는 어스름 녘 익산의 미륵사지 탑을 처음 만났을 때, 1,400년이 넘는 세월을 그 자리에서 견딘 탑의 이끼 가득한 모습은, 뜨거운 불덩이가 가슴을 관통하며 지나가는 듯한 강한

감동을 주었다. 돌탑을 보며 눈물까지 흘린 일은 처음이었다. 운무 가득한 새벽에 만난 진도의 운림산방은 또 얼마나 운치가 있었던가~! 한여름 붉은 배롱꽃이 만발한 담양 명옥헌 뜨락의 풍경은 황홀하고도 강렬했다. 해남 땅끝마을의 토말비 앞에서 바다를 바라보면, 작다고 생각한 대한민국의 영토가 결코 작은 나라가 아니란 것을 깨닫게 된다. 딱 알맞은 시기에 갔기에 맛볼 수 있었던, 변산반도 채석강 입구 난전에서 썰어주던 살아있는 갑오징어 회는 아직도 입안에 그 느낌이 남아 있는 듯하다. 김제 금산사에서 수류성당까지 느바기길(느리고 바르고 기쁘게 걷는 종교적 통합의 길은 5대 종교의 교당을 만난다)을 걸어가다 먹었던 민물새우 찌개의 시원한 맛은 잊을 수가 없다. 철원 민통선을 넘어가야 들어갈 수 있는, 강원도 최북단의 '도피안사'는 그야말로 피안의 세계로 가는 길인 것 같았다. 소박하고도 적막이 가득하던 절집은, 흔하지 않은 국보를 간직한 품격 있고 고졸한 아름다움이 있었다. 국보 63호 철조비로자나불은 표정이, 미소를 머금은 부처님의 상호가 아니라 엄격한 귀족의 모습으로 앉아 있어 선정禪定에 든 고승 같기도 했다. 거대한 느티나무 아래엔 귀한 깽깽이풀이 무더기로 연보랏빛 꽃을 피워, 피안으로 가는 세계를 우리에게 펼쳐 주었다.

　　담양은 가을이면 안부가 궁금해지는 곳이다. 담양의 나무를 이야기하면 다들 하늘을 찌를 듯 솟아있는 메타세콰이어를 떠올리지만, 이 나무들의 역사는 겨우 40년 남짓이다. 가로수의 한 자락을 물고 이어지는 관방제림이 담양의 진짜 나무들이다. 200~300년 이상은 족히 묵어 보이는 오래된 나무들이, 종류도 다양한 나무들의 박물관처럼 줄지어 단풍이 든 모습은, 참으로 입이 딱 벌어지는 장관을 연출한다. 호남가단의 중심이 되었던 담양에는 유서 깊은 정자도 많지만, 조선시대 최고의 원림園林이라 불리는 소쇄원은 사계절 모두 안부가 궁금한 곳이다. 다음으로 유명세를 자랑하는 것이 대나무들이다. 대숲의 싱그러움과 아름다움은 아무래도 초여름이 절정이다. 거기다 대나무로 만든 공예품은 농기구나 일상 생활용품부터 예술 작품에 이르기까지 너무도 다양하게 만날 수 있다.

　　담양의 전통 음식을 말하라면 다들 떡갈비를 떠올리지만, 육고기를 못 먹는 나는 '대통밥'이라고 말한다. 대나무의 죽력竹瀝이 항균과 해독작용이 강해 건강에도 좋지만, 밥에 향을 은은하게 품게 만들어 밥 자체가 약선 밥이 된다. 보현골에도 대숲이 제법 많다. 코로나 시기에 산책을 나섰다가 대나무를 하나 베어 돌아왔다. 집에서 담양의 대통밥을 한번 재현해 보고 싶었고, 아이들이 오면 대통에 삼겹살을 넣고 구워주고 싶었다. 무엇보다도 대나무의 항균과 해독작용을 섭취하고 싶었던 시기이기도 하다. 대나무를 갓 베어와 나무의 죽력이 마르지 않았을 때 밥을 짓는 것이 중요하다. 대나무를 밥 지을 정도의 크기로 잘라, 물을 부어 잠시 불렸다가 대통 속을 솔로 문질러 씻어준 다음 사용해야 한다. 대통 속에는 죽여竹茹란 대나무 속살이 남아 있어, 나중에 밥에 달라붙으면 지저분해지기 때문이다. 함께 넣어 밥하기 좋은 재료는 밥과 대추는 필수이고, 나머지 재료는 취향대로 넣어주면 된다. 각종 콩 종류는 충분히 불린 후에 넣어야 하고, 잣이나 호두, 은행, 인삼 등을 넣어도 좋다. 나는 밭에서 올라오기 시작한 냉이를 캐다 냉이 된장찌개를 곁들여 먹었다.

대통에 물 부어두기

#대통밥 만들기

1. 대나무 대통밥 만들기 좋은 길이로 몇 개 자른다.

2. 대통 안에 물을 부어 불려 두었다가 솔로 문질러 깨끗이 씻는다.

3. 소금물을 팔팔 끓여 대통 안에 부어 10분 정도 소독한다.

4. 쌀과 찹쌀을 1/2컵씩 10분 이상 불린다. (2인분 기준)

5. 함께 넣을 재료(밤, 대추, 은행, 완두콩) 준비한다.

6. 소독한 대통을 물로 한번 헹궈주고, 불려 둔 쌀과 찹쌀 넣고, 쌀의 높이만큼만 물을 붓고, 나머지 재료들 넣고, 소금을 두 꼬집 정도 넣고 흔들어준다.

7. 냄비에 물을 팔팔 끓인 후, 대통을 넣고, 물에 적신 면보로 위를 덮고, 30분간 중불로 찌고, 10분간 뜸을 들인다.

8. 그대로 먹어도 괜찮고, 그릇에 퍼내어 먹고 대통에 숭늉을 우려도 좋다.

대통 소독하기

함께 넣을 재료들

불린 쌀과 재료 넣고 물 붓기

밥공기에 퍼 낸 모습

냉이 된장찌개

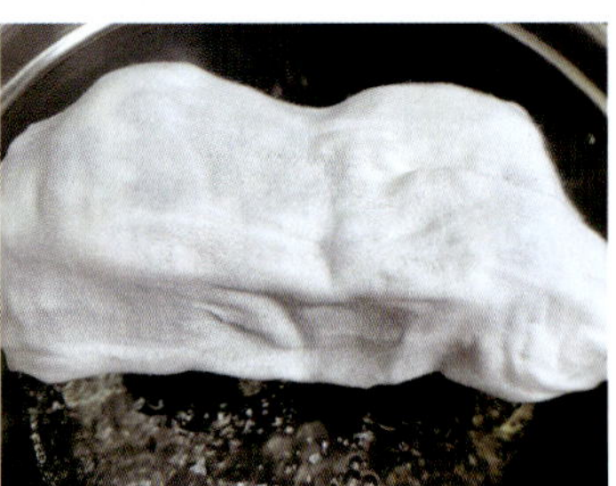

적신 면포 덮고 찜기에 찌기

장어 덮밥

　인도 성지순례를 마치고 돌아와, 이틀을 꼬박 자고 일어났더니 정신이 좀 들었다. 잠이 너무 부족했고, 체력이 달려 힘들었던 성지순례를 끝까지 버티게 해 준 힘은, 도반들의 토닥임과 한국에서 가져간 반찬 덕분이었다. 없는 살이 2kg이나 빠져 돌아와, 집에 와서는 쓰러지듯 잠이 들었고, 옆지기 깨우면 일어나 밥만 먹고 다시 잠들기를 이틀간 반복한 끝에 겨우 정신을 차리니 설 연휴가 시작되었다. 아들 커플들이 오기 전에 나는 기력보충을 위해 닭다리 스테이크를 만들어 먹고 스스로를 재정비했다. 아들들이 각자 짝과 함께 와서 2박 3일을 보내고 돌아가니 비로소 진짜 휴식을 맞았다. 떨어져 사는 가족들은 오면 반갑고, 돌아가면 더 좋다는 말이 있지 않은가~!

　아들들이 집에 오면 제일 좋아하는 메뉴는 단연 숯불 피워 구워주는 고기다. 도시에서는 먹기 어려운 것이고, 고기 전문점에서도 실컷 먹을 수 없는 고기라서, 아무리 추운 날이라도 숯불을 피워 숯향이 나는 맛있는 고기를 실컷 먹고 가게 준비한다. 가끔은 고기와 함께 장어도 굽고, 해산

물들도 구워 먹는 호사를 누린다. 고기 못 먹는 나를 위한 배려다.

오래전, 고창 문수사의 단풍나무 군락을 만나러 갔던 길, 선운사의 유명세에 밀려 상대적으로 사람들의 발길이 뜸한 고찰은, 늦가을의 숨은 비경을 비밀스레 품고 있었다. 국내에서도 보기 드문 수백 그루의 단풍나무들이, 절정의 단풍빛을 품고 현란하게 흔들리는 모습은 눈이 부셨다. 문수사를 거쳐 선운사를 돌아보고, 풍천장어를 먹으러 갔다. 숯불에 구워주는 장어에, 요강을 엎어 버린다는 복분자주를 곁들여 얼마나 맛있게 먹었는지 모른다. 가끔 귀한 손님이 오시면 초벌구이로 보내주는 풍천장어를 택배로 받아 대접하고는 했다.

부산에 있는 안과병원에 정기 진료를 받는 날은, 가능하면 친구를 만나 점심을 먹고 돌아온다. 지난가을에는 해운대에서 유명하다는 장어덮밥을 예약해 두었다고 맛을 기대하라고 했다. 기본 대기가 1시간 이상이라는 먹기 어려운 집을, 친구는 내가 도착할 시간에 맞게 준비해 두었다. 나는 아무리 맛있는 집이라도 1시간 이상을 기다려서는 먹지 않는데, 친구 덕분에 기다리지 않고 좌석에 앉았다. 일본식 장어덮밥이었는데 확실히 맛의 깊이가 달랐다. 구수한 미소 국물을 곁들여 먹었던 장어구이는 단짠한 맛에 불향까지 입힌, 격이 다른 맛이었다. 언제 집에서 이 맛을 한번 재현해 봐야지. 하는 숙제를 남겼다.

설 명절에 아들들과 구워 먹고 남은 장어 한 마리로 정성을 다해 장어덮밥을 만들었다. 오로지 나를 위한 보양식으로 만든 것이다. 함께 왔던 장어 뼈를 푹 고아 뼈 육수로 데리야끼 소스를 만들고, 그 소스를 부어가며 낮은 불로 색이 나도록 조렸다. 마지막엔 토치로 불향도 입혀 장어구이 전문점 태깔이 나게 완성했다. 깻잎 채와 생강 채를 얹어 먹어보니 맛도 참 괜찮았다. 그런데 친구가 사주었던 장어덮밥 전문점의 맛에는 못 미치는 맛이었다. 한 가지 메뉴를 전문적으로 연구

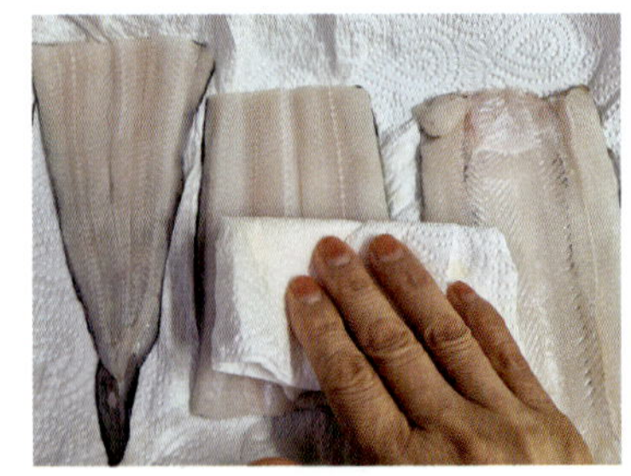

장어 물기 제거하기

데리야끼 소스 끓이기

소스에 첨가할 채소들

구운 채소 소스에 합방

데리야끼 소스

장어 굽기

소스 부어 조리기

토치로 불향 입히기

밥 위에 소스 뿌리기

장어 잘라 올리기

하고 만드는 비법은 내가 따라갈 수 없는 분야임을 인정했다. 비슷하게나마 만든 레시피를 올려본다.

#장어 덮밥 만들기

1. 장어 뼈를 냄비에 담고, 살짝 잠기게 물을 붓고, 40분 끓인 다음, 생강과 통후추를 넣고 20분 더 끓여 식혀둔다.

2. 장어(바다장어, 민물장어 다 좋다.) 한 마리, 머리는 잘라내고, 세 토막 내어, 키친타올로 물기를 꼼꼼하게 닦는다.

3. 누룩소금(함초소금도 좋다)을 살짝 뿌려 밑간해 둔다.

4. 대파 1대, 양파 1/2개, 마늘 4쪽을 큼직하게 썰어, 스텐 프라이팬에 기름 없이 거뭇하도록 굽는다.

5. 뼈 육수 150ml, 양조간장 4큰술, 원당 2큰술, 청주 2큰술을 작은 냄비에 넣고 5분 끓인 다음, 4번을 넣고 다시 5분 중불로 끓여, 체로 건지는 걸러내고, 남은 데리야끼 소스를 준비한다.

6. 밑간한 장어를 꼬치로 윗부분만 꿰어준다. (구우면 오그라들기 때문)

7. 프라이팬에 기름을 두르고 껍질 쪽부터 중불로 굽는다.

8. 뒤집어 익혀준 다음, 5번의 소스를 부어 천천히 조린다.

9. 낮은 불로 조림장이 완전히 스미도록 7~8분 정도 조리면 색이 나온다.

10. 토치로 불향을 앞뒤로 입힌다.

11. 한입 크기로 자른다.

12. 생강 한쪽을 채 썰어, 물에 담가 아린 맛을 살짝 빼고 준비한다.

13. 깻잎 5장 정도 채 썰어 준비한다.

14. 접시에 밥 한 공기를 펴고, 남은 5번 소스를 골고루 뿌린다.

15. 구워서 잘라둔 장어를 밥 위에 올리고, 깻잎과 생강을 가운데로 길게 올리고, 통깨를 뿌려주면 완성이다.

유산슬 덮밥

중국 요리 중에서 내가 제일 좋아하고, 자주 만들어 먹는 것이 유산슬溜三絲이다. 유산슬이란 이름엔 이 요리의 특징과 의미가 다 들어있다. 유溜는 전분을 풀어 걸쭉하게 만든 요리란 뜻이다. 산三은 셋이란 뜻인데, 주재료가 고기와 해물 채소가 들어간다는 뜻이다. 슬絲은 재료들 모두 실처럼 가느다랗게 채를 썰어 만든다는 뜻이다. 재료를 모두 채로 썰어 만들고 걸쭉한 전분물로 마무리하면, 건더기 있는 수프처럼 호로록 목 넘김도 좋고, 소화도 잘되면서 쉽게 식지 않아 좋다.

밭에 심는 많은 채소 중에, 유난히 빨리 자라고, 빨리 꽃을 피우고, 한살이를 마무리하는 것이 청경채다. 청경채 줄기가 제대로 탄탄하다 싶으면 서둘러 가져다 먹어야 한다. 곧이어 꽃대를 올리는, 주기가 아주 짧은 채소이기 때문에, 둘이 사는 집에서 심기엔 부담스러운 작물이기도 하다. 꽃대를 올린 뒤에 씨앗을 달고 줄기가 단단해져 버리면 먹기가 어렵기에, 청경채로 김치를 담기도 하고, 이런저런 요리에 활용도를 높여야 한다. 이럴 때 거의 매일 한 끼는 유산슬 덮밥을 만들

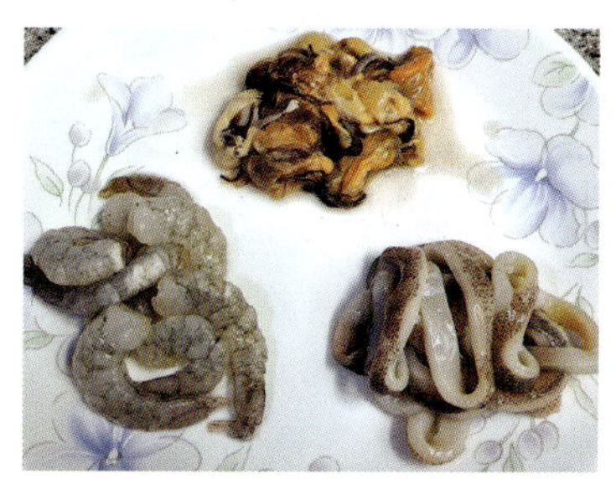

해물 3가지 준비

청경채와 채소 준비

다진 대파와 마늘

마늘과 대파 향내기

채소 볶기

어 먹는다. 해물볶음 우동이나, 채소볶음에 넣어도 좋다. 대부분의 중국 요리에는 청경채가 약방의 감초다. 기름진 고기 요리에 곁들이면 느끼함을 잡아주고, 영양적 균형을 맞춰준다. 탕이나 샤브샤브, 전골, 밀푀유나베 등에 넣으면 아삭한 식감과 초록한 색감을 더해 맛을 살려준다.

　우리 밭에는 봄과 가을에 각각 한 번씩 청경채를 심는다. 9월에 심은 청경채가 10월이 되자 먹기 좋게 자랐다. 이때부터 자주 가져다 먹어야 해서, 점심으로 유산슬을 만들었다. 옆지기 이빨 치료도 끝났고, 접시에 담을 때 보기에 좋으라고 오징어는 링 모양으로 잘랐다. 부드럽고 먹고 싶으면 오징어도 당근처럼 채를 썰어 넣으면 좋다. 재료만 준비되면 10분도 안 되어 뚝딱 만들 수 있는 간단한 요리인데, 중국집에서 시키면 가격이 제법 비싸다. 특별히 유명한 셰프가 있는 집이나, 전통이 깊은 레스토랑에서의 특별한 맛을 즐기기 위한 것이 아니라면, 유산슬 정도는 집에서 만들어 먹는 것을 추천한다. 가을이 되면 주변의 흔한 밤을 주워다 밤밥을 즐겨 먹기에 밤밥 위에 유산슬을 올려 유산슬 덮밥을 만들었다. 고기는 빼고 해물만 넣고 만든, 평범하면서도 손쉬운 간단한 한 끼는 행복을 주는 맛이었다.

#유산슬 덮밥 만들기

1. 밭에서 청경채 몇 포기 잘라다 씻어 둔다.
2. 해물 3가지(오징어, 새우 8마리, 홍합 12마리) 준비하고, 오징어는 몸통만 링모양으로 자른다.
3. 색상 맞춰 채소들(청경채, 파프리카, 양파, 적양배추, 호박, 당근, 표고버섯) 준비해, 길이가 비슷하게 자른다.
4. 마늘 5쪽 편썰기, 대파 1대 총총 다져둔다.
5. 궁중팬에 현미유 4큰술 두르고, 대파와 마늘부터 볶아 향을 낸다.
6. 당근과 적양배추(단단한 채소)부터 넣고 볶는다.
7. 청경채만 남겨두고 나머지 채소들 모두 넣고 볶는다.

8. 채소들을 가장자리로 밀어두고 가운데 해물을 넣고 볶는다.

9. 해물이 익어 색이 변하면 골고루 잘 섞어준다.

10. 맛국물 150ml, 맛간장 2큰술, 굴소스 2큰술, 원당 1/2큰술, 청주
    1큰술, 생강청 1큰술, 후추 톡~톡~~

11. 청경채를 넣고 두루 저어준 다음, 전분물(감자전분 2큰술, 물 5
    큰술)을 둘러준다.

12. 재빨리 섞어준 다음, 참기름 1큰술로 마무리한다.

13. 접시에 밥을 한 주걱 올리고, 유산슬을 넉넉하게 올리고, 흑임자
    뿌린다.

해물 넣고 볶기

맛국물 넣고 간 맞추기

유산슬 완성

참기름으로 마무리

청경채 넣기

오리불고기 덮밥과 잡채밥

먹고 남은 음식을 활용하여 간단하게 한 끼를 해결하는 좋은 방법이 덮밥을 만드는 것이다. 접시 하나로 한 끼를 먹고 나면 설거지도 간단해서 좋다. 일이 많아 바쁜 날에는 이런 간단한 한 끼에 영양이 부족하지 않게 조금만 신경을 쓰면, 간단하면서도 영양을 갖춘 식사로 충분하다. 손님맞이 오리 불고기를 준비하면, 대체로 접시를 싹 비우고 가는 일은 드물다. 조금 남으면 서로를 배려하는 차원에서 양보하다 남기고 간다. 이렇게 조금 남은 오리 불고기는 덮밥을 하기에도 딱 알맞은 분량이라, 옆지기 일 보러 나간 틈에 나를 위한 오리 불고기덮밥 1인분을 먹기 좋게 만들었다.

산골 둘이 사는 일상에서, 한 사람이 볼일로 나가면 혼밥을 해야 하는 일이 잦다. 혼자 먹는다고 대충 때우는 식사를 하다 보면 반드시 건강에 무리가 온다는 신념을 가진 사람이라, 나는 혼밥도 제대로 챙겨 먹는 편이다. 반찬을 두루 갖추고 찌개까지 챙겨 먹는 날도 있고, 좋아하는 쌈밥

을 만들어 혼자서 과식하도록 먹는 날도 있다. 언제 먹어도 쌈밥은 끝없이 들어간다. 더러는 평소에 해 먹고 싶었던 메뉴를 메모했다가 이때 실습하기도 한다. 잘 만들어지면 맛을 봐 주는 사람 없이도 혼자 자화자찬하며 맛있게 먹기도 하고, 어딘지 맛이 부족해 실패하면 혼자라서 다행이라고 웃으며 수습한다. 요리사라고 모든 요리를 다 잘할 수는 없다. 항상 도전해 보고 실패하면, 부족한 부분을 보완해 다시 시도해 보는 끈기가 있어야 발전한다. 눈과 귀를 열어두고 더 좋은 방법, 더 적절한 재료를 활용하여 요리의 완성도를 높이는 부분은 받아들이고 배워야 한다. 그래서 틈이 나는 대로, 요리책도 읽고, 요리 프로그램도 보고, 산골 할머니들의 집안 비법도 귀동냥으로 얻는다. 요리의 세계는 끝이 없고, 배움의 길도 끝이 없다. 나만의 방식을 고집해서도 안 된다.

채소 3가지 다지기

불고기와 채소 볶기

잡채는 옆지기가 좋아해 자주 만든다. 마을회관에 할머니들 생일잔치가 있다고 하면 손쉽게 잡채 5접시 만들어 간다. 5월이나 명절이 든 달에도, 이웃 할머니들 위로차 대접하는 가장 손쉬운 음식이 잡채다. 한국 음식을 처음 접하는 외국인들도 잡채와 불고기는 거부감 없이 다들 잘 먹고 맛있다고들 한다. 맵지도 않고, 짜지도 않고, 특별한 향이 나는 채소가 들어가지도 않는, 평범하면서도 모두에게 사랑받는 메뉴가 잡채라고 생각한다. 그래서 나는 잡채를 자주 만든다. 만들 때 대체로 인원에 맞게 만들지만, 그래도 조금 남을 때가 있다. 그럴 때는 짜장을 볶아, 잡채 덮밥으로 또 한 끼를 제대로 챙겨 먹는다. 가능하면 먹거리를 버리지 않으려는 나름의 방법인데, 이왕 하는 김에 맛도 첨가하고, 색감도 조화롭게 만들어 특식처럼 먹는 재활용 음식이다.

풀어논 전분물 둘러주기

불고기 볶음 완성

잡채가 남으면 잡채밥도 좋지만, 라이스페이퍼에 말아 만두처럼 구워 먹어도 별미다. 총총 다져서 계란과 밀가루 조금 풀어 전을 부치면, 간식도 되고, 술안주로도 좋다. 김에 말아

계란 스크램블

튀김으로 먹어도 좋고, 김에 말아 김밥 가운데 넣고, 다시 김밥을 만들어 먹어도 특별한 맛이다. 잡채는 정말 우리 식탁에서 마술 같은 변신으로 입을 즐겁게 만들어 주는, 한국인이 사랑하지 않을 수 없는 요리다.

접시에 밥 한 주걱

#오리불고기 덮밥 만들기

1. 양파 1/2개, 표고버섯 1개, 가지 1/4개, 모두 작은 크기로 자른다.

2. 오리 불고기 반 접시 정도를 총총 썰어 프라이팬에 데운다.

3. 1번의 채소들을 함께 볶으면서 굴소스 1큰술로 간을 조금 더한다.

4. 감자전분 1큰술, 물 3큰술로 전분물을 만들어 둘러준다.

5. 참기름 1큰술 둘러 마무리한다.

6. 다른 프라이팬에 계란 2개, 소금 한 꼬집 넣고 스크램블한다.

7. 접시에 밥 한 주걱 올리고, 볶은 4번의 불고기 올리고, 가장자리로 6번의 계란을 둘러준다.

8. 가운데 다진 쪽파 올리고, 흑임자 뿌려주면 완성.

오리불고기 올리고 스크램블 둘러주기

#짜장 잡채밥 만들기

1. 남은 잡채 한 접시 준비한다. (2인분 기준)

2. 냉장고 있는 대로 채소 몇 가지(양배추, 당근, 양파, 새송이버섯, 브로콜리) 준비해서, 모두 총총 썰어준다.

3. 깊이 있는 프라이팬에 현미유 넣고 볶아준다.

4. 채소들이 다 익으면, 잘박하게 물을 붓고 끓인다.

5. 짜장 가루를 적당하게 풀어 걸쭉하게 만들면 짜장 소스 완성.

6. 잡채를 프라이팬에 올리고, 맛국물 조금 넣고 데운다.

7. 대접에 밥 한 주걱 올리고, 잡채를 올리고, 짜장 소스 덮어준다.

①채소 다져서 볶아주기

②잠길만큼 물 붓고 짜장가루 풀기

⑤잡채밥

④잡채 데우기

③짜장소스 완성

VI
별미 면요리

어탕 국수

　11월의 끝자락에 첫추위가 오고, 첫추위를 탄 개울물이 가장자리부터 살살 얼기 시작한다. 살얼음이 잡히는 개울물을 보면 그런 눈동자를 지녔던 한 여인이 생각난다. 젊은 날의 내 영혼을 온통 사로잡았던 『그리고 아무 말도 하지 않았다』의 작가 전혜린이다. 불꽃처럼 살다 간 그녀와 같이 내 삶도 마감하리라며 비장한 각오를 다졌던 오래전 기억을 떠올리다 보면, 그녀의 눈동자를 닮은 작은 도시 고령으로 문득 떠나고 싶어진다. 고속도로를 빠져나와 고령 읍내로 들어서기 직전의 산모퉁이를 도는 순간, 주산성을 향해 뻗어 있는 산자락을 타고 수십 개의 거대한 고분군이 한눈에 들어온다. 지산동 고분군이다. 김해 금관가야의 대성동 고분군, 함안 아라가야의 말이산 고분군, 창녕 비화(비사벌)가야의 교동 고분군들도 나름 장대하지만, 지산동 고분군의 규모에는 따라오지 못한다. 왕릉전시관 뒤로 연결된 능선을 따라 걸어 올라가 주산성을 중심으로 700여 개의 크고 작은 고분古墳들이 줄을 이어 늘어선 모습은 장대하다 못해 비현실적으로 느껴진다. 실제로 대가야의 흔적은 이렇게 장대하게 남았건만, 대가야에 대한 역사적 기록은 어디에도 남아 있지 않다. 단지 후대에 나온 『삼국사기』나 『삼국유사』, 중국의 『삼국지 위지 동이전』이나 의문투성

어탕용 생선

비린내 제거용 재료

다시백에 재료 넣고 끓일 준비

생선 살 체에 거르기

어탕 함께 끓일 재료

이인『일본서기』등에 단편적으로 나온 기록이 전부일 뿐, 미지의 왕국이다. 고분의 발굴은 아직도 진행 중이다. 경주 남산이 '불교의 성역지'라면, 고령의 주산은 대가야의 왕족들 무덤이 집결된 최대의 '고분 성역지'라 하겠다. 앞으로 700개가 넘는 거대하고 장엄한 고분군이 완벽하게 원래의 모습을 드러낸다면, 세계문화유산으로 등재되는 날도 오지 않을까. 그렇지만 한편으로 쓸쓸한 느낌을 지울 수 없는 마음은 뭘까? 대가야 왕릉전시관은 44호 고분 내부를 실물 크기로 재현해 놓았다. 부여에서 발견된 것 외에, 한강 이남에서는 유일하게 순장 흔적이 발견되는 대가야의 고분들이다. 그중에서 최초의 왕릉으로 밝혀진 73호 고분은 특별전까지 했었다. 이 두 고분의 가장 참혹한 공통점은 많은 이들을 함께 순장殉葬했다는 사실이다. 8세 정도로 추측되는 여아女兒부터 총애했던 여인들, 심지어 계층별로 삶에 필요한 사람들을 산 채로 죽음의 세계로 모두 데리고 갔다니 이런 경악할 사상과 가치관을 어찌 이해해야 할지.

가야의 저력을 가장 극명하게 보여주는, 독자적인 미감을 가진 가야의 토기들, 섬세한 아름다움을 가진 금제 부장품, 한반도에서 철기문화를 왕성하게 꽃 피웠던 철의 제국이 만들어낸 온갖 철제 무기와 생활품들은 순장과는 또 다른 놀라움을 안겨준다. 고구려의 강인함, 백제의 우아함, 신라의 화려함에 비해 나름 간결하면서도 세련된 전아典雅함의 문화를 이루었건만, 거대한 문명의 꽃을 피우며 최후의 제국으로 남지 못하고 역사의 변두리로 사라지고만, 장엄하고 쓸쓸한 미완의 제국 대가야의 흔적들을 따라가다 보면, 죽음의 의미에 대해 깊이 있는 성찰을 하게 된다.

한살이를 마친 생명들이 모두 다 원래의 자리로 돌아가는 계절~! 의연하게 선 나무가 우리에게 깨우쳐 주는 진리는, 빈 가지에서 생명들이 자라나 무성한 숲을 이루었다가 늦가을이면 원래의 자리로 돌아간다는 것이다. 대가야의 통치자들만

된장 풀어 비린내 잡기

재료 넣고 푹 끓이기

대파, 청양고추 넣고 간 맞추기

어탕에 국수 끓이기

몰랐던 것 같은 안타까운 진리 너머로, 쓸쓸하고 써늘한 여인의 눈동자가 떠오르는 계절이면 고령의 고분군을 다녀온다. 그리고 나는 전염된 듯한 써늘한 가슴을 데우기 위해, 만들어 둔 어탕에 국수 한 그릇을 끓여 먹고 나면, 다시 일상으로 돌아올 힘이 생긴다. 늦가을의 가슴앓이다.

어탕 재료로 쓴 자잘한 생선들은 장날에 사 왔다. 게 중에 조금 큰 것들 골라서 매운탕을 한번 끓여 먹었고, 남은 잔챙이들로 어탕을 끓여 어탕국수를 만들어 먹었던 과정을 올린다. 잔챙이라도 자연산 민물 생선이라 양식 메기 위주로 어탕을 끓이는 도시의 어탕국수랑은 차원이 다른 맛을 선사한다. 시골 장날에 자연산 민물 생선을 만나게 되면, 과정이 번거로워도 한번 끓여 보기를 권하면서 레시피를 올린다. 어탕 끓이는 일이 너무 번거로우면 추어탕을 끓여, 국수를 넣은 추어국수를 만들어 먹는 것도 비슷한 맛일 거라는 생각이다.

#어탕 국수 만들기

1. 자잘한 민물 생선 30마리 정도, 냄비에 생강, 통후추, 월계수잎을 다시백에 넣고 물 넉넉하게 부어 80분간 푹 삶아준다.

2. 식혀준 다음, 체에 걸러 생선 살만 발라준다.

3. 함께 끓일 재료들(삶은 배추, 죽순, 토란 줄기, 고사리) 준비해 잘게 썰어준다.

4. 국물에 생선 살과 3번 재료를 넣고, 된장 2큰술 체에 걸러 넣고 30분 정도 끓인다.

5. 대파 2대 썰어 넣고, 청양고추 3~4개, 다진 마늘 2큰술, 청주 1큰술, 생강청 2큰술, 약선 간장과 액젓을 절반씩 간을 맞추고 5분 정도 더 끓인다.

6. 국수 2인분 냄비에서 1차로 3분 정도 삶아 건진다.

7. 냄비에 어탕 두 그릇을 덜어내어 끓이다가, 건져둔 국수를 넣고 2~3분 정도 더 끓인다.

8. 면기에 담고 다진 대파와 마늘, 청양고추, 초피가루를 뿌려 먹는다.

보말 칼국수

제주는 아주 오래전 거대한 화산이 폭발하면서 생긴 화산섬이다. 중앙의 제일 큰 분화구가 백록담이고, 주변으로 330개 넘는 아기자기한 기생화산들이 죽 끓듯 끓어오르며 용암들을 분출하고, 엄청나게 긴 시간이 흘렀다. 용암이 흘러내린 길 위로 무성한 숲과 이끼가 자라고, 용암을 분출한 구멍들은 땅속으로 거미줄처럼 연결되어 지금도 찾아내지 못한 동굴들이 무수하게 많은 곳이 신비의 섬 제주다. 보이는 것보다 보이지 않는 곳에 진짜 보물들이 숨어 있는 제주는, 갈 때마다 경이로운 풍경 하나씩은 만나고 오는, 알면 알수록 매력적인 섬이다.

제주의 화가 강요배 선생이 말한다.

"오름에 올라가 본 일이 없는 사람은 제주 풍광의 아름다움을 말할 수 없고, 오름을 모르는 사람은 제주인의 삶을 알지 못한다."

330개가 넘는 제주의 오름들을 모두 나름의 멋과 맛이 있다.

　제주의 언론인이자 산 사나이였던 고故 김종철 선생이 총 3권으로 펴낸『오름 나그네』란 책에는 제주의 모든 오름이 잘 정리되어 있다. 그러나 선생이 돌아가신 다음에야 그 진면목을 세상에 드러낸 오름 중의 으뜸 오름이 바로 '거문오름'이다. 거문오름을 공중에서 보면 전체적인 모습이 말발굽 모양이다 선흘수직동굴에서 분출된 용암이 쏟아져 내린 길이, 용암 협곡을 이루며 남아 울창한 곶자왈을 이루었고, 동굴 아래쪽으로 흘러간 용암들은 제주 섬의 동북쪽 해안으로 빠져나가며 만장굴, 김녕사굴, 용천동굴, 당처굴동굴로 연결되는 세계에서 제일 긴 '거문오름 용암동굴계'를 이루었다.

　거문오름은 한번 다녀와서는 그 진면목을 가늠하기 어렵다. 화산석이라 부르는 끝없는 돌 더미 위로 이끼가 덮이고, 그 돌 더미 사이로 온갖 씨앗이 날아들어 척박한 바위틈에 뿌리를 내리고 살아남아 숲을 이룬 거대한 밀림 같은 거문오름의 원시림은, 찬찬히 보면 정말 눈물이 난다. 거칠고 척박한 환경에서 악착같이 살아남은 제주 사람들의 삶의 모습과 닮았기 때문이다.

　제주 우도에 만들어진 예술 테마파크인 '훈데르트바서 파크'를 만나고 싶었고, 건축에 반영된 훈데르트의 자연주의적 철학이 궁금했다. 자연에는 직선이 없고 곡선만 존재한다고 강조한 훈데르트의 파크로 들어서면, 눈앞에 바로 보이는 경고문이 있다.

"You are a guest of nature. Behave"

공원 내부의 모든 구조는 곡선으로 이어지고, 전시관, 갤러리, 기념품점, 카페의 건물들도 모두 곡선형 구조에 지붕이 양파모형의 동화나라 건축물 같았다. 색감도 알록달록 원색적이라, 스페인의 구엘 공원이 떠올랐다. 리조트에 하룻밤 묵기로 했는데, 내부 장식이나 침대 등의 자재가 모두 자연 친화적이라 편한 느낌이 들었다. 그런데 오스트리아의 건축가이자 화가이며 환경운동가인 훈데르트바서가 이 머나먼 이국의 섬에까지 오게 된 사연이 무엇일까?

우도에 대형 리조트를 설립하려던 한 업체가, 우도 주민들과 환경단체들의 강한 반발에 부딪혀 부지만 구해둔 채, 공사를 하지 못하는 상황에 빠졌다. 업체 대표는 고민을 거듭한 끝에 생태환경을 살리면서, 자연과 조화를 이루는 리조트를 건립하는 방법을 훈데르트바서에게서 찾았다. 그래서 오스트리아 '훈데르트바서 재단'의 허가를 받아, 우도에 파크와 리조트를 건립하게 된 것이다.

제주 우도에 또 하나의 명물 테마파크가 생긴 것이 관광지로서는 좋은 일이지만, 제주의 토속적인 전통을 자꾸 퇴색되게 하는 느낌은 떨칠 수 없었다. 전통을 지키는 것만이 능사가 아니지만, 너무 동떨어진 문화가 한 지역을 잠식해 가는 것도 뭔가 불편한 문화적 충돌을 느끼게 한다. 훈데르트바서의 테마파크에서 느낀 복잡한 마음은 거문오름을 오르면서 모두 정리가 되었고, 거문오름의 원시적 생명력은 앞으로도 영원히 제주의 영적 에너지가 되리라는 확신이 들었다.

거문오름 입구에 '오름나그네'라는 유명한 보말 칼국수 전문점이 있다. 두 번의 헛걸음 끝에 이번에는 점심시간보다 일찍 도착해 마침내 그 진한 보말 칼국수의 맛을 보았고, 집에 돌아와서도 초록빛 진국물을 잊을 수가 없어 고둥으로 비슷한 맛을 재현해 보았다. '보말'은 제주 방언으로 바다에서 잡

삶은 고둥 식히기

고둥 삶은 물 식히기

고둥 살과 내장 분리

육수용 재료

고둥 삶은 물에 육수 내기

히는 작은 고둥을 통칭하는 말이다. 제주에서 나오는 보말이 다른 바다에서 잡히는 고둥과 맛이 다르지는 않을 것이란 생각에, 통영에서 잡힌 고둥을 구입해 나름 심혈을 기울여 칼국수를 끓여 보았는데, 오름나그네에서 먹었던 그 진한 국물 맛에는 못 미치는 느낌이었다. 칼국수 전문점이니 뭔가 나름의 노하우가 있겠지만, 전복 내장을 더 갈아 넣은 것은 아닐까, 하는 의문이 스쳐 지나갔다. 그리고 너무 걸쭉한 맛이 싫어 나는 칼국수를 따로 삶아 넣었는데, 오름나그네에선 보말 국물에 칼국수를 바로 삶아 더 걸쭉했던 맛의 차이점이 있었다.

내장 갈아서 준비

육수에 간 내장 합방

#보말 칼국수 만들기

1. 보말 1kg 준비해, 몇 번 씻어 냄비에 담고, 보말이 잠길 만큼 물을 부어 삶는다. (물이 끓기 시작하고 5〜6분)

2. 보말은 건져 식히고, 국물도 찌꺼기 갈앉히며 식힌다.

3. 보말 알맹이를 빼면서 내장과 따로 분리해 담아둔다.

4. 보말 삶은 물, 갈앉힌 윗물만 2L 붓고, 육수 재료를 넣고 낮은 불로 1시간 정도 끓여 진한 육수를 만든다.

칼국수 넣기

5. 내장은 비린내 제거를 위해 참기름에 살짝 볶아준 다음, 물 1컵과 함께 갈아 둔다. (내장에 든 모래알 같은 이물질 때문에 갈앉혀 윗물만 쓴다.)

6. 육수 1ℓ 냄비에 붓고 끓인다.

7. 다른 냄비에 칼국수를 넣고 잠시 끓인다

8. 6번에 5번의 갈앉힌 내장 갈아 둔 물을 윗물만 붓고, 옆에 끓고 있는 칼국수를 건져 넣는다.

칼국수에 넣을 재료들

9. 호박, 대파, 보말을 준비해서, 칼국수가 익어갈 때, 보말이랑 호박을 넣고, 약선 간장과 액젓으로 간을 맞추고, 대파를 넣고 한소끔만 끓인 후 불 끈다.

10. 대접에 담고 국물 넉넉하게 붓고, 가운데 대파와 보말을 모아 올린다.

보말 칼국수 완성

명이 페스토 스파게티

봄날의 꽃 잔치에 여기저기 기웃거리다 돌아오니 집안일이랑 밭일들이 밀렸다. 하나씩 정리하고 처리하면서, 문득 숲에 있는 명이밭이 궁금해서 내려갔더니 세상에나~~ 초록빛 잎사귀들이 알맞게 올라온 모습이 얼마나 이쁘던지 혼자 수다스럽도록 칭찬해 주었다. 주인이 살피지 않아도 알아서 제 할 일들을 하는 생명들이 정말 아름다웠다.

명이는 장아찌도 만들지만 다양하게 요리에 쓸 수 있어 밭 자락에 키워보고 싶었다. 처음엔 종근 50뿌리 구입해 반그늘이 되는 곳에 심었는데, 그게 생각보다 키우기가 까탈스러워 절반 이상이 죽었다. 그다음엔 명이 씨앗을 구입해 울타리 바깥의 숲 그늘에 뿌렸는데, 오히려 기대 이상으로 잘 자랐다. 따로 물을 주지 않아도 숲에서 자연스레 번식했다. 명이로 장아찌도 넣고, 된장무침도 하고, 명이 김치도 담다가, 주말에 아들이 온다기에 스파게티 만들어 주려고 명이를 한 바구니 따 왔다. 초록빛 선명한 명이를 올리브오일과 함께 갈아 페스토를 만들었더니 색감도 향도

특이했다. 요리 재료를 다양한 방법으로 시도해 보는 것도 요리 연구가의 즐거움 중의 하나다. 저절로 나오는 콧노래를 양념으로 섞어 즐겁게 만든 스파게티는, 색도 맛도 특이해서 행복감 두 배였다.

숲 속 명이밭

산골에 사는 즐거움은 커다란 변화에서 오지 않는다. 자다가 문득 눈을 떴을 때, 달빛이 너무 밝아서 잠이 깬 것을 알았을 때는 숄을 걸치고 뜨락으로 나서지 않을 수가 없다. 가끔 귀하게 유성비가 쏟아지는 밤이 있다. 그럴 때는 일찌감치 저녁을 먹고, 데크 위에 자리를 깔고 눕는다. 계속 하늘을 쳐다보면 목이 아프니 아예 하늘을 향해 눕는 것이 편하다. 비가 오고 안개가 흐르면 분위기가 있어 좋고, 맑은 날씨는 또 하늘이 쾌청해서 좋다. 폭설이 오면 산골에 며칠 갇혀 있는 고립도 좋고, 강풍이 불면 묵은 나뭇가지들이 자동으로 정리가 되어 좋다. 매사 내 마음대로 되지 않는 모든 것들은 그냥 그대로 받아들이면 편하다. 산골에 와서야 알게 된, 많은 집착들을 하나씩 내려놓는 방법은 자연에서 배운다. 자연이, 자연의 순리가 나의 큰 스승이다.

명이 100g 준비

오늘도 숲에서 명이 잎을 따며, 자연이 주는 선물이 너무 아름다워 감동했다. 곧 두릅이 싹을 틔우고, 향기로운 엄나무 순이 달리고, 봄나물들이 다투어 잎을 밀어 올릴 것이다. 나는 바구니를 들고 산으로 들로, 밭으로, 숲으로, 봄이 주는 선물을 받기 위해 부지런히 움직여야 하는 즐거운 기다림이 있다. 봄나물을 모아 떡을 만들고, 봄의 새순들을 모아 식초를 만들고, 조청을 만들고, 약이 되는 음식들의 재료를 만든다. 자연이 내어주는 아낌없는 잔치에 나는 부지런히 참석해서 필요한 만큼씩 가져오면 되는 것이다. 그러니 나는 얼마나 선택받은 사람이며, 얼마나 행복한 사람인가~! 매 순간 감사할 뿐이다.

페스토 재료

견과류 수분 날리기

마늘과 청양고추

명이 페스토

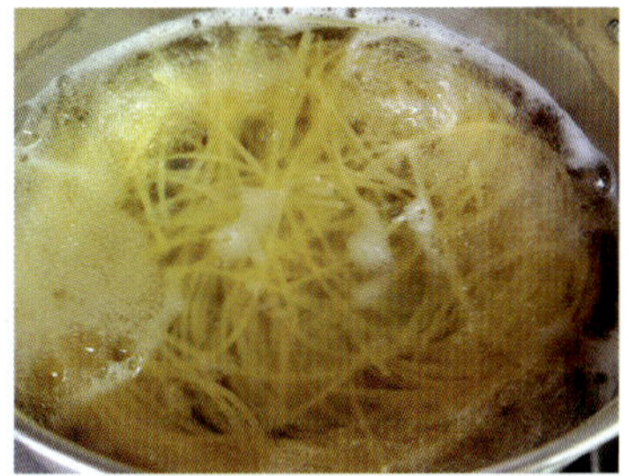

스파게티 면 삶기

마늘 기름 위에 페스토 넣기

스파게티에 면수 넣기

파마산 치즈 뿌리기

#명이 페스토 스파게티 만들기

1. 명이 100g 깨끗이 씻어 건진다.

2. 견과류 40g(잣과 캐슈넛), 파마산 치즈 40g, 올리브오일 150ml 준비한다.

3. 견과류는 스텐 프라이팬에 수분 날리고 노릇하게 볶아준다.

4. 명이를 1cm 간격으로 잘라 믹서기에 견과류와 함께 넣는다.

5. 토판염 1작은술, 후추 1작은술과 함께 넣고, 올리브오일을 몇 번에 나눠 부어가며 갈아(너무 곱게 갈지 않아도 된다) 명이 페스토 완성해 둔다.

6. 마늘 6쪽 편썰기, 청양고추 2개 총총 썰어둔다.

7. 냄비에 스파게티 면을 넣고 삶아준다(8~10분 정도)

8. 궁중팬에 올리브오일 넉넉히 두르고, 청양고추부터 볶아 고추기름을 낸 다음, 고추는 모두 건져내고, 마늘을 넣어 노릇하게 볶는다.

9. 명이 페스토를 넣고 함께 골고루 잘 섞이게 볶아준다.

10. 삶아진 스파게티를 넣고, 면수 1국자를 넣고 잘 섞어준 다음, 파마산 치즈를 솔솔 뿌려주면 완성이다.

11. 커다란 스파게티 접시에 명이잎을 가장자리에 나란히 깔고, 스파게티를 포크로 돌돌 말아 가운데 올려주고, 수선화 몇 송이로 장식한다.

완두콩 국수

이웃에서 완두콩을 수확했다고 조금 건네준다. 완두콩은 색이 고와서 수프를 만들거나 콩국수를 하면 연둣빛 색감에 기분까지 좋아지지만, 특유의 향이 있어 호불호가 갈리는 식재료다. 사찰 요리에서는 영양식 재료로 계절에 맞게 잘 활용하는 편이고, 세계적으로도 완두콩 요리는 다양하게 발달 되어있다.

미국에서는 완두콩 넣은 베이컨 볶음이나 완두콩 수프가 가정식으로 흔히 먹는 메뉴이고, 이탈리아에서도 돼지고기에 완두콩을 넣고 볶은 반찬이 전통 음식으로 내려온다. 영국은 소시지와 완두콩 그리고 감자를 넣고 오래도록 끓인 퓌레를 만들어 피시앤칩스 소스로 먹는다. 스페인 카탈루냐 지방에서는 완두콩 소스를 곁들인 요리가 지역 음식으로 유명하다. 독일에서는 특이하게도 완두콩을 말려두었다가, 양파, 당근, 셀러리를 넣고 푹 삶아서, 다시 믹서기로 갈아 수프를 만들어 먹는다. 그러니 완두콩은 세계인의 일상적 요리에 깊이 스며들어 있는 재료인 셈이다.

꼬투리 제거한 완두콩

완두콩 삶기

믹서기 갈아주기

국수 삶기

한국에서는 완두콩뿐 아니라, 다양한 콩들이 많아 각자 취향대로 입맛대로 콩을 먹을 수 있으니, 그렇게 완두콩이 일상적인 요리가 되지는 못했다. 나는 개인적으로 완두콩이 나오는 계절에 지퍼백에 담아 냉동실에 저장했다가, 연잎밥을 만들 때나, 짜장면 만들 때는 색감 내는 용으로 쓴다. 가끔 콩국수를 만들거나 치과 치료 시기에는 수프도 만들어 먹는다. 한번씩 별미로 먹는 정도이지 날마다 먹고 싶을 만큼 그렇게 끌리는 맛은 아니다. 봄날, 신록 우거진 숲을 연상시키는 완두콩 국수를 만들어, 한창 고혹적인 붉은 장미를 한 송이 따다 콩국수 위에 올려 눈으로 먼저 먹었다. 장미 향도 함께~~

#완두콩 국수 만들기

1. 완두콩 2컵, 물 5컵, 토판염 1/2큰술 넣고 10분 삶는다.

2. 뚜껑 열어 한 김 나간 뒤에, 콩물과 함께 갈아 둔다.

3. 국수 중면으로 삶아, 찬물에 3번 정도 헹궈 건진다.

4. 1인분 돌돌 말아 접시에 담고, 완두콩물을 듬뿍 부어준다.

5. 오이채 올리고, 흑임자 뿌리고, 장미 한 송이 올린다.

접시에 국수 담기

완두콩물 붓기

고명 올리기

막국수

강원도 여행은 숨은 비경과 토속 맛집을 찾아가는 재미가 으뜸이다. 최고의 풍경을 눈앞에 두고 강원도 토속 음식을 먹노라면, 세상에 부러운 것이 없는 여행자가 된다. 정선의 비경인 화암 8경을 따라나선 길은, 아름답다 못해 처연해지기까지 했다. 화암 약수터에서 약수 한 바가지로 목을 축이고, 화암 7경 몰운대로 올라 아득한 벼랑 위에서 사방을 내려다보면 그야말로 진경산수화가 펼쳐진다. 척박한 산골 땅에서 먹고 살기가 힘겨워 불렀던 정선아리랑은, 이제 한스러움을 품은 가장 멋들어진 민요가 되어 사람들의 가슴을 타고 흘러간다.

우리나라 5대 적멸보궁 중에서도 가장 정갈한 아름다움이 있는 정암사에 들러 수마노탑과 적멸보궁을 참배하고, 정암사 뒤쪽 산길을 올라가면 천상의 화원 만항재에 도착한다. 숲에 숨어있는 다양한 야생화들을 만나고, 운탄고도를 따라 걷다가 허기가 지면, 21첩 반상이 나오는 곤드레나물밥 원조식당에 들러 짭짤한 된장과 함께 비벼 먹는 나물비빔밥을 먹어야 한다.

사과, 양파 갈기

양념장 만들기

막국수 준비

곁들일 채소 준비

막국수 삶아 담기

후식으로 연결되는 여정은 드라마 〈식객〉의 촬영지였던 운암정 한옥 베이커리 카페다. 드넓은 정원을 바라보며 한옥의 방 한 칸을 차지하고 마시는 차의 운치는, 비 내리는 날이면 최고의 분위기를 피워올린다.

정선에 가면 정선 장을 빼놓을 수 없다. 장날은 부산 오시게 장과 영천 장날과 같아 기억하기가 좋다. 장날에 맞추어 가면, 남녘에서는 만나지 못하는 약초와 나물들을 살 수 있고, 무엇보다도 강원도에서만 맛볼 수 있는 음식들을 제대로 먹어볼 생각으로 장터의 구석구석을 기웃거려보는 즐거움이 있다. 모둠전과 콧등치기 국수와 감자 막걸리로 배를 불리고, 수리취 떡메치기에 도전해 떡 한 덩이 고물에 굴려 얻어 나오는 소소한 재미는, 나이와는 관계없는 추억 놀이다.

춘천의 소양강댐에서 배를 타고 20분쯤 올라가면 청평사 올라가는 길목에 내려준다. 배로만 접근이 가능한 청평사는 그야말로 호젓하게 산길을 걸을 수 있어 좋고, 보물로 지정된 독특한 회전문이 있어 한번은 다녀올 만한 사찰이다. 다시 소양강 선착장으로 돌아오면 다음 코스는 자동으로 유명한 춘천 막국숫집이 된다. 춘천에 가면 꼭 먹어야 하는 것이 막국수와 닭갈비인데, 3대째 가문의 비법으로 막국수를 만든다는 '샘터 막국수'에 가면 원조 막국수의 맛을 볼 수 있다. 메밀의 함량이 높을수록 면은 찰기가 없어 푸석하니 잘 끊어지기에 숟가락으로 떠먹어야 하는데, 쫀득한 면에 익숙한 우리 입맛에는 금방 친숙한 맛이 아니지만, 구수하고 거친 식감을 즐기며 먹었다. 메밀은 척박한 땅에서도 잘 자라는 구황작물이라 감자와 함께 예전부터 화전민들의 주식이었다. 같은 강원도라도 양양 쪽으로 가면, 메밀에 전분을 섞어 쫀득한 메밀면을 먹을 수 있는데, 나는 개인적으로 쫀득한 메밀면을 좋아한다.

'메밀'을 이야기하면 빼놓을 수 없는 곳이 또한 평창의 봉평이다. '메밀꽃 필 무렵'의 배경이 된 봉평은 그야말로 작가 '이효석' 덕분에 먹고 사는 고장 같았다. 한때는 메밀꽃을 보

채소와 비트 단무지 올리기

김, 계란, 양념장 올리기

동치미 육수 준비

막국수

려고 봉평까지 간 적도 있었지만, 지금은 보현골에서도 메밀 꽃밭을 볼 수 있으니, 그런 열정은 시들었다. 아이들 어린 시절에는 그래도 메밀꽃밭과 이효석 문학관을 둘러보고, 메밀면 먹고 돌아오는 여정이 괜찮았고, 지금은 달빛나귀 전망대를 포함한 효석달빛언덕이란 테마파크도 생겨 하루쯤 나들이하기에 좋은 곳이다.

한여름 삼복더위 사이엔 새벽에 밭에 내려가 오전까지만 일하고, 낮에는 집안일하며 쉰다. 집안에서도 너무 더운 날은, 시원한 냉면이나 막국수 한 그릇이 생각난다. 겨울 끝자락에 동치미 항아리를 정리하면서 얼려둔 동치미 국물을 녹이고, 시판 막국수를 삶아, 춘천의 막국수 비슷한 맛을 흉내낸다.

#막국수 만들기

1. 소스(사과 1/2개, 양파 1/4개, 사과청 1/2컵 갈아서, 고춧가루 2큰술, 고추장 2큰술, 다진 마늘 1큰술, 원당 2큰술, 조청 1큰술, 야생화식초 1/2컵, 표고맛간장 2큰술)부터 만들어 숙성시켜두면 더 깊은 맛이 난다. (며칠 전 미리)
2. 시판 막국수 2인분 준비한다.
3. 끓는 물에 막국수를 넣고 90초 정도 삶아, 헹궈 건진다.
4. 오이, 상추, 깻잎 등 곁들일 채소를 준비한다.
5. 삶은 계란과 김가루도 준비한다.
6. 대접에 건져둔 막국수 1인분 담고, 채소와 계란, 김, 양념장을 끼얹는다.
7. 녹여둔 동치미 육수를 곁들여 비비고, 연겨자, 참기름은 취향대로 넣는다.

도토리묵 국수

이른 가을날, 친정엄마는 산소 가는 길에서 도토리를 주워 묵을 잘 만드셨다. 외할머니께 배운 솜씨겠지만, 방앗간에서 갈아온 도토리를 자루에 넣고 치대어 앙금 걸러내는 힘든 작업을 잘도 하셨다. 나는 곁에서 몇 번 거들어주는 시늉만 하다가 엄마가 만들어내는 찰랑찰랑 맛있는 도토리묵의 맛에 빠져서 염치도 없이 자꾸만 먹었다. 엄마가 도토리를 주워 올 수 없게 되면서, 나는 제법 긴 세월 동안 도토리묵을 잊고 살았다. 그런데 산골로 들어오니 동네 할머니들이 묵을 자주 만들어 드셨다. 세상이 좋아져 요즘은 도토리 가루를 사다 묵을 쉽게 만들 수 있다. 할머니들이 나눠준 도토리 가루로 처음 묵을 만들었을 때, 묵을 자르기도 전에 흐물흐물 흩어져 버렸다. 도토리 가루를 물에 풀어 죽처럼 쑤어졌을 때, 뭉근하게 오래도록 뜸을 들여야 하는데, 그 과정을 몰라 끓어오를 때 그만 불을 끄고 식히는 용기에 담아버린 까닭이다.

옆지기는 올빼미족이다. 날마다 밤늦게까지 있다가 거의 자정을 넘겨야 잠자리에 드는 까닭

에, 저녁을 먹고도 항상 늦은 밤에 뭔가를 먹는 습성이 있다. 그래서 나이 먹을수록 자꾸 배만 볼록해지는 보기 싫은 체형이 되었다. 밤늦은 간식은 먹지 말라고 해도, 배가 고프면 잠이 안 온다고 꼭 뭔가를 먹어야 잠자리에 드는 옆지기를 위해 준비해 두는 음식이 묵이다.

청포묵이나 도토리묵, 메밀묵은 대체로 저칼로리 식품이라 일종의 다이어트 효과가 있다. 포만감은 주지만 살이 찌지 않는 장점이 있어, 늦은 밤에 먹어도 크게 부담이 없다. 스페인 이베리아반도의 이베리코 돼지가 세상에서 가장 품질 좋은 돼지고기인 까닭은 숲속에 자연 방사로 도토리를 먹여 키우기 때문이다. 그러니 도토리는 사람뿐만 아니라, 동물에게도 건강한 식량이 된다.

도토리 가루로 묵을 쑬 때, 가장 중요한 부분이 충분히 뜸을 들이는 것이다. 도토리 가루를 물에 풀어, 물과 가루가 잘 어우러지면 불에 올려 끓이기 시작하는데, 전분이 가라앉지 않게 계속 저어야 한다. 그런데 완성할 때까지 한 방향으로만 저어주는 것이, 두 번째 중요한 부분이다. 도토리 전분은 끓이기 시작하면 물을 흡수하며 부풀어 오르는데, 이 과정에서 분자들이 거대한 그물망을 형성해 묵의 탄력성을 만들게 된다. 양방향으로 저어버리면 이 연결이 끊어져 묵의 탄력성이 확실히 떨어진다.

#도토리묵 국수 만들기

1. 도토리 가루 1컵에 물 5컵, 토판염 1작은술을 넣고 충분히 잘 저어준 후에 불에 올린다.

2. 낮은 불로 시작해, 계속 한 방향으로 저어준다.

3. 끓기 시작하면, 불을 아주 낮추고 뚜껑 덮어 2~3분 정도 뜸을 들이는데, 가끔 저어서 공기를 빼준다.

4. 3~4차까지 뜸을 들여, 색감이 완전히 갈색이 되도록 만든다.

5. 들기름 1큰술 넣고, 재빨리 저어 거품을 빼준 다음, 준비한 그릇

낮은 불로 묵 쑤기

끓기 시작하는 모습

뚜껑 덮어 4차까지 뜸들이기

들기름 넣기

그릇에 부어 식히기

묵칼로 자르기

도토리묵 국수

에 부어 식힌다. (식힘 그릇은 유리나 스텐 용기가 좋다.)

6. 묵 국수에 부을 육수를 준비한다. (맛국물에 간을 맞추면 된다.)

7. 볶은 김치, 채 썬 오이, 김자반, 쑥갓, 삶은 달걀 등 고명을 준비한다.

8. 완전히 식어, 굳어진 묵을 묵칼로 보기 좋게 자른다.

9. 대접에 자른 묵을 담고, 육수를 붓고, 고명을 올리고, 양념장을 올린다. (여름철이면 고추장물 만들어 둔 것을 올려도 좋다.)

VII
전채요리, 후식

　여기에 올린 요리들은 전채요리도 될 수 있고, 더러는 간식이나 후식이 될 수도 있는 것들이다. 한국 사람들은 대부분 식사 후에 과일과 차를 마시는 습관이 있는데, 과일은 반드시 전채요리로 먹어야 건강에 도움이 된다고 많은 학자와 의사들이 얘기한다. 그리고 차는 식사를 마치고 한 시간 이상 지난 다음에 마시라고 한다. 검증된 이야기들은 귀담아들을 필요가 있다.

　죽이나 수프 종류는 양을 조금만 담으면 전채요리로 적당하다. 전이나 샌드위치, 그라탱 등은 간식이나 간단한 식사로 좋은 것이고, 달짝한 맛이 나는 것은 후식으로 먹기를 추천한다. 재료가 대체로 좀 특이한 것들이고, 하나로 이름 붙이기 어려운 것을 모았으니 참고해서 활용하시기를 권한다.

밤 찹쌀 푸딩

입동 무렵이 지나면, 해가 점점 짧아지고 가을걷이도 거의 끝난 상태라 하루 세 끼를 챙겨 먹기엔 부담스럽다. 이럴 때 간단하게 한 끼를 해결하는 음식으로 요긴한 것이 '밤 찹쌀 푸딩'이다.

보현골에는 밤나무가 지천이다. 늦은 봄날 밤꽃이 피는 시기가 되면 앞산도 뒷산도 온통 밤꽃으로 산빛이 노랗게 물든다. 일조량이 적은 산골에서 살던 분들이, 부족한 먹거리를 보충하기 위해 구황작물로 밤나무를 많이 심었던 것 같다. 지금은 밤나무 주인들이 많이 돌아가셔서, 산자락에 그냥 방치되어 스스로 꽃을 피우고 열매를 맺는 밤나무들이 많다. 그래서 가을이 되면 올밤부터 시작해, 마음만 먹으면 밤을 마음껏 주워 올 수 있는 소소한 풍족함도 누린다. 밤은 구워 먹어도 맛있고, 쪄먹어도 맛있지만, 나는 가을부터 겨우내 밤밥을 즐겨 해 먹는다. 한 번에 많이 섭취하는 것보다, 밥에 밤을 올려 매일 적정량을 먹는 것이 건강에도 도움이 되기 때문이다. 밤은 많은 영양분이 골고루 들어 일종의 완전식품에 속한다. 철분과 마그네슘이 많아 우선 빈혈 예방에

밤 5개 삶아 속 파기

우유 2컵 준비

찹쌀가루와 단호박

찹쌀가루와 단호박 넣고 우유 붓기

5분간 중불로 끓이다 밤 넣어주기

좋아, 항상 빈혈 기운이 있는 내게 딱 맞다. 식이섬유와 탄닌이 들어있어 장 건강에도 좋고, 비타민 C, E가 면역력을 강화하고, 칼슘과 인이 함유되어 뼈 건강에도 좋으니 자주 먹어야 하는 것은 분명하다.

나는 젊은 시절부터 유난히 그릇과 이불에 욕심이 많았다. 단칸방에 신혼살림을 시작해 놓고도 계절별로 이불을 갖추어 두고 혼자 즐거워했고, 개미처럼 모아 작은 아파트를 장만하면서부터는 그릇장이 넘치도록 그릇을 사들이고, 새로운 소재의 고운 이불을 보면 그냥 돌아오지를 못했다. 산골로 이사 오면서 아마도, 두 트럭 분량의 쓰지 않는 짐들을 버렸지 싶다. 그리고 이제 나이 먹어가면서 주변을 자꾸 돌아보게 된다. 내가 좋아서 모아둔 것들이, 내가 이 세상에 없어지면 쓰레기가 된다는 사실을 자각하면서, 그릇과 이불에 대한 욕심을 조금씩 내려놓았다. 그런데 크리스마스가 다가오던 몇 해 전 연말에 친구가 산타클로스처럼 한 차 분량의 그릇과 찻잔과 다구들을 싣고 왔다. 수제 도자기 가게를 접으면서, 남은 그릇들을 몽땅 내게 주려고 가져온 것이다. 나는 횡재를 만난 것 같았다. 아기자기 이쁜 그릇들도 많았고, 일일이 수작업으로 공들여 만든 특이한 컵들과 찻잔, 면기와 접시들이 나를 황홀하게 만들었다. 메주를 만들다 나온 길이라 제대로 인사도 못 한 채 친구를 돌려보내고, 나는 그릇 하나하나를 모두 쓰다듬고 닦아, 요리 공방 그릇장에 넣으면서 함께 오래도록 같이 살자고 인사를 건넸다.

친구가 가져온 이색적인 컵에 푸딩 1인분이 딱 알맞게 담겼다. 색감이 잘 어울려 푸딩이 고급 음식처럼 느껴졌다. 그릇마다 알맞은 음식들을 담아주고, 모든 그릇이 제 할 일 다하며 빛나도록 만들어야지. 부드럽고 달짝해 저절로 후루룩 넘어간다. 회복기 환자들이나, 시험을 앞둔 수험생들에게도 아주 좋은 영양식으로 권하고 싶다. 나는 우유를 마시면 설사를 하는 사람인데 끓여서 그런지 이건 괜찮았다.

남은 우유 붓기

소금, 꿀로 간 맞추기

밤 찹쌀 푸딩 완성

밤 찹쌀 푸딩

#밤 찹쌀 푸딩 만들기

1. 밤 1인분에 2~3알 준비해(2인분 5알) 15분 삶아 식힌다.

2. 우유 2컵, 찹쌀가루 1컵, 단호박 60g 잘게 잘라 준비한다.

3. 삶은 밤은 속을 파낸다

4. 냄비에 찹쌀가루와 단호박을 넣고, 우유1/5만 남기고 부어, 죽 쑤듯이 끓이기 시작한다.

5. 중불로 5분 정도 끓이면 뭉클거리며 뭉치는데, 이때 파둔 밤을 넣고, 남은 우유를 넣고, 다시 5분간 저어주며 끓인다.

6. 소금 1/2작은술, 꿀 2큰술 넣고 한소끔만 끓이면 완성.

7. 담기 적당한 용기에 나눠 담고, 대추말이와 흑임자로 고명을 올린다.

녹두 스프 '달'

    네팔 사람들은 평소에 '달밧'이란 전통식 밥을 먹는다. 접시 하나에 밥과 반찬을 담고, '달'이란 녹두 수프를 밥에 비벼 손으로 먹는다. 가난한 집에서는 밥(밧)과 녹두 수프(달)로만 식사하지만, 조금 여유가 있으면 생선이나 육고기를 구워 채소와 함께 접시에 담아 먹는다. 네팔 여행 중에 네팔 전통식 식사를 한다고 해서 나는 내심 기대를 조금 했는데, 너무 단순한 한 접시의 식사에 살짝 실망했다. 항상 느끼는 마음이지만, 한국만큼 다양한 음식을 식탁에 차려놓고 먹는 나라가 잘 없다는 것~!

    보성 대원사에 차꽃이 핀다고 스님의 연락이 왔다. 9월 말경이 되면 차나무에 하얀 차꽃이 다소곳하게 피기 시작하는데, 향기가 말할 수 없이 그윽하다. 이웃에 사는 꽃차 선생이 차꽃으로 꽃차를 만들고 싶은데, 재배하는 차나무엔 모두 살충제를 치는 까닭에 꽃차를 만들지 못한다고 아쉬워했다. 대원사는 보성 녹차의 시배지로 백제 시대부터 차나무가 자생했다는 기록이 내려오는

고찰이다. 극락전 뒤편으로 고차수古茶樹 군락지가 있어 100
년 이상씩 묵은 차나무가 군집을 이루며 자생하고 있는데 규
모가 엄청나다. 자생을 원칙으로 하니 당연히 비료를 주거나,
살충제를 치지 않고 자연 상태를 유지하며 살아있다. 꽃차를
만들기에 이만한 조건이 없지 싶어, 미리 스님께 연락드렸더
니 딱 알맞은 시기에 차꽃 따러 오라고 연락이 온 것이다. 차
꽃도 따고, 가는 길엔 하동 북천면에서 열리는 코스모스와 메
밀꽃 축제를 보고, 오는 길에는 정읍 구절초 테마파크에 들러
산을 뒤덮는 구절초를 구경하고 오자고 나섰다. 길을 나서면
여유롭게 둘러보고 다니고 싶어, 2박 3일 템플스테이를 신청
해 들어갔다. 차꽃을 따서 돌아와 꽃차 작업을 하려면, 아무
래도 돌아오는 날 새벽에 꽃을 채취해야 할 것 같아, 그리 시
간을 맞춰 두었다. 차꽃은 쉽게 눈에 뜨이지 않는다. 찻잎 아
래 숨어서 다소곳하게 피기 때문에 나무 사이를 비집고 자세
하게 보아야 한다. 피는 시기도 9월 말경부터 시작해 시나브
로 겨울이 되도록 핀다. 그래서 차꽃 채취는 대규모 군락지가
아니면 정말 어려운 경험이다.

　새벽 예불을 마치고, 잠시 숙소로 돌아와 차 한 잔 마시며
여명이 터오는 풍경을 참선하듯 앉아서 맞이했다. 새벽안개
가 자욱하게 산허리를 휘감고 돌아와 차밭 사이로 스며드는
모습은 한 폭의 수묵화 같았다. 이른 아침 공양을 마치자마
자 세 여인은 바구니를 들고 차밭으로 올라갔다. 차나무가 빼
곡히 자라는 곳은 경사도 심해서 발 딛고 서 있기도 힘이 들
었다. 해가 한참 뜨도록 땀을 흘려가며 따도 바구니 두 개를
채 못 채우고 내려왔다. 자연산 찻잎을 채취하는 어려움을 함
께 실감했다. 저렇게 야생 찻잎을 따서 차를 만들면 정말 제
대로 된 차는 가격이 비쌀 수밖에 없겠구나 싶은 마음이 절로
일었다.

　대원사 공양간에는 티베트에서 온 공양주가 있다. 가끔 티
베트식 녹두 수프 '달'을 국처럼 끓이는데, 우리가 돌아오는

녹두 1컵 준비

녹두 40분 끓이기

함께 넣을 다진 채소들

녹두에 채소 넣고 끓이기

버터 넣기

236

날 아침 공양에 '달'을 끓여 주셨다. 녹두로 만든 된장국 비슷한 맛인데, 아주 친숙하고 편안한 맛이라 나는 두 그릇을 가져다 먹으면서 공양주 보살에게 달 만드는 방법을 물었다. 만드는 방법은 아주 쉬웠다. 집에 돌아와서 가끔 부드럽고 속이 편한 '달'이 생각나면, 야크 버터 대신 일반 무염 버터를 넣고 끓여 먹으면서, 대원사의 차밭과 새벽 운무 속에 피었던 차꽃을 떠올린다.

몸살이 나거나 몸이 아플 때, 나는 녹두죽을 끓여 먹는다. 전통적으로 녹두는 해열, 해독 작용이 뛰어나다. 항산화 성분인 비타민 C와 E, 플라보노이드 등이 함유되어 노화 방지와 피부 개선에도 도움이 된다. 피로회복에도 좋고, 칼슘과 마그네슘이 함유되어 뼈 건강에도 좋다. 그러니 아플 때가 아니라도 가끔 녹두 수프 '달'을 끓여 간식으로도 먹고, 전채요리처럼도 먹고, 후식으로도 먹는다. 언제 먹어도 편안하고 구수하고 부드러운 맛이다.

#달 만들기

1. 녹두 1컵을 깨끗이 씻어 물 8컵을 넣고 40분 정도 끓인다.
2. 함께 넣을 재료(호박, 당근, 양파)를 준비해 총총 다진다(이 외에도 감자, 고구마, 양배추, 브로콜리 등을 넣어도 좋다)
3. 40분이 지나면 녹두 알이 으깨어지면서 녹두 전분이 빠져 걸쭉해지는데, 이때 2번의 재료를 넣는다.
4. 5분쯤 끓인 후, 무염버터 50g을 넣는다.
5. 된장 1큰술과 토판염 1작은술로 간을 하고, 한소끔 끓이면 완성이다.

된장으로 간 맞추기

달 완성

차꽃

능이 게살 수프

　　세상 살면서 좋은 사람들을 많이 만났다. 가끔 내가 건넨 작은 마음이, 훨씬 큰 부메랑이 되어 되돌아오고는 했다. 보현골에서는 제법 먼 곳에 사는 분인데, 내가 사는 보현산 자락을 손바닥 보듯 훤하게 아는 분이 있다. 새벽에 와서 한차례 신신령처럼 산을 훑고 지나가면 꼭 어디에 뭐가 나와 있다고 알려주시고는 간다. 그의 아내가 코로나 백신 후유증으로 오래도록 고생 중이라 일상생활이 어렵다는 얘기를 전해 듣고, 김장김치와 함께 반찬을 챙겨 보내 드렸는데, 그게 고마웠던 모양이다. 아들에게도 알려주지 않는다는 능이버섯 구광 자리를 알려주겠다고 오셨다. 만사 제쳐놓고 옆지기와 함께 얼른 따라나섰다. 능이버섯이 나기에는 아직 시기적으로 이른 때라 위치만 파악해 두고 오려고 나선 길에서, 우리는 놀랍게도 산삼 무리를 만났다. 처음에 사행심을 발견한 것은 그분이었고, 주변을 꼼꼼하게 살피다가 우리 부부는 무더기 산삼을 발견했다. 산삼이 어미 산삼을 중심으로 씨앗을 뿌려 가족삼을 이룬 경우였다. 심마니들 따라 심산행을 많이 다닌 옆

"

맛살과 양파

유정란

게살 찢어놓기

양파 채썰기

대파 다져두기

지기도 이런 경우는 처음이라고 놀라워했다. 우리는 매무새를 가다듬고 모두 함께 산을 향해 절을 올렸다. 산할아버지에게 이런 행운을 주셔서 고맙다고 마음을 다해 감사함을 전했다. 가장 좋은 삼 몇 뿌리는 당연히 그분의 아내를 위해 챙겨드렸고, 우리는 가족 수만큼 네 뿌리면 만족하다고 했지만, 기어이 두 뿌리를 더 챙겨주셔서 횡재한 기분으로 돌아왔다. 우리 부부에게 선의의 선물을 준 그분에게 하늘이 내린 행운인 것 같았다.

3주쯤 뒤에 우리 부부는 다시 능이버섯을 만나려고 산을 올랐다. 두 시간 넘게 산을 뒤지고 다녀도 능이버섯 그림자도 못 만났다. 옆지기랑 서로 다른 방향이 맞다고 우기다가, 산 능선으로 올라가는 가파른 경사 길에서 한 무더기의 능이버섯 군락을 만났다. 능이버섯은 대부분 군락을 이루며 자라기에 주변을 충분히 살펴야 한다. 가을 들며 가뭄이 계속되어 크게 자라진 못했지만, 제법 한 배낭 채취한 뒤 어린 것들은 남겨두고, 자리는 잘 다독여 포자가 번식할 수 있게 해두고 돌아왔다. 곧 이어진 추석에 아들들과 버섯전골도 해 먹고, 고기와 함께 구워도 먹고, 죽도 끓여 먹으며, 향이 좋은 능이버섯 잔치를 즐겼다. 추석날은 저녁 늦게까지 세 부자가 과음하더니, 다음 날 아침은 다들 생각이 없다고 하기에 능이버섯 잘게 찢어 넣고 게살과 함께 수프를 끓여 한 그릇씩 부드럽게 먹었다. 호로록 넘어가는 목 넘김도 좋고, 간단하게 한 끼를 해결할 수 있어 더 좋은데, 향도 좋고 영양도 듬뿍, 만족한 간단식이었다.

코스 요리를 내어갈 때는 양을 줄여 전채요리로 쓰면 좋고, 속이 불편하거나 밥 먹기 어중간한 때에 간단한 간식으로도 적당하다. 능이버섯 없으면 표고버섯이나 양송이버섯, 팽이버섯으로 대체해도 좋다.

#능이 게살 수프 만들기

1. (6인분 기준) 랍스터 맛살 6개, 양파 1개, 유정란 3개 준비한다.

2. 맛살은 잘게 찢어두고, 양파는 가늘게 채를 썰어둔다.

3. 대파 2대 다져둔다.

4. 표고버섯 1개 길게 채를 썰고, 능이버섯 하나 잘게 찢어둔다.

5. 전분 2큰술, 물 6큰술 풀어둔다.

6. 유정란은 곱게 풀어둔다.

7. 냄비에 올리브오일 2큰술 넣고, 양파부터 볶아준다.

8. 게살을 넣고 볶다가, 맛국물 1.2L 부어 끓인다.

9. 끓기 시작하면 표고버섯부터 넣고, 맛간장과 액젓으로 간을 맞춘다.

10. 풀어둔 계란을 넣으면서 젓가락으로 바로 저어 뭉치지 않게 한다.

11. 다시 끓어오를 때, 능이버섯을 넣고, 전분물을 둘러준다.

12. 대파를 조금 남기고 넣고, 참기름 2큰술 둘러 마무리한다.'

13. 적당한 그릇에 담고, 남긴 대파 조금과 흑임자를 고명처럼 올린다.

전분물 만들어두기

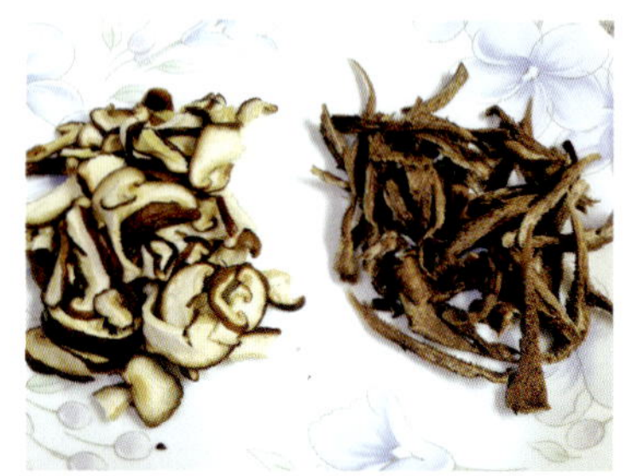

표고와 능이버섯

양파부터 볶기

맛살 볶은 후 맛국물 붓기

능이버섯 넣기

능이버섯

무청 시래기 장떡

　무청 시래기의 매력을 산골에 와서야 알게 되었다. 도시에 살 때, 무청이 달린 무를 살 때는 아예 청을 잘라달라고 해 무만 가져와서 먹었다. 무청 시래기나 배추 우거지로 요리할 줄도 몰랐지만, 어딘지 구차해 보이는 재료 자체가 싫었던 마음이 있었다. 그 깊이 있는 맛을 알기까지는 당연히 시간의 흐름이 필요했을 것이다.

　코로나 시기가 거의 끝나갈 무렵, 3년 만에 삼사순례를 떠났다. 이른 봄날 새벽에 삼사순례를 떠나면서 얼마나 설레었는지 모른다. 3년 전, 봉정암을 다녀온 뒤로 처음 나선 순례길이었으니 말이다. 맨 먼저 도착한 광양의 자그만 사찰은 대웅전을 신축해 거의 마무리 단계에 있었다. 젊은 주지 스님은 우리 스님의 승가대학 후배라고 하셨는데, 동진 출가해서 법랍은 높은 편이었다. 함께 사시 예불하는 동안 염불하는 초성이 어찌나 시원한지 신심이 절로 일었다. 그런데 우렁찬 염불 소리에 장단을 넣어주는 목탁 소리가 영 거슬렸다. 깨어진 소리가 나서 염불에 탄력을 주지 못

하고, 염불 소리를 자꾸 흩어지게 하는 느낌이었다. 불사하느라 비용이 많이 들어간 이유였는지 순례객들이 온다는 연락에도 깨어진 목탁을 바꾸지 못하고 치고 있었던 것이 마음에 걸렸다.

점심 공양은 절에서 준비한 비빔밥에 무청 시래기로 끓인 국을 곁들여 먹었다. 나는 그날, 무청 시래깃국이 그렇게 깊고 구수한 맛을 낸다는 걸 처음 알았다. 국을 조금 더 가져다 먹으면서, 그 오묘한 깊은 맛에 푹 빠졌다. 갈 길이 멀어 다들 서둘러 나오는 시간에, 나는 잠시 틈을 내어 총무 보살을 찾았다. 목탁을 하나 보시하겠다고, 단단하고 소리가 맑은 목탁으로 구입하고 비용을 내게 청구하라고 연락처를 주고는 얼른 버스에 올라탔다. 일주일 뒤에 연락이 왔다. 모양도 예쁘고 소리도 아주 좋은 살구나무 목탁을 샀다고 사진과 함께 소식을 보내왔다. 나는 그 새로 지은 법당에서 울려 퍼질 목탁소리를 떠올리면서 엄청 행복했다. 그리고 스님의 우렁찬 염불과 어우러져 오래도록 그 법당에 울려 퍼지기를 간절히 기도해 주었다.

우리 밭에서 기르는 무는 벌레 잡아가면서 키운 완전 친환경 무라, 무청이 깨끗하지 못하다. 벌레 먹은 흔적도 많고, 화학비료를 주지 않으니 길이도 짧고 모양새도 매끈하지 못하다. 그래도 건강한 맛을 지닌 것이라 좋아하는 분들에게 조금 나눠주고, 겨우내 아껴가며 먹는다. 국이나 찌개의 재료로도 좋지만, 정월대보름 나물에도 볶아서 한 자리 넣어주면, 나름의 특이한 맛을 낸다. 들깻가루를 조금 섞어주면 구수한 맛이 일품이다. 가끔 시래기 돌솥밥을 만들어 간단한 한 끼로도 멋지다. 그리고 정말 맛있는 것이 바로 무청 시래기를 넣고 부친 '장떡'이다. 일 년 동안 불교대학 공부를 함께 했던 도반들을 불러 점심을 대접할 때도, 인도 성지순례를 다녀온 우리 조원들과 뒤풀이할 때도 나는 무청 시래기 장떡을 부쳐 상에

가마솥에 무청 삶기

총총 다진 무청

계란과 장 넣기

우리밀가루 넣기

골고루 섞어주기

올렸다. 항상 인기가 좋은 메뉴였고, 그 맛에 감탄을 아끼지 않았다. 반죽을 만들어두면, 출출할 때 간식으로도 적당하고, 막걸리 안주로는 정말 환상적이다. 고급스런 코스요리에도 자그맣게 부쳐 전채요리로 내어가면 모두 눈을 동그랗게 뜨는 반전의 맛과 매력이 있다. 개인적인 생각이지만, 무청 시래기로 전을 부칠 때는, 소금보다는 된장과 고추장으로 간을 하는 것이 훨씬 궁합이 좋다. 함께 넣는 해물은 재료 있는 대로 1~3가지 정도 넣어주면 맛의 깊이가 달라진다. 장떡은 쉽게 타는 성질이 있으니, 불을 낮춰 천천히 구워주는 것이 중요하다.

무청 시래기는 영양성분 또한 풍부하다. 식이섬유가 많아 장 건강에 좋은 것은 물론이고, 칼슘과 철분 비타민 A,C가 풍부해 뼈 건강에도 좋고, 혈압과 혈당까지 조절해준다. 포만감은 주면서 칼로리는 낮아 다이어트에도 탁월한 식품이다.

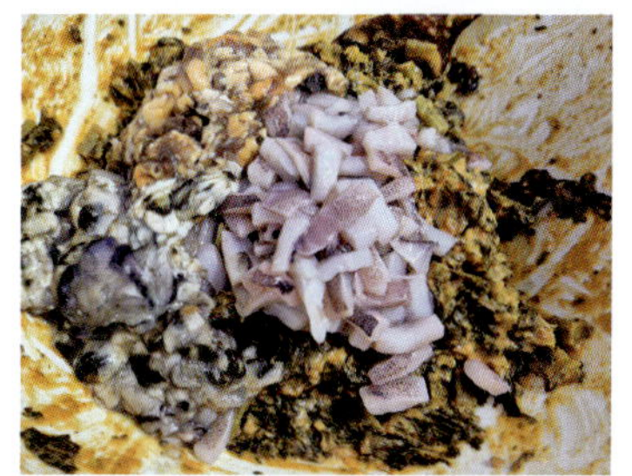

해물 총총 다져 넣기

노릇하게 굽기

무청 시래기 장떡

#무청 시래기 장떡 만들기

1. 무청 시래기를 푹 삶아 충분히 물에 우려낸 다음, 물기 꼭 짜서 450g 준비한다.
2. 총총 썰어서 반죽 그릇에 담는다.
3. 된장 2큰술, 고추장 1큰술, 달걀 2개, 우리밀가루 5큰술 넣고 골고루 잘 섞어준다.
4. 함께 넣을 해물(오징어, 굴, 홍합)들도 모두 총총 다져 넣는다.
5. 프라이팬에 기름을 넉넉히 두르고, 반죽 한 숟가락씩을 올려 낮은 불로 천천히 굽는다.
6. 접시에 가지런히 담아낸다.

왕토란

대만 아리산으로 트레킹 가던 여정이었다. 가오슝 공항에서 내려 컨딩을 둘러보고 아리산으로 가는 중간 지점인 자이까지 갔다. 자이에서 아리산으로 직행버스가 있었고, 자이에서 펀치후까지 열차를 타고 가서 펀치후에서 다시 버스를 타고 아리산으로 가는 방법이 있었다. 우리 일행은 후자를 선택했다. 시간이 좀 더 걸리고, 불편함이 있지만, 해발 1,400m 산악마을 펀치후의 풍경과 벌목공 도시락 맛집을 포기할 수 없었기 때문이다. 새벽부터 서두른 덕분에 오전 11시경에 펀치후에 도착했다. 아리산 해발의 절반쯤 되는 산악마을은 11월 중순인데도 반팔에 바람막이를 걸친 복장이 시원함을 느끼게 했다.

일제 강점기 시대 아리산의 나무들을 벌목해 삼림철도에 싣고 내려오면 점심시간 무렵 펀치후에 도착했다. 그러면 펀치후 일대의 상인들이 도시락을 만들어 기차역으로 팔러 나왔고 거기에서 '벌목공 도시락'이 탄생했다고 한다. 지금 펀치후의 벌목공 도시락은 일종의 관광상품이 되었

필러로 껍질 벗기기

나박썰기

서리태 끓이고 왕토란 넣기

핸드믹서기로 갈고 소금간 후 끓이기

왕토란 영양죽

고, 아리산을 향하는 사람들 대부분은 이 도시락을 먹으러 꼭 들리고는 한다. 우리도 나름 검색해두었던 맛집으로 가서 각자 취향대로 도시락을 주문했다. 도시락을 먹고, 산복사꽃이 화사한 카페에서 유명한 아리산 우롱차도 마시고, 버스 시간이 여유가 있어 마을 뒷산으로 산책을 나섰다.

카페 뒤쪽으로 바로 울울창창한 숲이 연결되었는데, 데크길을 만들어 걷기도 편하게 만들어 두었다. 완만한 경사를 따라 나무들은 하늘이 보이지 않게 자라고 있었는데, 나무 아래

펀치후 숲에 자라던 야생타로

펀치후의 벌목공 도시락

에서 야생타로의 싱싱한 잎사귀들을 무더기로 발견했다. 좀 전에 지나온 가게에서 말린 약재와 나물들 사이에 고구마 크기의 타로(taro)를 보고 왔기에, 정글처럼 숲을 이루고 생명들을 키우는 펀치후의 생태에 감탄을 금치 못했다. 가져올 수만 있다면, 숲에서 캐낸 싱싱하고 건강한 타로를 배낭 가득 넣어오고 싶었다.

한국 예천에서 최초로 타로를 재배한 분이 중국에서 종근을 수입해 심었다고 한다. 중국 남쪽의 아열대 기후에 속하는 곳에서 야생타로가 흔히 발견된다고 하니 기후만 맞으면 재배하기는 비교적 쉬운 작물인 것 같다. 용인에서 타로를 재배하시는 분이 요리재료로 쓰라고 한 상자 보내셨다. 한국에서는 아직 대중적인 요리재료가 아닌 까닭에 홍보용으로 쓰시라고 몇 가지 요리를 만들어 사진을 보내드렸다. 어떤 분야에서든 남보다 앞서 선구적으로 추진하시는 분들은 반드시 위험부담이 따른다. 재배도 잘하고, 판매도 잘해서, 수익. 창출도 좋았으면 하는 마음이다.

대만 여행에서 돌아오니, 옆지기 혼자 무를 수확해 동치미용 무와 김장용 무를 분리해 저장해두었다. 그동안 한국은 기온이 뚝 떨어져 밭에 그대로 두면 무가 다 얼어버릴 상황이었던 모양이다. 미안한 마음에 여독을 풀지도 못하고 서둘러 약선 동치미를 담고, 김장용으로 무를 다듬었다. 날씨도 춥고 기력이 떨어져 나는 왕토란으로 영양죽부터 한 냄비 만들었다. 영양죽 따끈하게 한 그릇을 먹고 조금 쉬었더니 다시 일할 힘이 생겼다. 김장 준비도 하면서 틈틈이 왕토란으로 요리 하나씩을 만들어 맛보는 것도 나름 즐거운 일상이었다.

왕토란에 듬뿍 들어있는 점액질 성분인 '뮤신'은 면역력을 높여주고, 위장을 편하게 만든다. 칼슘과 칼륨, 마그네슘, 철분, 인, 카로틴 등의 영양성분이 풍부하고, 알칼리성 식품이라 몸을 중성화시키는 역할을 해 준다. 노화 예방도 하고 치

왕토란 각지게 썰기

물에 담가 전분 빼기

체에 건져 물기 빼고 키친타올로 닦기

기름에 튀기기

튀김 건지기

시럽 재료 넣기

튀긴 왕토란 시럽 입히기

왕토란 맛탕

채칼로 썬 왕토란 물에 담가 전분 빼기

체에 건져 물기 빼기

매나 파킨슨병도 예방한다니, 저장해두고 자주 먹어야 할 정말 매력적인 식재료다.

#왕토란 영양죽 만들기

1. 물 3ℓ, 서리태 1/2컵 씻어 넣고 먼저 끓인다.
2. 왕토란 필러로 껍질 벗겨, 500g 나박썰기로 자른다. (빨리 익히려고)
3. 30분 정도 끓인 서리태 냄비에 넣어, 다시 30분 끓인다.
4. 찹쌀 1.5컵 씻어 불린다.
5. 왕토란이 물러지도록 익으면(30분 경과), 핸드믹서기를 돌려 갈아준다.
6. 불려둔 찹쌀을 넣고, 20분 정도 저어가며 죽을 쑨다.
7. 토판염으로 간을 하고, 불 끈다.
8. 대접에 담아 대추와 잣으로 장식한다.

#왕토란 맛탕 만들기

1. 왕토란 1/2개 껍질 벗기고, 각이 지게 어슷어슷 썰어, 물에 20분 정도 담가 전분을 빼준다.
2. 체에 건져 물기 뺀 다음, 키친타올에 올려 물기를 완전히 닦는다.
3. 기름 온도 180도에 7~8분 정도 노릇하게 튀겨, 키친타올 위에 건진다.
4. 시럽(원당 2큰술, 꿀 2큰술, 산야초 조청 2큰술)을 바글바글 끓여, 튀겨둔 왕토란을 넣고 골고루 시럽을 입힌다.
5. 접시에 담고 흑임자 뿌려준다.

#왕토란 칩 만들기

1. 왕토란 1/2개 껍질 벗기고, 채칼에 내린다. (육질이 단단하지 않아 쉽게 부서지는 단점이 있다.)
2. 물에 담가 20분 이상 전분을 뺀다
3. 체에 건져 물기 빼고, 키친타올로 눌러 완전히 물기를 제거한다.

기름에 튀기기

왕토란 칩

삶아진 왕토란과 밤

우유 부어주기

4. 기름 온도 180도에 넣고 바싹하게 튀긴다.

5. 건져서 키친타올 위에 올려 기름을 빼고 접시에 담는다.

#왕토란 푸딩 만들기

1. 왕토란 250g, 알밤 5개 준비한다.

2. 왕토란을 밤 크기로 잘라, 냄비에 넣고 물 1컵 부어 8분간 중불로 삶아준다.

3. 재료가 다 익으면, 우유 2컵을 붓고, 핸드믹서기로 갈아준다.

4. 찹쌀가루 1/2컵을 넣어 잘 풀어준 뒤, 저어가며 끓인다.

5. 끓기 시작하고 2~3분 뒤, 토판염 1작은술, 꿀 2큰술을 넣고 간을 한 다음, 1분 정도 더 끓이면 완성.

6. 푸딩 그릇에 담고, 슬라이스 아몬드와 흑임자 올려 장식한다.

왕토란

핸드믹서기로 갈기

찹쌀가루 넣고 소금으로 간하기

왕토란 푸딩

①왕토란 찌기

②속 파내어 보올에 담기

③으깨어 반죽 만들기

#왕토란 호떡 만들기

1. 왕토란 하나를 반으로 잘라 찜기에 넣고 20분간 찐다.

2. 불 끄고 10분간 뜸을 들인 뒤, 속을 파내어 보올에 담고 으깬다.

3. 소금 두 꼬집, 찹쌀가루 1/2컵, 감자전분 1/2컵, 우유 1/2컵 넣고 치대어 반죽을 만든다.

4. 견과류 있는 대로 준비해(아몬드, 땅콩, 캐슈넛) 커트기에 살짝 갈아준다.

5. 모짜렐라 치즈 준비한다.

6. 반죽을 50g씩 나누어둔다.

7. 반죽 하나를 동글하게 빚은 다음, 손가락으로 눌러 구멍을 만들고, 견과류와 치즈를 넣고, 다시 동글하게 빚어, 손바닥으로 눌러 납작하게 만든다.

8. 프라이팬에 기름 넉넉하게 두르고 앞뒤로 노릇하게 구워준다.

9. 접시에 담고, 귤과 소국으로 플레이팅한다.

● 호떡은 왕토란 외에도 단맛이 전혀 없는 고구마를 활용해 만들어도 좋다.

④반죽 50g씩 소분하기

⑤반죽 안에 견과류 넣기

⑥치즈 채우기

⑦호떡 모양 만들기

⑧노릇하게 굽기

⑨왕토란 호떡

#왕토란 팥죽 만들기

1. 팥물 얼려둔 것 1.6ℓ 정도, 미리 해동시켜 둔다.

2. 쌀 1.5컵 불려둔다.

3. 물 2ℓ에 서리태 1컵을 넣고 먼저 30분 끓인다.

4. 왕토란 1개(700g), 껍질 벗기고, 납작하게 썰어준다.

5. 서리태 끓이는 냄비에 넣고 함께 30분 더 끓인다.

6. 핸드믹서기로 갈아주고, 해동시킨 팥물을 부어준다.

7. 새알심 적당하게 빚는다.

8. 팥물이 끓기 시작하면, 불려둔 쌀을 넣고 저어가며 죽을 끓인다.

9. 쌀알이 익어 떠오르면, 새알심을 넣는다.

10. 새알심이 떠오르면 소금간을 하고 불을 끈다.

11. 대접에 담고, 잣으로 장식한다.

● 팥물이 없는 경우에는 팥 1kg 정도를 푹 삶아, 체에 2~3번 걸러 모두 섞어 사용하고 남는 팥물은 얼려두었다가, 필요할 때 쓰면 편하다.

①팥물 해동하기

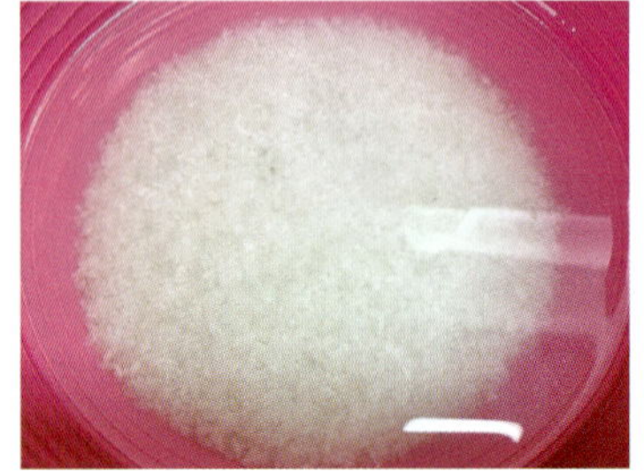

②쌀 불려두기

③왕토란 준비

④서리태 끓는 물에 합방

⑤핸드믹서기로 갈아주기

⑥팥물 넣고 죽 끓이기

⑦새알심 준비

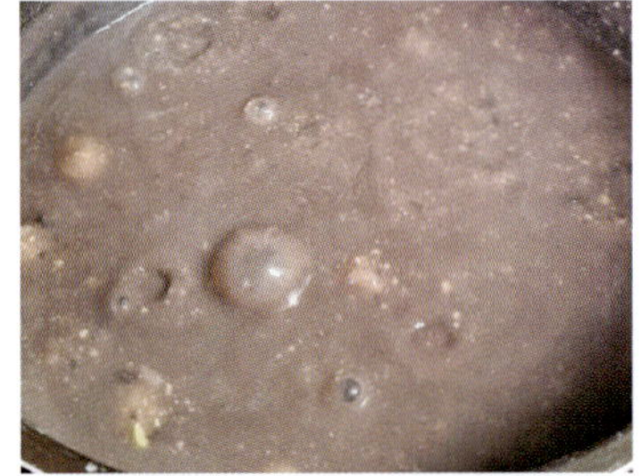

⑧새알심 떠오르면 완성

⑨왕토란 팥죽

배추전

　2월이 되면 정리할 것이 많다. 지난겨울 김장을 마치고 갈무리해 둔 배추와 무를 우선 정리해야 한다. 저온 창고가 없는 우리 집은 배추 열 몇 포기를 신문지에 싸서 지하 발효실 볏짚 사이에 묻어둔다. 겨우내 한 포기씩 꺼내 국도 끓이고, 전도 부치고, 겉절이도 해 먹었는데, 이월을 넘기면 썩기 시작한다.

　무는 이월 중으로 모두 정리가 가능하다. 무김치 거의 다 먹을 때쯤 남은 무를 차례로 가져와 무 김치용으로 큼직하게 자르다, 속이 안 좋은 부분은 따로 분류한다. 무말랭이로 말린 다음, 여러 번 덖어서 무 차도 만들고, 무말랭이는 적당하게 말려 냉동 보관하면 필요할 때 꺼내 쓸 수 있다. 속이 좋은 부분은 모두 무 김치를 담가 봄이 가도록 먹을 수 있고, 무 차는 가을에 무를 수확할 때까지 다른 재료들과 함께 물 끓이는 용도로 좋다. 그리고, 무 몇 개는 남겨서 봄이 되도록 육수용으로 쓰면 요긴하다.

배추는 남은 것을 활용해, 동치미 다 먹은 뒤에 나박김치부터 한 통 담근다. 그리고 여유가 있으면 겉절이 한번 해 먹고, 나머지는 배추전으로 마무리하면 된다.

언젠가 안동을 여행하다 점심때를 놓치고, 배가 고파 노점에서 배추전을 사 먹은 적이 있다. 멀건 반죽에 배추 한 잎 가운데 놓고, 양쪽으로 쪽파 하나씩 늘어놓은 전이 너무 성의 없어 보였지만, 맛은 생각보다 괜찮았다. 반죽의 간이 적절했었던 것과 아마도, 계절이 주는 맛이 아니었을까 싶다.

사실 배추전은 대충 부쳐도 기본 맛은 있다. 그런데 조금 신경을 써서 부치면, 별것 안 들어가도 정말 맛있는 전이 된다. 배추 정리하는 김에 한꺼번에 대량으로 배추전을 부쳐 이웃 할머니들께 도시락을 배달했다. 특별한 것도 없는 배추전 한 도시락에 할머니들 얼굴에 웃음꽃이 활짝 핀다. 시들어가던 배추가 남기는 사랑의 메시지가 가슴을 따스하게 만들어 나도 행복하다.

배추전이라고 다 같은 배추전은 아니다. 반죽에 도토리 가루를 살짝 섞었더니 색감도 살아나고 쫀득한 식감이 일품이다, 배추 위에 삼색의 소소한 고명을 올렸더니 배추전 위에 아름다운 꽃이 피었다. 맛보는 내 입에도 감탄이 나온다.

야~~아~~ 보기 좋은 떡이 확실히 맛도 좋다.

#배추전 만들기

1. 배추를 한 잎씩 떼어내어 깨끗이 씻어 건진다.
2. 배추전에 올릴 삼색 고명(황파프리카, 부추, 수박무) 준비한다. (파프리카는 2cm 길이, 부추는 3cm 길이로 자르고, 수박무는 채 썰어 소금이랑 원당에 살짝 절였다 물기 짜고 준비)
3. 배추는 줄기 부분을 칼등으로 두드려 반듯하게 펴주고, 먹기 좋은 크기로 자른다.
4. 통밀가루 1컵, 도토리 가루 1/3컵, 계란 1개, 토판염 1작은술, 물 1.5컵 붓고 반죽을 만든다.

배춧잎 준비

고명 준비

배추 줄기 두드리기

한 입 크기로 자르기

배춧잎에 밀가루 묻히기

반죽에 적시기

배추전에 고명 올리기

완성된 배추전

5. 잘라놓은 배추를 우리밀가루 살짝 묻힌 다음, 반죽에 적셔, 프라이팬에 올려 굽는다.

6. 밑부분이 살짝 익으면, 삼색고명을 골고루 올리고, 뒤집어준다.

7. 고명 쪽이 살짝 익었다 싶으면 다시 뒤집어 아래쪽이 노릇하도록 굽는다.

8. 접시에 나란히 담고, 방울토마토 몇 개 곁들인다.

무차 만들기

봄나물 참치전

음식의 재료는 뭐든 신선한 제철 재료를 선호하지만, 가끔 사전 연락도 없이 손님이 오거나, 갑자기 안주나 간식을 준비해야 하는 상황이 생길 때, 싱크대 한쪽에 들어있는 참치 통조림을 사용한다. 명절 선물로 제일 싫은 것이 스팸 세트이고 다음이 참치 세트다. 그런데 스팸과 참치가 세트로 들어있는 것도 가끔 온다. 어쨌거나 먹는 음식이라 버릴 수는 없는 일이라 모았다가 시설에 가져다주는 편인데, 주방 수납장 속에 참치캔 몇 개는 남겨둔다.

전문가들의 말에 의하면 참치는 바다 먹이사슬의 최상위 포식자라 수은 함량이 높다고 한다. 그래서 가임 기간의 젊은이들이나 임산부, 아이들은 먹지 말 것을 당부하는 식품이다. 통조림으로 가공하는 경우는 가공 과정에서 발암 물질이 생성될 수 있고, 캔 라이닝에서 환경호르몬이 검출되니 자주 먹지 말라고 경고한다. 그런데 젊은이들이 오히려 편리성 때문에, 참치 통조림을 선호한다. 다른 사람들 이야기할 것도 없다. 혼자 사는 큰아들은 주말에 반찬이 없으면 참치 통조

기름뺀 참치와 다진 재료들 담기

반죽 만들기

깻잎 밀가루 묻혀 반죽 넣기

아랫쪽 먼저 접어 올리기

림 하나를 밥에 비벼 먹는데 최고의 맛이란다. 달마다 반찬을 챙겨 택배를 보내지만, 한 집에서 밥상 차려주는 것만 하겠는가!

봄나물과 함께 전을 부치면서, 봄나물의 항염, 항균, 항암작용으로 참치의 유해성을 조금 감해보자는 마음이 있었다. 봄나물은 자연이 주는 최고의 약이자 치료제인 것을 믿어 의심치 않으니 말이다. 그런데 구워서 먹어보면 맛이 참 좋다. 그래서 다들 불량식품을 좋아하는 모양이다.

#봄나물 참치전 만들기

1. 참치캔을 하나 따서 기름을 빼둔다.

2. 봄나물 몇 가지와 표고버섯 2개 준비한다.

3. 봄나물과 표고버섯은 총총 다져서 보올에 담는다

4. 감자전분 2큰술, 달걀 1개, 함초소금 1/2작은술, 청주 1큰술, 후추 조금 넣고, 기름 뺀 참치를 넣어 골고루 섞어준다.

5. 깻잎 10장 준비해 깨끗이 씻어 건진다.

6. 깻잎 앞뒤로 우리밀가루를 묻히고, 4번 반죽을 한 숟가락씩 가운데 올려, 삼각형으로 접어준다.

7. 달걀 2개, 소금 한 꼬집 넣고 잘 풀어준다.

8. 6번 깻잎 반죽을 하나씩 달걀물에 적셔 노릇하게 굽는다.

9. 접시에 나란히 담아준다.

양 날개 접어주기

계란물에 적셔주기

노릇하게 굽기

255

렌틸콩전

　3월은 날씨가 정말 변덕쟁이다. 새벽 기온이 영하 6도까지 뚝 떨어졌다가, 한낮이 되면 햇살이 따사로워 봄날 같았다가, 오후에는 난데없이 강풍이 불면서 눈발이 날린다. 밤중에 폭설이 내려 아침에 문을 열고 나서면, 막 꽃을 피운 화단의 수선화랑 크로커스들이 눈 속에 파묻혀 얼어있다. 다시 해가 돋아 기온이 푸근해지면, 눈은 빠른 속도로 녹고, 화단의 꽃들은 무슨 일이 있었냐는 듯 화사하게 웃는다. 겨울의 일들을 마무리하고, 봄농사를 준비하는 이런 시기에, 몸은 재빠른 적응이 어려워 한차례 감기몸살을 치르고는 한다.

　며칠 앓고 일어나면, 입맛도 잃고 몸이 나른해 움직이기도 싫어진다. 이럴 때 간단하게 끼니도 때우고, 입맛도 살려주고, 영양적인 보충도 해 주는 것이 봄의 재료들로 전을 부쳐 먹는 것이다. 모둠 봄나물들로 전을 부치면 말할 나위도 없이 상큼하니 좋지만, 바구니 들고 나물 캐러 가는 일도 아직 귀찮은 상황일 때는 렌틸콩을 불려 갈고, 있는 재료를 활용하면 간단하다. 묵은 무김치 양념을 씻어내고 총총 다져 넣고, 보현골에 한창 제철인 밭미나리도 한 줌 다져 넣어 렌팅콩전을 부쳐 먹었다. 전은 항상 부치면서 그 자리에서 먹는 것이 최고의 맛이다. 고소한 맛에 묵은

불린 콩 건져두기

믹서기 간 후 콩가루 섞어주기

무김치 준비

다진 무김치와 미나리 반죽에 넣기

노릇하게 굽기

무김치 씹히는 맛이 그야말로 멋진 추임새다. 아르메니아의 작은 알프스로 불리는 '딜리잔'으로 가는 여정 중에, 아주 작은 시골 마을 '이제반'에서 가정식 점심을 먹은 적이 있었다. 코카서스의 나라들은 대체로 음식이 입에 맞는 편이라 여행하기가 수월했는데, 특히 아르메니아의 음식이 내 입맛에 딱 맞았다. 산골 숲속에 숨은 듯이 앉았던 이제반의 레스토랑은 꼭 외할머니네 온 느낌이었다. 채소들도 하나같이 짜지 않아 좋았고, 곡물 리조또도 구수하니 맛있었지만, 무엇보다 렌틸콩으로 만든 수프가 녹두죽처럼 맛있었다. 거기에 곁들여주던 전통악기 '카농'의 연주는 세상 어떤 만찬도 부럽지 않은 천국의 식사를 만들어 주었다.

렌틸콩은 세계 5대 건강식품에 들어갈 정도로 영양분이 많고 건강한 식생활에 도움을 주는 식재료다. 남미나 중앙아시아의 산골 척박한 토양에서도 잘 자라는 성질 덕분에 비교적 값싼 재료이고, 시기적으로 13,000년 전부터 재배되었다는 전설적인 고대 작물이기도 하다. 한국 식단에서는 잡곡밥이나 카레, 수프에 자주 사용되지만, 채식주의자들에겐 요긴한 단백질 공급원이기도 하다. 녹두와 비슷한 고소한 맛이 있어 전을 부쳤더니 빈대떡 같은 맛이 났다. 녹두에 비해서 가격 또한 착한 편이니, 자주 식탁에 올리기를 추천한다.

#렌틸콩전 만들기

1. 렌틸콩 1컵을 3~4번 씻어준 뒤, 4시간 이상 불린다

2. 믹서기에 물 300ml, 소금 1작은술 넣고 갈아준다.

3. 보올에 붓고, 생콩가루 1/2컵을 섞어준다.

4. 무김치 7~8쪽 꺼내, 양념 씻어내고, 총총 다져 넣는다.

5. 미나리 한 줌 잎을 잘라내고, 줄기만 총총 썰어 넣는다.

6. 골고루 잘 저어 반죽을 만든 다음, 프라이팬에 한 숟가락씩 올려 노릇노릇 굽는다.

7. 접시에 둥글게 담고 가운데 미나리잎이나 애플민트로 장식한다.

산나물 샌드위치

이른 봄, 언 땅을 뚫고 올라오는 산나물은 자연이 주는 '보약'이다. 아무것도 없는 빈 가지에 맨 먼저 내미는 새순은 그 나무가 주는 힘찬 '에너지바'다. 뿌리째 아무리 캐어내도 봄이면 또다시 새잎을 펼쳐 올리는, 냉이며 쑥이며 달래는 그 끈질긴 생명 자체가 우리 몸의 '활력소'다.

봄날엔 시기에 맞춰 차례로 나오는 산나물들 채취하러 다니는 즐거움이 보통이 아니다. 말려서 저장해둔 묵나물은 좋아하지 않기에 대부분 채취할 때 나물로 맛을 보고, 삶아 물기 짜고 냉동실에 차곡차곡 저장했다가, 10여 가지 산나물이 모이면 일차로 쑥과 함께 봄나물 절편을 만들어 먹는다. 그리도 그 뒤로 나는 봄나물들을 차례로 다시 모아 이차는 모둠 봄나물 인절미를 만들어 두고 다음 해 봄까지 아껴 가며 먹는다.

세상 어디에서도 구할 수 없는 절묘한 맛이고, 산나물들이 어우러져 내는 은은한 향은 먹는 내내 감탄을 자아낸다. 아침 먹고 다시 산으로 올라갈 생각에 서둘러 아침상을 차리는데 깜짝 놀

계란 2개에 두릅과 엄순 다져 넣기

속재료 준비

식빵 위에 나물 부침개 올리기

오이 올리기

토마토와 만다린 올리기

랄 정도의 소음이 들려왔다.

산골에 오고 8년 만에, 산골 외딴집인 우리 집까지 상수도 공사가 시작되었다. 아침도 채 먹기 전에 대문 앞에서 시멘트 깨는 시끄러운 기계음이 시작되어 정신이 없었다. 문 닫고 집 안에서 들어도 이리 시끄러운데, 정작 공사를 진행하는 분은 종일 저런 소음을 감당해야 하니 얼마나 힘들까 싶었다.

아침을 대충 먹고 얼른 치우고, 바구니 들고 나가 봄나물 몇 가지를 채취해 왔다. 마침 사다 놓은 식빵이 있어서 봄나물 듬뿍 들어간 산골아낙표 샌드위치를 만들었다. 세상 어디에서도 맛보기 어려운 샌드위치에 옆지기표 핸드 드립 커피를 곁들여 대문 앞에서 공사하시는 분들 새참으로 갖다드렸다. 우리 부부도 그날의 점심은 산나물 샌드위치였고, 탁월한 선택이었음은 물론이다. 머위잎이 들어가 쌉싸름하면서도 건강한 맛이라 빵을 먹어도 속이 거북하지 않았다.

거의 일 년이 걸려 수돗물이 나오게 되었지만, 나는 지하수 물맛을 좋아하는 까닭에 수돗물은 비상용으로 두었다. 돌이켜보면 결혼하고부터는 산수도나 지하수만 먹고 살았기에, 수돗물을 별로 좋아하지 않는다. 수돗물로 밥을 짓거나 국을

샌드위치

마요네즈 뿌리기

머위잎 덮어주기

유산지 감아주기

끓이면 미세한 소독 냄새가 거슬려서 그만 숟가락을 놓을 만큼 나는 까탈스런 면이 있다. 물도 자연이 주는 물이 거부감이 없어 좋은 것이다.

#산나물 샌드위치 만들기

1. 두릅과 엄나무순을 따다, 깨끗이 씻어 총총 다진다.

2. 계란 2개, 함초소금 두 꼬집 넣고 잘 저어 1번과 섞는다.

3. 속 재료 몇 가지 준비한다 (머위잎, 오이, 토마토, 만다린)

4. 식빵을 노릇하게 굽는다

5. 2번을 식빵 크기에 맞게 프라이팬에 굽는다.

6. 식빵 위에 5번 올리고, 케첩을 골고루 뿌린다.

7. 오이, 토마토, 만다린을 차례로 올리고 마요네즈 골고루 뿌린다.

8. 머위잎으로 덮어주고, 식빵을 위에 올린다.

9. 유산지로 절반을 감아 접시에 담는다.

두릅

완두콩 수프

옆지기의 임플란트 시술로 치과 치료가 장기화되면서, 매일 유동식 식사를 챙기는 기간이 상당히 길게 지속되었다. 원래 죽을 싫어하는 사람이라 본인도 힘들지만, 함께 죽을 계속 먹고 싶지 않은 내가 더 힘들었다. 그러니 두 식구 밥상을 따로 차려야 했다. 입맛까지 까탈스런 사람이라 연이어 같은 메뉴를 올리면 숟가락을 들지 않는다. 매일 재료를 바꿔 죽을 끓이다 지쳐서 두유기를 구입했다. 그런데 두유기로 끓이는 죽은 거의 유동식에 가까웠고, 몇 끼를 먹다 질려 두유기는 버리라고 한다. 내가 맛을 봐도 거의 비슷한 맛이라 사실 맛이 없었다. 이름 그대로 두유기는 즉석 두유나 만들기에 좋은 도구다. 완두콩으로 두유를 만들어 마셨더니 특이한 향이 너무 좋았다. 그럼 이번에는 손이 좀 가지만 완두콩으로 수프를 만들어 봐야지.

죽 끓이다가 계절이 바뀌었다. 초여름이 되니 유월의 숲이 완두콩 색으로 출렁인다. 눈이 시원한 계절이다. 감자와 양파를 곁들인 완두콩 수프는 버터를 넣지 않아도 감자전분과 양파의 걸

쭉함이 더해져 풍미 깊은 맛이었다. 완두콩 특유의 향과 맛이
계절과 잘 어울리는 느낌이라 별미로 한 그릇 잘 먹었다.

#완두콩 수프 만들기

1. 완두콩 250g, 감자 1개, 양파 1개, 준비한다.

2. 감자와 양파는 가늘게 채를 썰어둔다.

3. 완두콩은 끓는 물에 소금 조금 넣고 3분 삶아, 찬물에 헹궈 건
   진다.

4. 궁중팬에 올리브오일 3큰술 넣고 양파부터 볶아준다.

5. 양파가 완전히 흐물거리면 감자를 넣고 3분 더 볶는다.

6. 믹서기에 삶아둔 완두콩, 볶아둔 감자와 양파를 넣고, 맛국물 1.5
   컵 우유 1.5컵을 넣고 갈아준다.

7. 궁중팬에 6번을 넣고 저어가며 5분간 끓인다.

8. 토판염 1/2큰술로 간을 하고 다시 끓어오르면 불을 끈다.

9. 수프 접시에 담고 애플민트로 가운데 장식한다.

①완두콩 250g 준비

②감자와 양파 채썰기

③완두콩 삶기

④양파 볶기

⑤감자와 함께 볶기

⑥재료들 모두 갈기

⑦갈아진 재료들 끓이기

⑧간 맞추고 마무리

⑨완성된 수프

단호박 두유 그라탱

지난봄엔 여러 가지 호박 종류(맷돌호박, 토종 맷돌호박, 미니 맷돌호박, 애호박, 땅콩호박, 단호박)를 심었다. 하우스에서 모종을 내어 완연히 따스해진 봄날, 밭의 가장자리로 내다 심었다. 밑거름이 충분해야 호박이 잘 열리기 때문에 옆지기가 구덩이마다 퇴비를 한 포대씩 넣고 모종을 심었다. 여름이 되니 호박들이 줄줄이 열렸고, 그중에 단호박이 여물어 가는 것이 참 기특했다.

영천에는 고목古木들이 무리 지어 서식하는 곳이 많다. 보현골에서 가까운 오리장림五里長林은 내가 처음 땅을 보러 오던 날부터 반했던 숲이었다. 그야말로 오리에 걸쳐 길게 이어진 숲에 고목들이 줄지어 서 있는 모습은 탄성을 자아내는 장관이었다. 거기다 일정한 기간에는 희귀 새들이 날아와 둥지를 트는 바람에 전국에서 사진작가들이 몰려와 숨죽이고 몰입하는 진풍경이 펼쳐지기도 한다. 나는 거기서 생전 처음 보는 여름 철새, 색이 너무도 선명하게 아름다운 유리새도 만났다. 우리 부부는 그 숲에 맥문동이나 꽃무릇을 심어달라고 영천시에 여러 번 건의해서, 마침내

"

맥문동 꽃밭이 형성되었다. 늦은 여름이 되면 진보랏빛으로 맥문동꽃이 피어 장관을 이룬다. 고목들도 아름답지만, 고목이 품고 있는 새들도 있고, 고목 아래 눈부신 꽃밭이 열리면 하나의 관광자원이 되는 것이다. 태풍이 온다는 예보에 나는 서둘러 맥문동꽃을 보러 다녀왔다. 태풍이 지나간 뒤, 모두 누워버린 모습이 보고 싶지 않아서다. 나는 참 아름다운 곳에 새로운 보금자리를 틀었구나! 나는 참 복이 많구나! 스스로 토닥이면서 돌아왔다.

창밖에 태풍이 휘몰아치는 날, 공연히 몸이 무겁고 속이 허해진다. 그래서 사람들은 비 오는 날, 부침개를 부치는 모양이다. 나는 따다 놓은 단호박 하나를 꺼내고, 몇 가지 재료를 준비해 부드럽고 달짝한 단호박 그라탱을 만들었다.

단호박도 일종의 후숙 열매라 따다가 조금 숙성되어야 단맛이 강해진다. 단맛이 덜한 단호박도 그라탱을 만들었더니, 쭉~쭉~ 늘어나는 치즈에 두유의 고소한 맛까지 더해져 비 오는 날, 멋진 점심이 되었다. 환자 영양식으로도 좋고, 아기들 간식으로도 좋은 메뉴다. 치아가 부실한 어른들 식사로도 적당하다. 두유 대신 우유를 넣어야 사실은 제맛이 난다. 냉장고에 우유가 없어 대신 두유를 넣고 만들었다.

단호박과 재료 준비

버터와 우리밀가루 볶기

단호박 볶기

채소와 두유 2컵 넣고 끓이기

볶아둔 밀가루 합방

쭈욱 늘어나는 치즈

완성된 채소버터죽

접시에 담기

모짜렐라 치즈 덮기

#단호박 두유 그라탱 만들기

1. 단호박 300g, 표고버섯 2~3개, 피망 1/2개, 파프리카 1/4개, 모짜렐라 치즈 200g, 두유 2컵을 준비한다.

2. 단호박은 전자렌지 2분 정도 돌려 껍질 벗기고, 얄팍하게 썰어준다.

3. 표고버섯 잘게 다지고, 파프리카와 피망은 가늘게 채썰어준다.

4. 프라이팬을 가열해, 우리밀가루 3큰술, 버터 1큰술 넣고 볶아준다.

5. 2~3분 볶아 포슬하고 노릇해지면 불을 끈다

6. 다른 프라이팬에 현미유 4큰술 넣고 단호박을 센불로 볶는다.

7. 단호박이 나른해지면 나머지 채소랑 두유를 넣고 저어가며 끓인다.

8. 끓기 시작하면, 5번을 합방해 같이 저어가며 끓인다.

9. 2~3분 뒤, 걸쭉해지면 불을 끈다

10. 면기에 담고, 모짜렐라 치즈를 위에 골고루 덮어준다.

11. 전자렌지에 넣고 치즈가 녹을 때까지 2분 정도 돌린다.

12. 가운데 꽃 한 송이 장식해서 식탁에 올린다.

달걀 카나페

　봄이 무르익어 화단에 꽃들이 가득할 때, 손님이 오면 꽃들로도 접대가 된다. 꽃구경하는 동안 음식 장만하는 손이 너무 분주하지 않아서 좋고, 손님들은 꽃으로 이미 눈과 코와 마음이 가득하니 여유로워 좋다. 타샤 튜더 할머니의 30만 평 정원을 부러워하진 않는다. 300평도 안 되는 화단 가꾸는 일도 쉽지 않기 때문이다. 사실 나는 화단을 가꾸어 꽃을 피우는 것보다, 산에 들에 자연적으로 피어나는 야생화를 좋아한다. 누가 보아주지 않아도, 제 필 때가 되면 어김없이 꽃을 피우고, 아낌없이 열매를 나누어주는 야생화들처럼 살고 싶어 산골에 왔다.

　나이 먹어가면 정리하고 싶은 인간관계도 생기기 마련인데, 산골로 들어오니 이런 문제도 자동으로 해결되었다. 눈에서 멀어지면 마음에서 멀어진다고 하지 않던가. 뚝 떨어져나와 내 생활이 바쁘니 자연히 연락을 끊게 되고, 서로 소통하지 않으면 멀어지게 마련이다. 그러나 10년 만에 만나도 어제 헤어진 것처럼 편안한 친구도 있다. 결혼해서 미국으로 떠난 친구가 그랬다. 30년 만에 우연히 연락이 왔다. 마음에 상처를 안고 떠나서 다시는 한국 땅에 발 딛지 않을 것이라며 떠난 친구가 나를 만나고 싶어 했다. 여고 동창인 그녀는 항상 밝고 긍정적인 에너지를 가진

크린베리 달걀 카나페

친구였고, 말씨와 행동이 따스했다. 그녀가 결혼을 준비할 때, 따라다니며 내가 도움을 조금 준 것 같다. 그런데 마음의 상처를 안고 떠난 사연은 몰랐다. 그녀로부터 긴 집안의 내력을 듣고 나서야 이해된 미국행과 단절의 과정은 나를 울컥하게 했다. 그렇게 힘든 생활을 이어가면서도 학교에서는 언제나 밝고 따스한 이미지로 남았던 그녀의 삶은 얼마나 힘이 들었을까~! 나는 그녀를 오래도록, 많이 토닥여주었다. 그녀가 두 번째로 한국에 왔을 때, 보현골에 와서 사흘을 지내고 갔다. 그녀와 함께 온, 또 다른 친구와도 오래된 인연처럼 허물없이 함께 꿈 같은 사흘을 보냈다. 함께 온 친구는 화가였다. 틈틈이 스케치북을 들고 보현골의 가을날을 담았다. 연보랏빛 쑥부쟁이 그림은 아직도 내 마음속에 아련하다. 웃는 얼굴이 싱그러웠고 말투가 정겨웠던 그녀는 위암 환자였다. 옆지기는 황토방에 장작불을 넣어주었고, 우리 셋은 작은 황토방에서 끼여 자면서도, 밤늦도록 하하 호호 웃다가 까무룩 잠이 들었다. 그녀는 미국으로 돌아가고, 화가 친구는 이후에 개인전을 한다고 연락이 와서 나는 갤러리에 꽃바구니를 들고 다녀왔다. 두 번의 개인전을 더 연 뒤, 화가 친구는 해가 지듯이 천상 여행을 떠났다. 전날까지 통화를 했던 나는 참 어처구니가 없어 넋 나간 사람처럼 실실 웃었다. 함께 지나온 시간이 모두 꿈결 같았다. 미국 친구는 그 이후로 개인적인 격동의 시간을 보냈고, 한국에 다시 나오지 않았다. 아마 영영 안 올지도 모른다. 그런데 봄이 오면 친구가 그리워지고, 함께 보냈던 날들이 가슴을 아릿하게 만든다.

올해부터 나는 '대한 노인회' 회원이 되었다. 아직 실감은 안 나지만 '노인'이 되고 보니 주변을

블루베리 달걀 카나페

정리하며 살아야겠다는 생각이 들었다. 그릇이나 이불에 대한 집착도 내려놓고, 가능하면 물건을 사들이지 말고, 있는 것을 정리하며 살려고 마음먹었다. 그래서 남는 시간이나 비용을, 조금 더 나누는 일에 쓰자고 스스로 방향을 정했다. 고마운 친구들이 많다. 내가 좋아서 하는 일에 도움이 되라고 후원금 보내는 친구가 있다. 매달 사연이 있는 할머니 댁에 반찬 나눔을 한 지가 8년이 되었다. 처음 네 집을 정해 시작했는데, 그동안 돌아가신 분도 계시고, 요양원으로 들어간 분도 있어, 몇 차례 변동이 있었다. 그래도 반찬 만들 힘이 있을 때까지는 해보려고 한다. 내가 제일 잘 하는 일이 음식을 만드는 일이고, 음식을 나누어서 더 행복해지는 마음을 알기 때문이다.

꽃이 활짝 피는 시기에 친구들이 오면 나는 전채요리로 달걀 카나페를 즐겨 만든다. 재료는 항상 있는 것들이라 갑자기 와도 만들 수가 있고, 한꺼번에 많이 와도 쉽게 만들 수 있기 때문이다. 수국잎이 갈맷빛을 띠며 탄탄한 계절이면 금상첨화다. 수국잎 하나씩 접시처럼 펼쳐 달걀 카나페를 올려주면 다들 어린아이처럼 즐거워한다. 이웃 할머니들도 마찬가지다. 달걀 카나페는 어린아이부터 아주 연로한 분들까지 모두 좋아하는 전채요리다. 물론 간식이나 후식으로도 멋지다. 잘 접하지 못하지만 쉬운 요리로, 많은 이들에게 행복을 전할 수 있으니 보현댁은 정말 복 받은 사람이다. 내 인생의 화양연화를 누리는 중이다.

#달걀 카나페 만들기

1. 냄비에 물을 넣고, 끓기 시작하면 달걀을 넣고 주걱으로 돌려가며 삶는다. (3분간 저어주고, 4분간 뚜껑 덮고 더 끓이면 반숙이 된다.)
2. 찬물에 담가 식힌 후, 껍질을 깐다.
3. 함께 넣을 재료(다진 양파, 다진 오이 껍질, 블루베리, 크린베리,

주걱으로 돌려가며 달걀 삶기

함께 넣을 재료들

반숙 달걀 길게 자르기

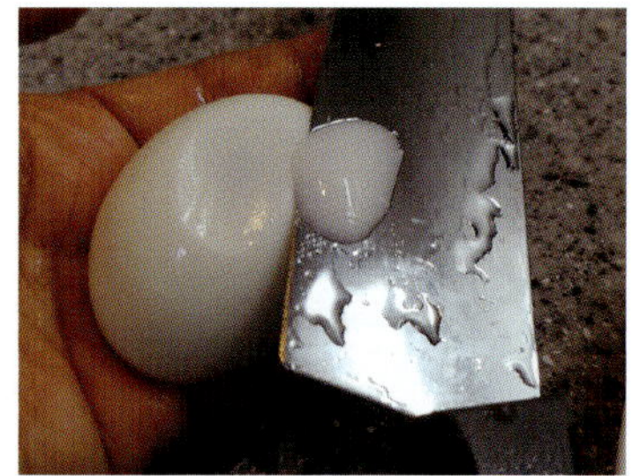

달걀 밑부분 조금 자르기

노른자만 파내기

양념재료들 넣기

다진 재료들 넣기

노른자 샐러드 완성

애플민트)는 양파와 오이는 필수, 나머지는 시기와 사정에 따라 준비한다.

4. 달걀을 절반씩 깔끔하게 자르고, 노른자만 빼어 따로 담는다.

5. 머스터드 소스 1큰술, 마요네즈 1큰술, 원당 1/2큰술, 산야초청 1큰술, 생강청 1큰술, 파슬리 가루 1/2작은술을 넣고 골고루 노른자와 섞어준다.

6. 다진 양파와 오이 껍질을 넣고 다시 골고루 섞어, 노른자 샐러드를 만든다.

7. 달걀 바닥 부분을 조금 잘라내어 흔들리지 않게 만든다.

8. 달걀흰자 속에 6번을 채워 넣고, 가운데 블루베리 장식 5개, 크린케리 장식 5개를 올린다.

9. 수국잎을 따다 데코 도마 위에 깔고, 달걀 하나씩 올리고, 가운데 애플민트로 장식한다.

10. 데코 도마 가운데는 수레국화로 장식한다. (다른 꽃 대체 가능)

● 냉장고에 있는 달걀을 깨지지 않게 삶는 팁은, 냄비에 물을 끓인 후, 끓는 물에 달걀을 넣으면서 바로 주걱으로 돌려가며 삶는 것이다. 이 방법을 쓰면 껍질도 쉽게 잘 까진다.

책을 마무리하며

처음 책을 내고 아쉬운 부분이 많았다. 두 번째 책은 빈틈없이 잘 정리해 뿌듯한 마음으로 보내리라 작정했지만, 오히려 이번에 아쉬움이 더 크다. 아마도 욕심이 앞선 탓이지 싶다. 요리와 함께 메모는 3년 동안 준비했다. 시간적인 여유가 조금 있는 지난겨울부터 본격적으로 원고 쓰기에 돌입했다. 봄날 아들의 결혼식에 하객들에게 마음을 담아 한 권씩 드리고 싶었다. 정해진 기간에 원고를 마감해야 한다는 압박감이 용을 쓰게 만들었던 모양이다. 원고가 거의 완성단계에 이르니 온몸이 아팠다.

악기를 연주할 때 '트레몰로tremolo' 기법이 있다. 한 음이나 화음을 빠르게 반복해서 떨리는 듯 들리게 하는 연주법인데, 대표적인 곡이 '알함브라 궁전의 추억' 의 기타 연주다. 그런데 이 기법을 가장 아름답게 표현하는 비결은 손가락과 어깨에 힘을 빼야 한다. 글쓰기도 마찬가지다. 물 흐르듯 유연하게 글을 쓰려면, 컴퓨터 화면 앞에서 용을 쓸 일이 아니라 생각이 떠오를 때마다 이야기를 이어주는 것이 최고의 비결이다. 가끔은 그럴 때가 있었지만, 이야기를 엮어내려고 애를 쓰고 있을 때가 많았던 모양이다. 덕분에 그동안 모아둔 여행 사진과 여행기를 다시 펼쳐보면서, 시공을 넘어 갈무리된 여행을 다시 맛보는 즐거움이 있었다. 많은 나라를 다니면서 셀 수도 없는 음식을 먹었지만, 단박에 그 맛이 떠오르는 음식이 있고, 기억도 없는 음식들이 있다. 우리나라를 여행할 때도 마찬가지다. 언제 떠올려도 침이 고이고, 얼굴에 지긋한 미소가 번지는 그런 음식들을 더 많이 만나고, 또 만들어보고 싶다. 음식으로 이어진 따스한 기억들은 아무리 시간이 흘러도 퇴색되지 않고, 감성이 흐릿해지지도 않고, 선명한 오감으로 남아 있다.

원고를 모두 보내고, 친구 부부와 봄꽃 여행을 떠났다. 서로 시간을 맞추다 보니 올해는 너무 이르게 도착해, 백양사 고불매는 이제 겨우 꽃망울이 맺히는 상태였다. 비슷한 시기에 가도, 어느 해는 꽃이 다 져버렸고, 어느 해는 꽃망울 맺히지도 않았다. 아쉬움이 있어야 다시 간다며, 맛집 기행으로 이어진 저녁상에서 맛본 제철 새조개 샤브샤브의 쫄깃함과 달짝함은 모든 아쉬움을 일시에 잠재워버렸다.

어느새 완숙경에 들어선 내 인생에서, 돌아보면 고마운 인연들이 많다. 앞을 보며 나아가는 것 보다, 뒤돌아보기를 많이 해야 하는 시기에 도달한 지금, 오늘도 보현댁은 고마운 이들을 위해 음식을 준비한다. 갓 볶은 고소한 통깨도 준비되어 있다. 벚꽃이 축복처럼 톡톡 터지는 봄날이다.

재료에 대한 설명과 대체 가능한 재료들

- **약선 된장과 간장** : 보현댁이 만드는 된장으로 약재 14~16가지를 가마솥에 끓여, 그 약재물에 토판염을 풀어 담근 장을 말한다. 60일 후에 장가르기를 해서 건지는 된장이 되고, 소금물은 간장이 된다. 된장은 2년 묵혀 약선 된장으로 사용하고, 간장은 3년 묵혀 약선 간장으로 사용한다. 일반 가정에서는 집된장과 집간장을 사용하면 된다.

- **맛간장** : 약선 간장을 밑국물과 희석해 만든 일종의 저염 간장이다. 밑국물은 배추, 무, 사과, 양파, 대파, 보리새우, 다시마, 표고버섯, 대추, 멸치를 넣고 낮은 불로 2시간 정도 끓인 다음, 밑국물과 약선 간장 1:1의 비율로 끓이면서 표고버섯을 듬뿍 넣어주면 표고 맛간장이 되고, 3월에 초피잎을 듬뿍 넣어 끓이면 초피 맛간장이 된다.

- **맛국물** : 멸치 육수가 기본인데, 여기에 다시마, 표고버섯, 양파, 대파, 무 등을 넣고 푹 우린 국물을 말한다. 때에 따라 남는 과일이나, 약재 등을 필요에 따라 더 넣어도 좋다.

- **누룩소금** : 쌀누룩에 소금과 물을 섞어 발효시킨 저염식 소금으로 감칠맛과 효소가 풍부해 요리에 풍미를 더하지만, 없을 때는 일반 천일염을 절반 정도 넣어주면 된다.

- **식용유** : 일반적으로 압착해서 만드는 기름(참기름, 들기름, 엑스트라 버진 올리브유, 아보카도 오일)은 생으로 먹는 요리에 넣는 것이 좋고, 나머지 정제유 중에서 볶음이나 튀김용으로 쓸 때는 포도씨유, 해바라기씨유, 현미유를 추천한다. 카놀라유나 콩기름은 GMO 식품이니 참고하면 좋겠다.

- **토판염** : 전통방식으로 생산되는 소금으로 갯벌의 흙바닥을 평평하게 다져 만든 토판 위에서 햇빛과 바람만으로 생산된 소금을 말한다. 지금은 염전 대부분이 타일이나 장판을 깔아 소금을 생산하기 편리하게 만들었기에 토판염은 지극히 적은 양이 생산되고 가격도 비싸지만 건강한 소금이다.

- **요리에 설탕 대신 사용할 각종 청 종류** : 아파트에서도 담글 수 있는 청은 돌복숭청이나 돌배 등이 있지만, 조금만 노력하면 아주 풍미있는 채소과일청을 쉽게 만들 수 있다. 봄부터 가을까지 주방에서 사용하고 남는 온갖 채소와 과일들을 원당에 재어 두었다가, 마지막 재료 들어가고 3개월 뒤에 건지 걸러내고, 남는 액을 6개월 숙성시켜 사용하면 된다. 청양고추, 대파, 가지꼭지, 자투리 채소와 과일, 깻잎이나 애플민트 같은 향채소도 모두 넣어주면 정말 오묘한 맛이 된다.

- **초고추장**은 꿀병 하나를 정해, 항상 미리 만들어 숙성해두고 먹으면 필요할 때 급하게 만들지 않아 좋고, 숙성된 초고추장의 깊은 맛이 건강에도 좋다.

보현댁의 오감식탁
세계 요리를 만나다
2026년 4월 15일 펴냄

지은이 ㅣ 강영미
펴낸이 ㅣ 박윤회
펴낸곳 ㅣ 도서출판 소요You
디자인 및 편집 ㅣ 박윤회
등록 ㅣ 2013년 11월 12일(제2013-000009호)
주소 ㅣ 부산시 중구 대청로137번길 11
전화 ㅣ 070-7716-9249
팩스 ㅣ 0505-115-5618
전자우편 ㅣ pyh5619@naver.com

ⓒ 2026, 강영미
ISBN 979-11-88886-26-5 03800
값 25,000원